擁有勇氣、信念與夢想的人，才敢狩獵大海！

獵海人

黑犛牛犄角上的潔白哈達

火日丹 著

簡介

上個世紀五十年代，合作化、人民公社公開搶奪了世世代代自由放牧的牧民財產，反封建反迷信運動更要摧毀將今生來世寄託于佛教藏族同胞的信仰。在這種極左路線下，藏族、回族、撒拉、東鄉族發生了所謂的叛亂，在安多、衛藏、康區這些藏族地區其後平叛戰爭讓這裡發生了令人髮指的悲劇。《黑犛牛犄角上的潔白哈達》描寫了這段可怕的歷史。卡加部落的頭人紮西東珠的父親當年在紅軍長征時冒著生命危險幫助紅軍度過了難關，中華人民共和國成立後，紮西東珠繼承他父親對共產黨的信賴，無償給國家捐出了森林、牧場，並捐款成立學校，帶頭參加合作社。然而，在那個極左年代，合作化運動和其後的人民公社，讓世世代代自由放牧的卡加部落人一夜之間失去了牛羊和草場，反封建反迷信要剝奪人們對今生和來世的信仰，糧食統購統銷政策更讓人們沒有了吃糧。官逼民反，卡加部落人在頭人紮西東珠的帶領下舉起了造反的大旗，但他們和所有藏族人一樣遭到了被血腥鎮壓的滅頂之災。小說語言優美，故事生動，以紮西東珠和央金娜姆的愛情為線索，人物性格鮮明，情節跌宕起伏，歌頌了藏族同胞勇敢、善良、能歌善舞和不屈不撓的精神以及對宗教的虔誠，通過浪漫的愛情故事和驚心動魄的慘烈事件展示了藏族文化的博大精深和絢麗多彩，讓人們看到了毛澤東極左年代的荒唐和血腥。

目次

第一章

紮西東珠望著卡加部落中央千戶府凸顯出來的院堡，心中就有一種無尚的榮耀。這院堡在孔雀河畔的原野上傲然屹立，似乎在炫耀五百年來紮西家族在這裡至高無上的一種權利，而院堡裡面的碉房瑪巷也似乎在告訴人們，紮西家族頑強的生命力在這裡紅紅火火了無數個春秋。

院堡牆呈長方形，以石塊為牆基，牆基寬約四米，上部夯土為牆，下寬上窄，收分較大，牆頂寬約兩米，頂部有木簷，以此來遮雨護牆。牆總高約十米。在牆的四角上，各建有碉樓。大門設于南牆偏左，寬約四米。在西牆正中頂部，設有望樓，站到這裡可以看到終年白雪覆蓋的岡紮拉山峰，和滔滔向東翻著浪花美麗的孔雀河。

千戶頭人紮西東珠就是站在望樓上，向外看那孔雀河畔綠油油的草原，大大小小如蘑菇般星星點點的帳篷，和那山坡上鬱鬱蔥蔥的原始森林。這裡的帳篷春暖花開時向孔雀河邊大草原分散開去，深秋冰雪來臨時又往卡加部落聚集而來。此時岡紮拉山上雲霧繚繞，一縷白色的雲霧似一條潔白的哈達搭在山的腰間。山上隱隱約約有松樹倒掛在山崖，山下是青岡、樺樹、柏木，高大的喬木下簇擁著茂密的灌木，密不透風。那一塊塊綠色的草甸，被孔雀河穿了起來，連綴成一串秀美的綠寶石項鍊。微風吹拂的草場被輕輕撫弄著，那紅色、白色、黑色的馬兒吃飽喝足後撒著歡兒騰挪伸展。草地上的格桑花、金蓮花、山丹花、龍盞花開得蓬蓬勃勃，有黃的，有藍的，有紫色的，有粉紅色的，姹紫嫣紅如繁星閃爍其間。黑色的犛牛在草甸間或牧或臥，羊群成了綠草上滾動的白雲，緩緩漂浮在綠色的海洋。

岡紮拉山的清晨，各種各樣的畫眉鳥在林中穿梭飛舞，用那銀鈴般的歌喉，唱著悅耳動聽的歌曲，揭開了晨曦的帷幕。身體靈巧的杜鵑鳥和畫眉鳥相附和唱；一群群的大緋胸鸚鵡，伴著曲子在林海上空展翅飛翔；成群的猴子也在大樹和粗藤上蕩著秋千，嬉戲打鬧，大地充滿著一片生機。最有趣的是這裡一種百靈鳥，它的尾基呈栗色，翅黑而具白斑，善於行走，在空中飛翔也很疾速，它不但能夠模仿其他鳥類鳴唱，還可模仿野貓等哺乳類動物嚎叫。它的鳴聲嘹亮而持久，讓整個岡紮拉山到處回蕩著悠揚的歌唱。由於這種百靈鳥動聽的歌喉，還傳說著這樣的一個故事。古時候有一對非常恩愛的年輕夫婦，其丈夫是身強力壯的狩獵能手，由於丈夫對自己漂亮的妻子過於鍾愛，不願妻子與外人接觸，所以外出打獵時總是把妻子關在屋裡，回來時才開門。有一次丈夫外出打獵遇到一隻美麗的小獐子，他想抓活的帶回去獻給心愛的妻子，所以一直追蹤。當抓到的時候才猛然想到已過七天七夜了。他一口氣跑回家，開門一看，妻子已餓死在家中。由於失去了心愛的妻子，他感到無比的懺悔無心活在人間，所以自己也絕食而死。他們死後就變成了這種雙雙飛行的百靈鳥，它們再不願意限制彼此的生活，它們要用清脆嘹亮的的歌聲贊美自由歡樂的世界。神話故事是人們按其行為編出來的，其實這種百靈鳥在這開闊的天地裡，自由婉轉的歌唱已經成了它們生活的習性。

此時太陽光從松柏林的縫隙裡照下來，五顏六色的光照在紮西東珠棱角分明的臉上和高大結實的身上。他那高高隆起的鼻樑如岡紮拉山的山脊挺臥在刀刻一般的臉上，兩只明亮睿智的眼睛像浸著水的葡萄含情脈脈，那蓬蓬松松自然卷的頭髮和曬得黑裡透紅的臉龐搭配在一起顯得威嚴、凝重、沉靜。紮西東珠望著和煦的陽光灑在綠茸茸的草場和點點各色的野花上。小河溪的水靜靜地流著，遠處的樹叢中，有幾匹棕色高大的馬在啃著草地上的嫩草拌著嘴巴好像故意炫耀草的香味。草地上黑色的犛牛有的懶洋洋地伸展著腰肢，有的靜靜地臥在綠油油的草地上。紮西東珠被眼前的景色完全陶醉了，他沉靜在這大自然的美景之中。這時，他看見綠色的大森林中，出現了一位穿著鑲了花邊藏袍的姑娘，她牽著一頭健壯的黑色犛牛，緩緩地從樹林中走了過來，她的臉是圓圓的，眼睛是大大的，大約只有十六、七歲的樣子。她走到卡加部落院堡牆的下面，犛牛甩著牛角抬起頭朝高高的院堡牆上面望了一眼，漂亮的姑娘此時也用好奇的眼神看了一眼頭人紮西東珠，而且抿著嘴朝他笑了一下。

紮西東珠的情緒在這陽光明媚的清晨被美麗的姑娘感染了，他感到天地是那樣的寬闊。他知道這是皮匠舟塔的女兒央金娜姆，他早聽說央金娜姆美麗的似岡紮拉山上的雪蓮，今日相見果然如仙女下凡。茂密的原始森林、串珠似的草甸、星羅棋佈的湖泊、終年不化的雪峰，和這裡世世代代自由生活的人們，這就是卡加部落的驕傲。多少年來，四面八方的人們趕著羊群牛群來到這裡安家，他們看重的是卡加部落朗布寺裡菩薩的恩惠，看重的是卡加部落千戶紮西東珠頭人的善良與寬容，看重的是孔雀河畔美麗自由的風光。紮西東珠千戶本是吐蕃王朝宮保紮西的後代，為了守衛邊卡和征稅，相傳西元十五世紀中葉宮保紮西派索朗紮西到了這裡，成為孔雀河北岸的頭人。清順治皇帝時封索朗紮西的後代為千戶，世襲至第八代子孫紮西東珠。他的眼光停留在家中十多米高的碉房上，這座碉房坐北朝南地高聳在圍牆中，它的牆壁用土、石築成，下部有四米多高的石牆基，上部為土夯牆，牆厚約一米。土牆左上角開了一個二、三尺的窗子，用七八個木條做成柵欄。主樓東半部從底層到頂部全為石砌牆壁，石牆上刻有八寶圖案。主樓大門前有一長方形高臺，臺前和臺左各有臺階，前臺階寬大級差小，左臺階窄小而級差大。

從臺階上去，經過門廊，進入主樓即是第三層建築。底層是牲畜圈，這裡有牛羊和馬驢騾。二層是庫房，裡面有肉、糧食、牛羊毛和糌粑。

進了房子，四面是木板房牆壁，一個人抱不住的柱子，地是木地板，下面還有炕，冬暖夏涼。第五層是紮西家族供菩薩的神殿，這裡供著一尊祖上傳下來的全金宗喀巴大師的佛像。

在圍牆內除碉房瑪巷之外，樓側有一個寬大的房屋，這裡養的全是能騎善走的騾馬，紮西東珠最喜愛的一匹白馬宮保占都就在這裡。

紮西東珠記得，祖父在最後的歲月裡，就是躺在這個房間裡告訴他紮西家族一切的。那時候祖父就像一棵朽透了的大樹，可他平臥的姿態似一條巨蟒發出微弱的氣息，讓年代久遠的碉房到處彌漫著酥油的清香。

「你要讓孔雀河畔的人過上安穩的好日子，就要有千里牧場一樣大的胸懷。好言相對，是家族的根基；惡語相傷，是魔鬼的大門。」祖父的話這些日子不斷縈繞在他的耳旁，可現時發生的一切卻讓他久久無法平靜。前些年，漢族地區打土豪分田地時，從漢地裡逃來的有錢漢們提醒過他，他當時心中曾有過一絲的不安，可就在他準備趕上牛羊進入誰也找不到的大草原時，紮曲縣委書記曹文尉專門將他們這些部落頭人叫去宣傳工作組的政策，反復告訴他們這裡不劃階級，不分不鬥，牧工牧主兩利。他相信了，因為卡加部落當年是有恩於共產黨的。那年紅軍長征經過了這裡，破衣爛衫衣不蔽體，父親給紅軍送去了二十石青稞，一百隻肥羊，送去了兩百件羊皮短襖，不然饑寒交迫的紅軍是翻不過岡紮拉山口的。可是，今日裡周圍鄉里已開始劃一等戶、二等戶，已開始將家家戶戶的牛羊進了合作社的圈欄。尼姑還俗，喇嘛回家，工作組還讓喇嘛和尼姑配雙成對，這些人口口聲聲說要破除封建迷信，可是卻讓世世代代念經拜佛自由生活的人們感到了世界末日的突然降臨。

紮西東珠想到這些一陣戰慄，他感到前些日子發生在漢地人們身上的一切，正在向他悄悄逼近。他長長歎了一口氣，他預測不到未來，他不知道明天的太陽是紅的還是黃的還是五顏六色的群星。

紮西東珠記得他小的時候，這裡每年夏天剛剛來臨就有一群群鳥兒落在孔雀河的兩岸。孔雀河兩岸有一片一片的沼澤濕地，水澤豐盈，星羅棋佈，從高處看就像一隻孔雀正在開屏。在沼澤濕地到處是野鴨、斑頭雁、棕頭鷗啁啾爭鳴，飛起落下，在河邊草叢裡築巢孵卵，然後成鳥帶著幼鳥學習飛翔覓食。到了九月，群鳥離開這裡飛向溫暖的地方去越冬。清晨，河面上霧靄茫茫，周圍群山若隱若現。太陽升起時，雲消霧散，奔騰跳躍的孔雀河蕩起漣漪，群鳥貼著河面翻飛嬉戲。這時河兩岸的牧場一片淺綠，一群群牛羊就像點綴在綠草上的白花、黃花、紫花、金花，不斷變換著各種形狀。岡紮拉山這時紅黑間雜，層層森林鬱鬱蒼蒼，峰頂白雪皚皚，一朵朵浮雲在霧中飄渺，像佛祖的聖光朦朦朧朧給人一種無限的遐想。這裡樹林茂密而整齊，樹冠密閉，林下濕潤蔭涼，數百年的老樹偉幹虬枝，遮天蔽日，紅椿、青岡、木蘭、楝樹等大樹幹穿破林層，昂首于林冠之上，如鶴立雞群，顯得格外引人注目。到了傍晚，金色的霞光穿過雲層灑向河面，周圍的草地金黃一片，河水被夕陽的餘暉照得霞光閃爍，更是風情萬種。在這片森林裡有白唇鹿、金錢豹、雪豹、雉鶉、金雕、胡兀鷲、榛雞。還有棕熊、獼猴、小熊貓、水獺、猞猁、馬鹿、盤羊、蘇門羚、藏原羚、草原雕、禿鷲、岩羊、勺雞、黃斑耳鼯鼠、血雉、白馬雞、藍馬雞各種各樣的動物。

這裡有一個有趣的自然景觀，就是鼠鳥同穴。孔雀河濱是高原鼠兔活動頻繁的區域。高原鼠兔沒有尾巴，習性如鼠，形狀像兔子，每日裡在孔雀河邊的草原上吃草。草原上沒有樹木，鳥類找不到樹木棲身，就鑽進鼠兔的洞穴來築巢。鳥在鼠兔的洞穴進進出出，鼠兔習以為常，雙方和睦相處。因為鳥可以飛，一旦發現危險，馬上嘰嘰喳喳地叫，鼠兔於是鑽進洞穴躲藏起來。就這樣，鳥和鼠兔同居一穴，天上飛的和地裡鑽的成了一家。

孔雀河濱牧草肥嫩，氣候溫潤，水源充足，盛產營養豐富的日紮草，特別有利於這裡馬牛尤其是羊的繁衍生長，是天然的牧場。這裡有苔草、高山小蒿草、矮火絨草、矮委陵草、圓穗蓼、毛茛、報春花、馬先蒿和龍膽等等。岡紮拉山山巒起伏，森林茂密，進了山蒼松翠柏和各種草木遮天蔽日。紮西東珠想，佛祖給這裡的人們普灑了這麼多甘霖，讓這裡的人們世世代代無憂無慮，盡情地舞，歡樂地唱。紮西東珠遠遠地朝央金娜姆氈房的方向望了一眼，他此時有一種衝動，央金娜姆的阿爸已經將她的氈房支在了他們家大氈房的門外。按照藏家人的規矩，十六歲過了的央金娜姆就被家人給她分出單獨的一個氈房，讓部落裡的男人像蜜蜂一樣去采央金娜姆這朵初綻開放的格桑花。可是，被分了的小小氈房門外臥著一條兇猛的藏獒，男人們才閉上了他們的眼睛。然而，今日裡紮西東珠突然看見央金娜姆亭亭玉立的身影在酥油燈下婀娜晃動，他知道這是姑娘在等著他了。他不知道今日裡有多少部落裡的男人想第一個沖進央金娜姆的氈房。紮西東珠自從那天在望樓上面見了央金娜姆就有一種衝動，姑娘回眸那美麗的笑容讓他在夜深人靜時久久閉不上眼睛。可紮西東珠不願意這麼冒失，雖然他是卡加部落的頭人，但姑娘是怎麼個心思，他是一點也不知道的。然而男人強烈的佔有欲一次次讓他站起坐下，他真想騎馬揚鞭沖過一望無際的大草灘將央金娜姆擁入自己的懷抱。

此時的央金娜姆就在父親給她搭起的那座氈房裡。氈房的酥油燈閃爍著忽明忽滅的光亮，就似央金娜姆忐忑不安的心情。十六年來央金娜姆在孔雀河邊一天天長大，每當她撫摸自己變得飽滿鼓脹的兩個乳頭，她的身上就有一種灼熱焦躁的不安。她有時多麼想有一個強壯的男人進入自己的身體，尤其她看到公羊和母羊交配的情景，她的身上就有一種說不出來的感覺，身下的分泌物濕潤了她的大腿讓自己都感到羞澀不安。

發源于巴顏喀拉山的孔雀河從孟查湖姑娘的彩裙中蕩然而出，水波攜帶著落葉和泡沫，天真活潑地穿過雪山峽谷，跑到山腳下才漸漸放慢腳步，在草原上歡快地走過。河流泛著浪花在水面上一片雪白。紮西東珠終於邁出了院堡，他知道姑娘已經將藏獒拴了起來，他頂著頭上滾動的炸雷和瓢潑而下的大雨騎著他的白馬宮保占都疾速地朝央金娜姆的氈房沖去，躍過大草灘小小的帳篷就在他的眼前，他跳下馬將馬鞭立在氈房門外。這是部落人的規矩，當人們看到進入氈房男人放在門上的馬鞭或禮帽時，就知道姑娘的氈房裡已有了男人。

紮西東珠透過黑暗看見氈房角落處顫抖的央金娜姆像一隻可憐的羔羊蜷縮在那裡索索發抖。

他說：「你在等我？」

聽到這傲慢的聲音，央金娜姆反倒沒有了剛才的恐懼。她說：「你以為你是卡加部落的頭人，你就可以隨便打狗，這裡所有的姑娘都會在氈房裡等你嗎？」

在美麗的孔雀河畔，多少年來男女之間自由相愛，兩性之間沒有多少禁忌，卡加部落的男人們在進入女人的帳房前，女人們事先要將狗趕走，所以人們就將男人進入女人帳房一事稱為打狗。打狗一事在這裡不僅是一種男女之間熾烈的碰撞，也成了草原上一道風景，人們對此睜一隻眼，閉一隻眼，表現出了極大的寬容，家中父母在女孩成人之後更是放得開手。

「那你在等誰？」

「我在等天上的太陽，水裡的月亮。我在等那個心若明鏡，疼我愛我的男人。」

「我就是那個男人。」

「你要是沒肺沒心想玩了姑娘就走人，那你現在就走吧。」央金娜姆用眼睛盯著紮西東珠。

「我要是不走呢？」

「那我就看你有沒有這個膽子。」

紮西東珠突然看到央金娜姆手裡握著一把明晃晃的刀子站了起來。

雨嘩嘩地往下潑，打在氈房上像抽著密集的鞭子。紮西東珠坐了下來，他想看看眼前這個含苞待放的花骨朵能幹出什麼驚天動地的事情來。

「你是不是對部落裡每一個姑娘都是這個樣子？」

「沒有。我今天是認真的，只想要你。」

「騙人。在這卡加部落天為大你為二，誰敢和你說半個不字。」

「你看我是這種人嗎？」紫西東珠想，舟塔的這個姑娘真是不一般，這是不是我久久盼望的心上人呢？

央金娜姆將頭低了下去，小時候父親曾經給她說過，紫西家是我們永遠的仇人，誰要忘了這深仇大恨誰就不是我們舟塔家族的人。父親告訴她，是紫西東珠的父親殺了她的太爺，才使他們家敗落到了今日這種境地。然而，父親在孔雀河草原解放後對紫西東珠卻態度大變，他看到紫西東珠將草場和牛羊拿出來白白地送給他們這些一無所有的牧民。央金娜姆知道，卡加部落信仰的是黃教，而舟塔家族信仰的是苯教。

就在央金娜姆遲疑的片刻，一隻大手捏住了央金娜姆的手臂，那把刀子已到了紫西東珠的手裡，央金娜姆被緊緊地攬在了他的懷裡。

央金娜姆在紫西東珠寬厚的胸脯上掙紮著，一件皮袍像一個網罩將央金娜姆綿軟的身體包擁了進去。

紫西東珠爽朗地笑了起來，他的笑讓小小的帳篷充滿了男性的荷爾蒙，讓央金娜姆看到了一個偉岸漢子的寬厚和勇猛。他將一張大嘴壓在了央金娜姆的嘴上，輕輕地將她放在了狼皮褥子上。央金娜姆此時看到了卡加部落最高大的男人，他的胸脯上燃著熊熊的烈火，火焰迅速映紅了整個氈房，她感到她就像酥油一樣要被這烈火融化了，化成了碧浪滔天的孔雀河水。

央金娜姆感覺到她如一片輕盈的小草被巨浪卷上了天空，黑夜之中她在那匹銀白色野馬的鬃毛上翻滾著。

風浪將她重重地摔進了孔雀河底，過了好一會兒才浮出了水面，她吐掉嘴裡的河水，艱難地呼吸、喘息著，然後突然呻吟了起來，歡快的呻吟聲掠過蒼茫遼闊孔雀河，一直傳到對面河岸上，她看見河岸線上的酥油燈火急促地抖動了一下。

第一個回合過去了，她的身體沒動，一隻手死死地抓住紮西東珠那像犛牛般健壯的肩膀。第二次攻擊離第一次只有十分鐘時間，可她的感覺卻是那麼久遠，她劇烈地抖動了幾下，突然一股暗力源自河底，把她直挺挺地拋向了天空。漆黑的天地間一聲霹靂，一道電光撕破黑幕，把天地生硬地切成兩半。藉著這道光線，她看見紮西東珠像一匹騰空而起的龍駒向她奔來。頭腦一陣暈眩，她幾乎就要昏死過去，她從小到大還沒有經歷過這麼美好的境地，到處是鮮花，到處彌漫著芳香。不知過了多長時間，等她又一次醒來的時候，她看見她的身上蓋著紮西東珠那件狐皮領子的羊皮襖。她哭了，一個女人從姑娘到成熟的女人，原來會有這麼馨香的格桑花。她的眼中流出了淚水，她突然感覺到了一種壯美，這種男人的雄奇竟然有一種透不過氣來的震撼。

「等著我，我會來娶你的。」

央金娜姆聽到此話一陣激動，她知道這裡的人們娶親時晚間是偷姑娘的，一般雙方家人商定，男方偷親時女方給以配合，若是女方不同意，則會在偷親時防範拒絕。央金娜姆想起了紮西東珠把她拋入空中時的那一瞬間，她的虛弱和幸福趁機奪走了她惟一的一點清醒。

央金娜姆走出了氈房，她看見時間猛地明亮起來。彷彿一匹馳騁在綠茵上的千里馬，在黎明的草地上騰躍飛馳。此刻，東邊天空柔柔地飄來一絲音響，草原的太陽煥發出了無限的生機。那輕盈美妙的旋律，使草原流淌出了一曲優美悲愴的歌曲，紅霞一會兒金光四射，一會兒將大地草原覆蓋上了紅彤彤的一片。

央金娜姆知道爸啦舟塔心裡時時惦記著進了合作社的五十只綿羊，雖然他們家是卡加部落羊只最少的人家，可他們不願意將這惟一的一點財產交給合作社。自從草原上成立了合作社，她感覺他們家的五十只綿羊已被澈底搶騙去了，再也不會到了他們的家裡。他們也不願意央金娜姆的哥哥才旦去娶別人家的姑娘，因為才旦已經成了孔雀河邊朗布寺裡最優秀的阿卡喇嘛。

在入合作社以前他們和另外兩家是一個互助組，他們三家的牛羊放在一起。那個時候羊群一放出來她就會和羊兒一起直奔對面的山頭，因為早晨羊不喜歡吃溝底裡的草，它們會爭先恐後地趟過河，爬上山，那裡綠油油的日紮草羊最喜歡吃。每當看到羊兒嚼得津津有味，她的臉上就會露出甜蜜蜜的微笑。央金娜姆最瞭解這些羊的習性了，太陽剛出來的時候它們不吃草，當雨下得大時它們不吃草，它們喜歡吃嫩嫩的、剛長出來的草朵朵。當它們吃草時，低著頭，眼睛目視前方，吃得很認真，吃草時發出「噌噌噌」的聲音，她聽起來竟是那麼悅耳，就像欣賞一首美妙動聽的拉伊。

第二章

舟塔進了合作社黑咕隆咚的羊圈。自從他的五十只綿羊到了這裡，他幾乎每個晚上都要反披著羊皮襖裝成一隻羊去悄悄撫摸他的這五十個心肝寶貝。過去的日子裡這五十個寶貝疙瘩被他趕到孔雀河邊牧草最肥美的地方啃吃酥油般的日紮草，可是現在全部落幾千隻牲畜都被圈在了十個不同的圈場裡，牲畜們每日裡從圈場裡放出來後就在孔雀河邊上哄搶牧草，它們跑的路多不說還吃不飽肚子，整日裡像一個個瘋頭蒼蠅一會兒跑到東，一會兒跑到西，草原上的草根也被飢餓的羊群給扒了出來填到了肚子裡。

舟塔是在夜幕拉上之後進了羊圈的，進到圈裡比外面還黑，沒有一絲兒光亮，他是順著羊的氣味來到了五十只綿羊身邊的。這裡有他最喜愛的黃眼圈，有黑鼻樑，有花嘴巴，有單腿，有尕角叉。他一個一個叫著它們的名字，把它們擁在懷裡，往它們嘴裡塞進他帶來的奶渣和香噴噴的黑豆餅子。

黃眼圈是一隻剛過一歲半的小母羊，它長得勻稱乖巧，一身雪白的羊毛和一個肥大的尾巴，耳朵上立著，溫柔的眼睛邊上有一圈黃黃的絨毛。他知道這是上蒼賜給他的靈物，這靈物好像知道他的到來，每晚他到了這裡都要擠過來舔他的手臂和臉龐。他的臉上濕漉漉的，他不知道這是他的眼淚還是黃眼圈的涎水。他明顯感覺到黃眼圈瘦了許多，過去的黃眼圈胸脯處圓滾滾的，像一隻吃奶的小乳豬，可現在他摸上去整個胸部就似對稱的兩個搓板合在一起成了一把刀子。他一面親著它的眼睛，一面將手中的奶渣塞進黃眼圈的嘴裡。黃眼圈不待他的手離開，嘴裡的食物已被它吞進了肚裡。他知道黃眼圈在家裡時吃東西最愛挑食，像一個千戶人家的姑娘，輕吃慢咽是非常秀氣的，怎麼到了這裡也變成了這麼一個狼吞虎嚥的餓死鬼。正在這時，黑鼻樑擠了過來，它搶奪著每一隻羊嘴裡的食物，並發出低低的吼聲。

黑鼻樑是舟塔五十只綿羊裡惟一的一隻公羊，它雄健的身姿，頭上向兩面盤著尖角，一雙銳利的眼睛和它身下貼著肚面的睾丸，讓這五十只羊的羊群感到是那麼塌實。過去的日子裡它高高地屹立在草原的隆起部位，環視四周，觀察著來自草原四面八方的危險。有一次一隻棕色大尾巴狼貼著地面往羊群悄悄逼近，這只狼看見這裡沒有狗，心裡一陣竊喜，舔著嘴巴往前移動。它以為羊生下來就是為了它們狼而活著的，是它們狼的天然食品，所以根本就沒有想到這裡還會有危險。可就在這時，黑鼻樑像一陣旋風般從天而落用它的尖角刺進了狼的眼睛。

多少個日子裡黑鼻樑呵護著五十只羊的安危，它是那樣的盡職盡責，讓每一個它的屬下吃好睡好，並在春天將精蟲像種子一樣播撒到每一個母羊的子宮裡，讓羊群繁衍壯大。而今飢餓的它卻沒了半點的紳士風度，渾身散發著騷臭味的黑鼻樑瘋狂地左沖右突搶起了其他羊的吃食。舟塔看到這裡有一種辛酸，他想擁著它們大哭一場。上面一再宣傳合作社好，一面卻不顧人們的意願，用不給供應糧食的手段，逼迫著讓家家的牛羊進了合作社，都成了集體財產。

舟塔覺得他什麼都沒有了，羊沒有了，兩頭牛讓合作社宰著吃了，一頭草驢也成了拴在合作社裡的一個擺設。過去的日子裡，他拿上碗走到哪一隻母羊的跟前都能擠上一碗奶來喝，他的家裡不但有奶喝，有奶製作的各種吃食，還用剩餘的羊奶打出雪白的酥油來。可現在他的全部家當都進了合作社，不要說吃奶渣，拌糌粑，就是在合作社裡喝上一碗奶子不知要看多少人的眼色。過去的日子裡，他吃著羊肉，喝著奶茶，白天晚上走到哪裡將羊皮襖一鋪，地為炕天為被，就是大雪紛飛他也可以在沒有氈房的草地上一覺睡到大天亮。合作社以前不管任何人走到哪一座氈房人們都可吃上美味的糌粑和羊肉，喝上鮮香的酥油茶，而今他們卻只能到合作社裡分領屬於他們的一點點食物了。這一點點食物不要說讓別人吃，就是自己和家人都是吃不飽的。人們沒了吃的，沒了喝的，沒了牛沒了羊，沒了草場，沒了念經拜佛的時間，他不知道這樣吃不飽肚子的合作社到底有什麼好。

舟塔過去是卡加部落最優秀的皮匠，每次鞣皮子時他的手裡都拿著一把刮刀。他先將牛皮放在水中浸泡十天左右，等牛皮微微發出臭味，他便將牛皮從水裡撈出，繃在一根粗大的圓木上，用刮刀刮去牛皮裡層的廢物，並用手拔去牛毛，這一切弄妥之後，在皮上塗一些人們倒掉的酥油茶中收集起來的酥油，稍微曬一會兒，便包在牛皮裡用腳踩踏。踩一會兒，再曬一會兒，這樣反復多次，踩踏一天多時間一張牛皮就鞣制成功了。然後他將這些牛皮做成鞋底、皮帶、馬和牛的鞍子等等。鞣羊皮時，他則把羊圈裡的糞敲打細碎加上熱水，使綿綿的羊糞潮濕，然後將羊皮的毛朝地，裡朝天，鋪在地上，撒上一層羊糞，放上一張羊皮，撒上一層羊糞，再放上一張羊皮，這樣一層層疊起來。頭天晚上漚好，第二天早晨他一大早就用刮刀削去皮毛裡層的廢物，塗上羊腦漿或陳酥油，再塗抹上濕酒糟後稍曬一會兒，疊起來用腳踩踏，兩張羊皮舟塔踩上半天就將羊皮制熟了。這些制熟的羊皮舟塔將其縫成皮衣皮褲，用皮衣皮褲在部落裡換來酥油炒麵和茶葉。可是，自從卡加部落成立合作社以後，合作社那麼多皮匠被組織起來集體生產，人們好似已經忘了他是這裡最優秀的皮匠。

舟塔揉了揉他的眼睛，他的頭腦此時昏沉沉的，他不明白這世界怎麼轉眼間就變成了這個模樣。他有一種感覺藏家人又該經歷一次大劫難了。

他朝四面看了看，黑乎乎的羊圈裡不知道關著多少只綿羊。過去的日子裡，人們讓草場放上一年牛羊，然後讓草場休息一年，輪流著讓草場休養生息，所以說那時的草場蓬蓬勃勃始終煥發著新的生機。不知為什麼那時節每年草場要休息了一半，可草原上的草牛羊怎麼吃總是吃不完的，而且草是那麼肥，好似黑黝黝地冒著香甜的酥油，牲畜們吃了這樣的草個個膘肥體壯。而現在全部草場都放開來進行放牧，牛羊卻和人一樣越來越沒有了吃的。

這時，黃眼圈鑽到了他的皮襖裡，他感覺黃眼圈在微微地抽泣。他將臉貼到了黃眼圈的臉上，將它緊緊地摟在懷裡。他喃喃地說道：「我的孩子不要哭，爸啦明晚上還會來的。」他說這話的時候，他的五十只羊都圍了過來。黃眼圈好像聽懂了他的話，從他的皮襖裡鑽了出去。這時花嘴巴趁機迅速鑽進了他的懷裡，周圍的五十只綿羊都往他的懷裡鑽，讓圈房引起了一陣不小的躁動。他朝外望了一眼，只見月亮還是孤零零地掛在天上，灑下冰冷的寒光。月亮周圍的雲彩好像被風在追趕著，瘋狂地疾速奔跑。一會兒月亮被雲彩包圍著，天空中追趕奔跑著各種變化無窮的黑色犛牛；一會兒月亮又躲在了雲層的後面，不時探著頭似乎在藏著貓貓。他覺得月亮很好玩，就像他一樣每晚都是這麼在羊群中東躲西藏。

舟塔每次到了五十只羊的跟前，他就覺得非常滿足，他覺得他成了這裡高高在上的活佛。當五十只綿羊圍在他的身邊的時候，不管他們怎樣撒嬌淘氣他都感覺是那麼的踏實。可他每次回到自己的帳房裡就有一種孤獨感，孤獨的他好似沒有了靈魂的肉體，他覺得一夜之間他什麼也沒有了。羊沒有了，驢沒有了，就連自己的一片草地也成了合作社的財產。他成了一個名副其實一無所有的窮光蛋。舟塔不知道孤獨是一種傷人的利器，它像刀子一樣殘忍地宰割著自己，而且比刀子還要鋒利，不斷地削割著自己的肢體，絞割著自己的心肺。

舟塔每次到了這裡都想與他的羊兒們多呆一會，他不想回去。過去他的這些羊兒讓他嬌慣得只喜歡吃乾淨的草料和飲清潔的泉水，而且晚間根本不在它們經常躺臥的地方拉屎撒尿，可如今他每次來看到他的羊們瘋狂地揀拾地上掉了的殘渣來吃，而且這裡彌漫著濃重的屎尿臭味，他的腳下潮濕滑膩，整個圈房裡陰氣森森，讓他的腳陷在羊的糞尿之中。

舟塔望了望外面的月亮，此時的月亮很美，周圍跳出了幾個星星對他眨著眼睛。他覺得他要趕快走了，不然碰上那些如狼似虎的民兵來不知又要惹出多少麻煩。舟塔慢慢地往外爬去，在這個圈房裡他也像一隻羊，只是這只羊不僅會爬，他有時還會站了起來行走，可他儘量爬著走，他喜歡羊身上散發出來的尿騷香味。

舟塔又踮著腳去了羊圈跟前的一個大房子，這裡有他的一頭叫拉姆草的草驢。對於卡加部落的人來說，驢是用得最多的一種牲口，除了孩子們騎以外，到漢地馱運糧食、茶葉，轉移草場時運載家裡的東西，都是缺不了它的。過去的拉姆草在家裡外面都是他的幫手，它一年到頭身上的汗水沒有幹的時候，背上的毛沒有被太陽照曬的時候，因為總是馱著重物。舟塔每次從外面回來就高高地昂著頭騎著他的拉姆草從家家戶戶的氈房門上走過去，他想你們有錢人有馬騎，可我也有這麼油光閃亮的小毛驢四蹄放展了奔踏。此時，在碧綠草地上走的他就會高興地唱了起來：

呵，來了，來了，
卡加部落的毛驢來了；
毛驢嘈雜的鈴聲，

驚破了老爺的好夢。

卡加部落的綠草上，
毛驢跑得比馬快；
不是毛驢跑得快，
是我們的鞭子抽打得緊。

舟塔唱得是這裡的一首民歌。每年藏曆年剛過，卡加部落就開始從漢地運來糧食。因此人們忙得兩頭見星星，長途跋涉的毛驢的脊背磨得傷疤疊著傷疤。可是，舟塔的拉姆草他從來沒有打過一次，也沒有像其他人家的毛驢一樣累死累活。舟塔不管有多忙，他都是讓拉姆草幹得從容不迫。而且他每次從拉姆草身上卸下木鞍，他連一個鈴兒也不留，讓拉姆草光著身子自由自在，隨意地走走停停，如同典禮上的貴賓一樣。拉姆草這時也就躺倒在草地上伸著四蹄來回翻滾，站起來撒歡蹦跳後還會昂著頭來吼叫。

舟塔的心裡有一個夢想，他想讓拉姆草生下三頭草驢，這三頭草驢每頭再生下三頭草驢，然後他把這些草驢賣了，他要再娶一個焐腳腳的女人。女人好啊，白日裡可以幫自己放羊蕩牛打酥油，晚上還可以和自己一同在犛牛氈上盡情地享受人世間的快樂。因為央金娜姆的阿媽啦去世後，他一直空守著帳篷，再也沒有了這麼好的女人。

他知道女人的好處是說不完的。那時候部落裡那麼多的牛皮羊皮都是他給鞣制的，他忙是忙，可他忙著心裡舒坦。女人給他熬酥油茶，女人給他紮牛皮絡緹靴，女人給他晚上暖皮襖，女人不僅給了他花一樣的央金娜姆，也讓他晚上白天心裡始終含著甜蜜蜜的尕冰糖。

舟塔經常給拉姆草喂青稞酒、酥油茶，還將酥油糌粑捏成各種形狀喂到它的嘴裡。而且他將青稞酒倒進嘎倒這種銅盆裡，趴在地下用嘴巴在嘎倒裡陪著拉姆草一同去喝青稞酒，每喝一口他就大笑一聲。吃飽喝足，他就模仿拉姆草的模樣在草地上奔跑，在泥地裡打滾、尥蹶子、甩耳朵、直著脖子嗚嗚吼叫，逗得央金娜姆哈哈大笑。被灌醉了的拉姆草則狂蹦亂跳，長嘶短叫，瘋了般地在孔雀河邊上撒著歡兒奔跑。

然而這一切都已經成了過去，拉姆草耷拉著它的腦袋，一張驢臉吊得越發長了。拉姆草見了他眼睛裡流出了淚水，晶瑩的淚珠往下滾讓他的心裡好似在紮著刀子。他想，過去的日子裡，拉姆草吃最粗糙的食物，卻幹著最辛苦的勞動，它從來也不呻喚，卻讓一家人放心，把家裡幾乎難以承受的苦活累活髒活毫無怨言地都承當了過來。他覺得他對不起拉姆草，是他親自將拉姆草拉來交到了合作社，是他讓拉姆草連最起碼的乾草都吃不上了。他摸著拉姆草瘦骨伶仃的脊樑骨，他哭了，他抱著拉姆草痛哭流涕了。然而他不敢哭出聲來，哽咽的他讓淚水統統流進了自己的肚腔裡。

舟塔拍了一下拉姆草的頭，用嘴舔著拉姆草臉上的淚水，說道：「我……我……我……走……走……了。」

拉姆草將頭伸進他的懷裡，他抱著拉姆草哭得渾身打起了哆嗦。他知道他必須要走了，再不走就會遇到麻煩了，於是他扭過頭強忍著淚水走了出去。

這時他看見了門上臥著的那只黑色的藏獒，這是他的才旺南傑。才旺南傑朝他望了一眼，他給它做了一個鬼臉，他看見它笑了。每次他來，才旺南傑都在這裡給他放哨，若有民兵從這裡走過，它就會跑到他的身邊用嘴扯他的褲腳，若是平安無事，它則會臥在門前朝他瞭望。

舟塔從口袋裡摸出一塊奶渣，他將奶渣塞進了才旺南傑的嘴裡，然後輕輕地拍了一下它像獅子一樣的頭顱。

才旺南傑抖了一下渾身長長的黑毛，走在前面給他帶路，他們配合的是那麼默契，將他一直送到了孔雀河邊，然後用頭拱一下他的身體，它才搖著尾巴慢慢往央金娜姆的氈房奔去。

他叫住了才旺南傑，才旺南傑過來伸出長長的舌頭將他的臉舔得黏糊糊的。

舟塔走在孔雀河邊，孤獨又向他襲來。他望著天上冰冷的月亮，感覺他已經成了一個沒有了靈魂的孤魂野鬼，頭重腳輕在曠野中搖擺，生命對他來說已經毫無意義了。自從他的五十只綿羊和草驢拉姆草進入了合作社以後，他經常有這種感覺。合作化剛開始的時候，那些人們吹得天花亂墜，說合作社是一個大家庭，人們到了這裡就成了一家人，一人有事大家當著，一家有事大家幫著，在這裡想吃什麼想喝什麼都有。當時他想頭人紮西東珠那麼多牛羊和馬匹都進了合作社，他這麼幾隻羊放到那裡是不會吃虧的，只會星星沾了月亮的光。可他想得太天真了，事情並不是他想得那麼簡單。合作社將他的羊與其他人的羊混在一起，而且再也沒有人說這些羊是他的了，統統都成了合作社的財產。他此時才有了一種被欺騙被愚弄的感覺。那五十只綿羊每天在他的眼前時，他雖然沒有頭人的輝煌，可是他感到日子過得踏實，腳步邁得響當，腰板挺得筆直。而如今黃眼圈、黑嘴巴、尕角叉還有拉姆草它們都走了，他覺得他的魂兒也隨著它們離開了他的身體。他成了孔雀河邊一個窮得遮不住屁眼的流浪漢，身體輕飄飄的。

朗布寺在晨霧中顯了出來，影影綽綽飄忽不定。這是孔雀河邊最大的寺院，已有二百多年的歷史，香火最興盛時裡面有兩千多名來自四面八方的喇嘛。這些喇嘛裡有從漢地來的漢人，也有土人，也有珞巴人，但最多的還是藏家人。這裡供奉著文殊菩薩、觀音菩薩和金剛手菩薩，以及一對歡喜佛。觀音菩薩，又稱觀自在菩薩，這裡的藏家人叫她為堅色斯。觀世音菩薩是佛祖的弟子，佛祖的左肋侍。她的本願是救苦救難，大慈大悲。她的右手持水晶念珠，左手持白蓮花，雙足跏趺於蓮花座中央。卡加部落的人們每每到了這裡，就有一種驕傲和滿足，因為美麗的觀世音菩薩讓他們心無雜念，讓他們心裡舒展，感到非常的平靜。另外，部落裡的人們有了積蓄就捐到這裡，相當於在這裡寄存了今生來世，生了病可以到活佛的跟前用藏藥進行治療，死了人可以到這裡進行轉世，不論是保佑家人還是祈求未來都可以在這裡進行許願。

朗布寺裡塑著一對男女赤身、互相擁抱的歡喜佛。舟塔原先不明白佛門是最講究清、淨、潔、真、善、誠，淫欲是佛門的大戒，怎麼在堂堂的佛殿裡供奉著這樣相擁相抱的一對男女，難道佛界裡也有淫亂嗎？後來他聽了爺爺給他講的故事，他才知道了令人尊敬的歡喜佛在這裡的原委。原來歡喜佛塑像有一個令人心碎的傳說。相傳很久以前岡紮拉山有一個山洞，洞裡住著一位英俊而心誠的喇嘛。他自幼出家，在寺廟裡拜師學成經文，便來到這個山洞誦經修行。為了獲得正果，他每天吃的是野果，喝的是岡紮拉山的清泉水，年復一年地誦經做功。天長日久他的身兒瘦了，眼窩深了，瘦成了皮包骨頭。岡紮拉山裡有一個俏麗的牧羊女叫金彩卓瑪，每天路過山洞時總要瞅瞅洞裡的喇嘛。要說金彩卓瑪這位姑娘有多美，那真像天上的月亮般清秀，石崖頭上的山丹花般俊俏。她的一雙大眼睛，像天上閃光的兩顆星星。她有一個好看的鼻子，像一隻白玉吊兒。她有一個紅紅的嘴兒，像一顆熟透了的紅櫻桃。她沒穿皮襖衣裙，渾身裹著一條長長的白哈達，每走一步像是一朵出水的蓮花。金彩卓瑪每從山洞經過，一股奇香撲進喇嘛的鼻孔，使他沉醉入迷。她還有一副好嗓子，唱起山歌來能把天上林間的百鳥引來。她還有一副好心腸。她見洞裡的喇嘛沒吃、沒喝，身兒一天天瘦下去，簡直要心疼死了，每天把隨身帶的乾糧炒麵送給他。喇嘛不說不笑不動，接受了金彩卓瑪的施捨後，又專心致志地誦經做功。金彩卓瑪心兒實，不管颳風下雪，她都能一次不少地來送吃的。雨兒濕透了她的哈達，從白嫩嫩的身上往下流。當冬天的雪花蓋住了她的頭，落滿了雙肩時，她還是每日必來送飯。石頭撞破了她的腳指頭，鮮血染紅了綠草和山路。她把乾糧、炒麵送給了喇嘛，自己卻餓著肚子，她的臉兒瘦了，腰兒細了，身兒更苗條了。時間一長，這一祕密被她的阿爸和阿媽知道了，把她罵，將她打，把世上的惡話說完了，打斷了一根又一根柳條，她的身上經常是血跡模糊的傷痕。但她還是抽空給喇嘛送吃食。金彩卓瑪的阿爸和阿媽怕女兒幹出丟臉事，給她找了個俊小夥子，想用這引開女兒的心思。誰知她千不願萬不從，整天哭成個淚人兒。二老火了，退去俊小夥子，找了個醜八怪，逼她嫁給這個醜八怪男人。要說這個醜八怪男人有多醜，人人見了吐舌頭。他的額頭像個土疙瘩，眼兒像一雙銅鈴鐺，鼻子像個大馬勺，嘴兒像炕洞門，上身長，下身短，站在地上像兩根木樁樁，走路一搖一擺，說話顛顛狂狂。金彩卓瑪更是不從，她阿爸和阿媽把她倒吊在柳樹上，用牛鞭往死裡抽。金彩卓瑪忍受不了只得連連求饒，答應嫁給這個醜八怪男人。第二天，金彩卓瑪來到山洞，對著喇嘛哭。她哭啊哭，哭腫了那雙好看的大眼睛，淚水濕透了喇嘛的經卷。喇嘛身不動，嘴不動，心也不動，他只顧喃喃念經，活像一個木頭人，但他心裡說：你雖生得乾淨長得俊，我從心底裡喜愛你，可你知道，我是出家人，難沾婚事的邊兒，一旦沾了，我的十年功果全完了。金彩卓瑪見他不動聲色，心裡抱怨道：唉，你這個喇嘛呀，怎麼這樣死心眼！天上有太陽和月亮，時氣裡有陽氣和陰氣，駿馬裡有叫馬和騍馬，天地萬物間哪一樣沒有相配成對？草木禽畜都這麼著，你堂堂五尺男兒，竟然自縛自受苦苦折磨自己。我想出家人的本分是救苦救難，而你放著眼前的人不救，說啥大慈大悲。她想到這裡對喇嘛說：「小師傅，我要嫁人了。從明早兒起，我再不能來這裡給你送吃的了……。」喇嘛一聽，停住手中的念珠，抬頭望了望金彩卓瑪，臉上酸楚楚的，眼裡淚汪汪的……。金彩卓瑪見他這般，才看出了他胸膛裡的那顆心。她一陣激動一陣傷感後轉身走了。喇嘛望著金彩卓瑪走了，不由大哭一聲：「天吶，她……她走了！」這一聲像雷鳴，把山洞頂上的石崖「轟隆」一聲震塌了。就在岩洞坍塌的同時，天上飄來一朵五彩祥雲，雲頭上踩著南海觀世音菩薩，菩薩身上散發著一道道金光。猛地刮來一股狂風，把金彩卓瑪吹了個無影無蹤……。金彩卓瑪失蹤了，她的阿爸和阿媽跑到山洞前尋找，見洞塌了，岩石把洞口堵得死死的。他們料定丫頭很可能跟那個喇嘛一起必死無疑了。可是，老夫婦以後每到山裡來，就不知從什麼地方傳來一個聲音問道：「開了沒？」他們只得隨口回答：「沒開。」後來有人教他倆：「你們如果再到山裡聽見有人問開了沒，你們就說開了。」夫妻倆又來到山裡，當聽到那句話時，他倆就高聲回答：「開了！」話音剛落，只聽「嘩啦啦」一聲巨響，那洞口大開，裡面是那個喇嘛和金彩卓瑪，兩人緊緊地摟抱著，情深意濃，歡樂無比。當老夫妻倆走到他們跟前時，喇嘛和金彩卓瑪仍然保持那種緊緊地摟抱的姿態駕起五彩祥雲升天了。半空裡，南海觀世音菩薩說：「他們是歡喜佛，至高至尊！」金彩卓瑪的阿爸和阿媽見喇嘛與女兒成了佛，感慨萬千，回去後籌集了一些銀錢，邀了幾個能工巧匠，在那個洞裡依他們緊緊地摟抱的模樣塑下歡喜佛像，後來建朗布寺時把歡喜佛也塑上了。朗布寺的歡喜佛其意不在淫亂，而是表達了孔雀河畔的藏家人樂觀無畏的精神和喜愛生命的願望。

可這一切都成了過去，今日的朗布寺裡面只有幾個看門的老喇嘛，年輕的喇嘛都被政府強行從寺院趕出去還了俗。

舟塔感到他不僅失去了五十只綿羊，而且他的靈魂也沒有了依託。過去的日子裡，他的兒子才旦在寺院裡當了喇嘛，學習經文，修煉德行，他在人前面昂著頭挺著胸脯感到無比的驕傲。他將家裡每年的積蓄全部捐給寺院，寺院不僅存著他在危難時的急需，更有他對來世的無限希望。可自從尼瑪鄉合作化以後，反封建，反迷信，朗布寺成了鄉上屠宰牲口的場地和裝肉食的倉庫。他沒有走到寺院門口，腐肉的臭味已經彌漫在了整個孔雀河邊。小時候父親就曾經告訴他，岡紮拉山下的人們每過五百年將會有一次大的災難，惡魔會變著法子來滅佛的，可人們心裡的佛是永遠滅不了的，這樣佛與惡魔的較量將會延續不斷。他想，這是不是又是一次劫難呢？可這一次來得怎麼這樣兇猛。上面不是說要尊重少數民族的宗教信仰嗎？怎麼安多地區整個兒開始了破除迷信的運動，喇嘛還俗了，尼姑回家了，人們敬仰的活佛也成了被鬥爭數落的對象。舟塔想到這裡一陣戰慄。世道變了，人心壞了，藏家人又要遭難了。可他不明白孔雀河邊代代繁衍的生靈為什麼還那麼平靜。他小的時候父親就領他到寺院去，寺院給人們祈福，寺院救人於危難，寺院讓人們的靈魂超度，寺院為這一方土地帶來了多少平安。父親曾經告訴他，那一年這裡發生了大地震，天崩地裂，房屋一夜之間全部倒坍了，廢墟中被掩埋的人們大多數是被寺院的喇嘛用手扒出來的。喇嘛們的手上滴著血，可他們救出活的，安撫死的，給傷了的人們進行包紮，用藏藥進行治療。喇嘛們用寺院裡的大鍋盛了牛奶和糌粑去救助危難中的人們，而且將死了的人們進行超度，讓亡人的靈魂幸福地到了另外一個世界。他想不通那些口口聲聲要解放窮人的人們為什麼卻放不過一個寺院，放不過端莊美麗大慈大悲的觀世音菩薩。

舟塔爬在寺院門上磕了三個等身長頭，他的眼裡滿含著淚水，他不明白那些從小和他一起放羊的夥伴今日裡卻滿嘴的胡言亂語，把寺院和活佛也當成了封建迷信隨口亂談。

他快步往寺院東邊的一間氈房走去，這裡住著央金娜姆的哥哥才旦。才旦被民兵們趕出了寺院，可才旦不願離開這裡，他在寺院的東邊搭了一個氈房。他每天在這裡對著寺院磕頭念經，才旦說寺院是他的一切，寺院裡有他的靈魂，他聞見寺院的氣味他才能吃得好睡得香，他心裡才覺得安穩。

舟塔雖然說話結巴，可他唱起歌來卻是那麼自如，他輕輕哼著六世達賴喇嘛倉央嘉措寫得一首歌：

那一夜，你聽了一宿梵歌，
不如參悟，只為她誦經真言；
那一月，你轉過所有經輪，
不如超度，只為觸摸她的指尖；

那一年，你磕頭擁抱塵埃，
不如朝佛，只為貼著她的溫暖；
那一世，你翻遍十萬大山，
不求來世，只為途中與她相見。

第三章

自打紮西東珠進了央金娜姆的氈房，央金娜姆的心就像一疙瘩羊毛線繩整個兒被攪亂了。央金娜姆是一個喜歡做夢的女孩，她愛月亮，愛它的純潔，愛它的圓潤。她愛看月亮中的白兔和那棵時隱時現的桂樹。每晚當月亮掛在天宇上的時候，她的思緒就像自由的小鳥開始飛翔。那天，紮西東珠寬厚的臂膀將她摟在懷裡的時候，她聽到紮西東珠不斷地說，「我愛你！」她說，「你是不是對每一個姑娘都是這麼說的。」紮西東珠聽到她的話急得臉有些發紅。他說道：「雄鷹縱然千百次遭到風雨的襲擊，它也不改變對草原的依戀。」央金娜姆想，多麼動聽的話呀，可她愛聽這些話哪怕那都是些虛幻的謊言。可為什麼自打紮西東珠走後，再也沒有見到他的身影了呢？她聽父親說，自從工作組到了卡加部落，紮西東珠把成群成幫的牛羊牲畜拿出來帶頭參加合作社，成了安多地區合作社的一面旗幟。他還將岡紮拉山兩千多畝的森林捐給了國家，讓國家在這裡成立了國營林場。他動員卡加部落的娃娃們到學校裡去學漢語。可到了反封建反迷信時，工作組讓紮西東珠去說服大活佛嘉倉，讓朗布寺的喇嘛進行還俗，讓尼姑和喇嘛進行婚配。這時，紮西東珠與工作組發生了激烈的衝突，他知道藏傳佛教已經融進了藏民族的血液裡，佛教是藏家人的生命，佛教是藏家人的靈魂。有了寺院人們活著心裡踏實，有了活佛和喇嘛人們才死得坦坦然然。央金娜姆這些日子經常看見父親雙手合十，閉著眼睛搓動著念珠不知說著什麼，可當他站起身後就發起了牢騷。合作化後人死了沒錢沒糧，天葬時拌屍體的糌粑都要到合作社裡領取青稞，人們沒有時間也沒有錢請來喇嘛念經，還不如死了好；活人吃得沒有，晚上要組織學習文化，一個人連念經拜佛的時間都被合作社占去了。有錢人家攤派的錢款可以拿出，沒錢的人家東西賣光也拿不起攤派的錢款。合作社裡衣服都是合起來穿，平時將衣服放在一起，誰出去誰拿去穿，髒得很。父親的這些話央金娜姆每日裡都可聽這裡的人們訴說，因為合作化整個兒改變了這裡人們的生活，可央金娜姆不願意知道這麼多，她現在只想與紮西東珠再次見面，她要問一問那晚他說的話是否當真？

央金娜姆徑直往紮西東珠的院堡走去，她聽人們說，紮西東珠就住在高高的望樓旁邊的房間裡。往院堡走的路上，她心裡忐忑不安，她不知道這話怎麼開口，怎樣去問這個沒心沒肺的紮西東珠。她的心裡有點緊張，那高高的院牆，那神祕的望樓，從小到大她經過這裡時只能遠遠地望上一眼，可今日裡她就要從這裡走進去，去見攪得她神魂顛倒的那個人。可她從草原一走進巷道口，她突然看見三個民兵手裡提著槍捆紮著自己的父親舟塔，而父親則掙紮著和他們在大聲爭吵。她不知道這些人為什麼要捆父親這麼一個老實人？

「爸啦——」央金娜姆尖利的聲音引得人們都站了下來朝她觀望。

「爸啦——」央金娜姆跑過去將那個牽著她父親的年輕民兵一把推到了一邊。「你們為什麼要捆他？他怎麼惹你們了？」

一個年紀稍大一些的民兵說：「你去問你的阿爸？」

舟塔朝央金娜姆望了一眼說道：「我……我……我去……去看了……一下我們……們的黃……黃眼……眼圈，它……它們。」

「我們家裡的羊憑什麼不讓我們去看。」央金娜姆積在胸中的怒火此時也噴發了出來。多少個日子裡，她想她的黃眼圈，想她的黑嘴巴，這些羊兒雖然不會說話，可帶給了她和這個家庭多少歡樂。也讓他們有奶喝，有奶子裡打得酥油吃，也讓他們有這麼綿軟的羊皮襖穿在身上。可是今日裡突然間他們什麼也沒有了。這些日子黃眼圈、黑嘴巴那些羊兒的影子總是在自己眼前晃動，她的心裡好像被什麼掏空了，每日裡她走到哪裡都覺得心裡空蕩蕩的。現在他們連我們自家的羊都不能讓我們看一眼，太過分了。她像一頭髮了瘋的尕牛犢不顧一切朝三個民兵的身上撞去。

民兵們往邊上一閃，將央金娜姆的胳膊一下擰到了身後。

「放開我，放開我。」央金娜姆紅撲撲的臉被憋得有些發紫，那一雙明亮的眼睛卻越發顯得美麗動人。

年紀大一點的民兵將嘴湊到了央金娜姆的臉邊，沒注意舟塔突然一腳飛起踢到了這個民兵的襠裡。

「哎喲——」年紀大的民兵疼得一下將腰彎了下去，他抱著睾丸蹲在地下臉霎時變得有些發紫。

另外兩個民兵放開央金娜姆，從腰裡抽出皮鞭，這皮鞭黑黝黝的像一根長長的牛尿在空中閃著，重重地落在了舟塔的身上和頭上。

「嘩，嘩，嘩」的聲音好像不是皮鞭，而是似木棍打在舟塔身上發出的，它是那樣的沉悶，那樣的淩厲，讓央金娜姆的心裡一陣陣的顫動。

舟塔用手抱著頭疼得在地上打著滾兒，他將兩個年輕的民兵吸引到他的身上，為的是讓央金娜姆趕快離去。可是，央金娜姆不僅沒跑，她還撿起了一個石塊甩手朝其中年紀小一些的年輕民兵打去，而且不偏不倚地打在了年輕民兵拿皮鞭的手上。這一手絕活是央金娜姆從小放羊時練就的，它是那麼瀟灑，那麼果斷，將那個人的手一下打得半天舉不起來了。

人們看到這些都聚集了過來。另一個民兵過來一把撿起掉在地上的皮鞭。

年紀大的民兵坐在地下端起槍朝天上「砰，砰，砰」地放了幾槍，清脆的槍聲劃破了卡加部落的寧靜，人們紛紛朝舟塔這裡跑了過來。

工作組的人一會兒就來了。三個民兵說，他們看見舟塔要偷合作社的羊，才將舟塔抓了起來。

「你為什麼要偷羊？」工作組長劉俊有三十多歲，中等個子，黑臉龐，他是這裡的副縣長，是掛職卡加部落專門發動搞合作化運動的。

「我……我……我……沒……有偷。我去……去看……看……我……我家……裡……裡的……羊。」舟塔抬起頭來說道。

「入了合作社再就不是你個人的了，那是集體的財產。」劉俊說道。

「黃……眼……眼圈……是……是我……我從……小……小一……把草……草……一……把料……料……喂……大……的，它……它……是我……我的……羊，我……我……要……要退……社，我再……再不……不參……參……加什……麼……合……合作……社……了。」舟塔一邊掙紮一邊說道。

「要退社不是你一個人說了算，看其他社員同意不同意，這還要我們商量後才能決定。」劉俊說完就往回走去，走了幾步回過頭說道：「先把他們放了。」

人們看到劉俊要走紛紛圍了上來，都喊道：「我們也要退社——，把我們的牛和羊還給我們。」

劉俊回過頭來朝喊叫的人們看了一眼，本能地摸了一下插在腰間的手槍。

舟塔說道：「劉……劉……組長，你……你拿……拿上毛……尿了……嚇……嚇……大姑……姑娘……呢，把我……我們……的羊……羊還……還給……我……們。」

劉俊說：「舟塔，你是一個共產黨員，你可不能忘了過去給牧主頭人當牛做馬的苦啊，今天共產黨組織大家參加合作社，就是讓你們在社會主義的大家庭過上更好的日子，奔向共產主義。」

「我……們不……不走社……會主……主義，把我……們……們的……羊……還……還給……給我……們。」舟塔又喊了起來。

「把我們的犛牛和羊還給我們，我們不參加合作社了。」人們聽到舟塔一喊，都喊了起來。

劉俊一看這情景，對跑過來的民兵連長丹增說道：「把舟塔抓起來！」

聽見喊聲丹增和幾個民兵過來又將舟塔捆了起來。

央金娜姆看到父親再一次被捆，她掙脫拉她的人往劉俊身上撲去。可是民兵們過來一下將她擋了開來。

央金娜姆望著被繩子捆著齜牙咧嘴的父親，從靴子裡拔出一把短刀來，這刀子是她平時吃肉用的，上面有她用酥油塗抹的香味。她將刀子緊緊攥在手裡對著劉俊沖了過去。劉俊笑了笑，他的笑浮在臉皮上讓人們頭髮立了起來。他毫不猶豫一槍打在了央金娜姆的手上。央金娜姆的手上滴著血，刀子落在了地上。可央金娜姆並沒有停下腳步，她舉著血淋淋的手朝劉俊沖了過去。

望樓下面發生的這一切，在望樓上的紮西東珠看得清清楚楚。父親臨終時告訴他，共產黨是好人，他始終把這句話記在心裡。紅軍長征時父親就將青稞和酥油用犛牛馱著送給紅軍，紮西東珠對父親的這種做法非常敬佩。但他不贊成父親和先人們對犯了罪的人們施加酷刑，所以他接過父親頭人的權利後，首先廢除的就是挖眼睛、割鼻子、抽腳筋、斷四肢的刑罰。他說，人沒了鼻子、眼睛、腿和胳膊活著是多麼的痛苦，那還是個活人嗎？他這樣做後，卡加部落的人們議論紛紛，有說好的，也有說不施行這種刑罰，做壞事的壞人什麼也不怕了，偷盜殺人的事情就會越來越多。可他不這麼認為，他覺得不管這個人幹了什麼壞事，有多大的罪惡，也要讓人活得像個人樣。共產黨到了卡加部落後，紮西東珠捐出森林，說服人們參加合作社，幫助縣上修建學校，他做這一切的時候就是為了父親當年的這一句話。另外，紮西東珠的母親也是漢族人家的女人，母親在世的時候經常說，漢藏一家人，所以他的朋友裡有很多就是漢族人。這兩年工作組來後組織合作社，反封建破迷信，很多人對他說，漢人要滅佛搶奪我們藏家人的財產呢？可他不相信，他勸說那些人思想不能那麼偏激，這和漢人沒有關係，漢族人和我們藏家人一樣有好人也有壞人，可好人還是大多數，再說工作組民兵裡的大多數還是我們藏家人。

然而事實就發生在自己的眼前。工作組剛來這裡時有事還給他紮西東珠打個招呼，並讓他協助辦理一些事情，可到了後來他們利用他的威望組織了民兵，把人們家裡的牛羊都軟硬兼施逼著進了合作社。過去的日子裡，不要說家家戶戶自己吃得飽，喝得好，就是氈房裡來個不相識的人，卡加部落人也會將最好的羊肉手抓、牛肉坨坨、青稞美酒拿出來招待客人。卡加部落那時候去河州下洮州用錢買糧食或用牛羊換取糧食，可是今日裡由於國家施行統購統銷政策，私人的手裡根本買不上糧食了。

牧區又不生產糧食，吃糧憑糧本子，卡加部落只有一個糧食供應站，這裡想多買一斤糧食都是不行的。這些日子來，白天人們修水渠，晚上工作組還組織學習，人們家裡死了人連送亡人的糧食都沒有，更不要說喇嘛超度和活佛的摸頂了。尤其大活佛嘉倉被拉出來三天兩頭到寺院門上讓人們大聲呵斥，紮西東珠感覺藏人已經沒有了任何活人的尊嚴。老人們對他說，這樣下去活著還不如死了的好。當時他沒有理解人們的這句話，看到今天的一切，他覺得這些人做得太過分了。他知道藏家人將死看得比活著還要重要，人們企盼來世的幸福，希求轉世的吉祥。可是這些日子喇嘛還了俗，活佛阿卡被抓得抓關得關。過去的人們見了他紮西東珠遠遠地趴在地下，可現在人們看見他和工作組的人們在一起，趕快鑽進氈房裡，像躲瘟神一樣避著他。

紮西東珠記得活佛嘉倉曾經對他說過，不要看工作組今日裡利用我們，你和我都是共產黨的敵人，當這裡的百姓被降伏後，你和我的災難就到了。當時他覺得活佛嘉倉的話重了，工作組來後處處把我供在上席裡，縣長書記出出進進我的家門，省上的領導到這裡來也不忘到我的樓上來坐客喝茶，我怎麼會成為共產黨的敵人呢？可這些日子從發生的一件件事情他感到嘉倉活佛說得是對的。前天劉俊到他家裡來告訴他，卡加部落也要搞民主改革了，雖然他為工作組做出過貢獻，可階級是一個客觀存在，卡加部落的一等戶牧主非他莫屬。他聽到這話打了個寒噤。劉俊說，把你的所有財產捐到合作社和國家，我保證你到縣上當個帶工資的政協委員。

紮西東珠想，我不當你的什麼政協委員，我只想要我的央金娜姆。可是今天央金娜姆就在他的樓下，而且那個劉俊竟然敢開槍去打一個弱小的女子。紮西東珠想到這裡從牆上取下了他的雙叉槍，自言自語地說道：「打死這狗日的！」

可他還是坐了下來。他知道他的一舉一動意味著什麼，部落裡的人們已經成了高高壘起一堆待燃的乾柴，只要他一聲吆喝，不上半個時辰，孔雀河畔那一個個帳篷裡的人都會聚集在他的望樓下面。

紮西東珠已經長大了，這是爸啦在他十歲時說的。那年央金娜姆的太爺和他的父親為了爭奪草場，在孔雀河邊進行了一場幾十年來最大的一次械鬥，雙方都死了百十多個人，這些被打死的人裡就有央金娜姆的太爺。爸啦告訴他，央金娜姆的太爺搶奪去的幾百畝草場全被又奪了回來。當時紮西東珠的父親是要斬草除根將央金娜姆一家全部殺死的。就在這時紮西東珠跪在了他父親的膝下，他舉著爺爺的畫像，流著眼淚對父親說道：「不要趕盡殺絕，紮西家不能做這樣的事情。」聽到這話他父親愣了一下，不知是他父親良心有所觸動，還是讓兒子的善心或是被畫像上慈祥的面容感化了，總之，紮西東珠說完上述話後，他父親就將央金娜姆一家留在了卡加部落，而且給他們劃了草場給了一些犛牛和綿羊，還讓孤身的老皮匠收舟塔為徒成為卡加部落一名最優秀的皮匠。

央金娜姆被劉俊開槍打傷後，第二天早上工作組裡一個工作隊員被人殺死在了房間裡，這在卡加部落乃至整個尼瑪鄉掀起了軒然大波。這個工作隊員是工作組除劉俊之外僅有的一個漢人，也是縣委民主改革試點工作組的一個副組長。縣公安局在一卡車解放軍士兵的護衛下到卡加部落先抓了央金娜姆的哥哥才旦和央金娜姆的父親舟塔，但公安局的人並不滿意，他們看了死人的刀口，罪犯顯然是一個殺人的高手。這個工作隊員躺在被窩裡，從表面看完全是熟睡的神態，可翻開被子，脖子上一圈細細的刀痕，是用非常薄的刀刃割的，而且只割斷了頸上的大動脈。更奇怪的是這個工作隊員被割喉，他始終在睡夢中，沒有一點反抗和痛苦的表情。人們知道藏人個個是宰殺牛羊的高手，可這是一個人，就是最好的外科大夫也不能做得這麼天衣無縫。

公安局在劉俊的指揮下不斷地抓人，只要誰有一絲一毫的不滿，只要有誰說過對工作組不滿的牢騷話，幾個人過去連打帶踢就將人塞進了警車，或是晚上夜深人靜時悄悄地將人帶走。於是，自從合作化以來說過落後話或有抵觸情緒的人統統都被抓進了紮曲縣看守所。大刀闊斧的鎮壓讓事情反倒變得簡單了起來，人們都不敢大聲說話，也變得小心謹慎了。工作組開始全面地進行民主改革，原先不敢輕易動的反封建反迷信和土地改革，工作組也大膽地串聯發動群眾。劉俊說，搞社會主義壞事可以變成好事，一個人犧牲了，千萬個人就會站起來。

劉俊想，過去我們事事都要與頭人紮西東珠商量，這也不能幹那也幹不成，條條框框束縛了我們自己的手腳。紮西東珠是什麼，他是尼瑪鄉最大的剝削階級。我們搞社會主義怎麼能讓這樣的人擋住我們前進的步伐，如果事事處處前怕狼後怕虎什麼時候才能建成社會主義。過去的日子裡雖然紮西東珠為國家做過一些事情，用階級的眼光來看那全是假的。那是階級敵人釋放的煙幕彈，那是騷狐狸放出的熏人臭屁。他給合作社捐出的森林和牧場，那是勞動人民的，是國家的，他捐出來是為了減輕他的罪惡，說明他是我們身邊最狡猾最陰險的階級敵人。然而卡加部落收繳槍支卻遇到了麻煩，沒有一個人主動配合交了上來。劉俊粗粗算了個賬，按照一戶三支槍來說，卡加部落最少應該有九百支槍，加上紮西東珠家裡的，總共不下一千多支槍的。劉俊給紮西東珠說過多少次收繳槍支的事，紮西東珠卻說槍是藏民的命根子，上山打獵，出外放牧，夜晚找羊，沒有槍藏民遇見野獸怎麼辦？劉俊想約公安局長一起去找紮西東珠攤牌，收繳槍支這件事情不做好，以後的事情會越來越複雜。由於卡加部落合作化運動和反封建反迷信鬥爭的深入，經常有工作隊員被殺害或者失蹤，敵人的刀子已經割到了工作隊員的脖子上。他想，這也許是個好事，敵人越猖狂，說明我們的鬥爭已經到了關鍵時刻，過了反封建反迷信這個關，合作化運動必然會有一個大的發展。

就在劉俊想與紮西東珠溝通的時候，卡加部落又發生了一件事情。這天下午劉俊騎著馬從縣城開會回來，快到卡加部落時他經過一處崖坎，突然從崖坎上方跳下一個人來，不待前面的工作隊員回過神來，鋒利的刀子將這人的頭顱割了下來。而這件事情就發生在劉俊的眼皮子底下，當時他和另外幾個工作隊員就在這個工作隊員後面不遠的地方。可他來不及拔槍，從崖坎上方跳下的這個人好似一道光的閃爍，他還沒有反應過來，那人已跳上一匹快馬跑得無影無蹤了。

劉俊在部隊裡的時候是個營長，騎馬打槍、格拿擒鬥樣樣在行，部隊裡大比武的時候他還得過射擊第一名。可殺死工作隊員的罪犯卻在他的眼前溜走了。他感到了一種恥辱，一種從來沒有過的恥辱，這些人根本把他沒有放在眼裡。想起當年，他膽大心細，眼明手快，在戰場上屢立戰功，全軍上下誰不知道他赫赫的大名，可是，今日裡敵人竟敢在他的眼皮子底下殺了自己的工作隊員，而且瞬間逃得無影無蹤。

他再也坐不住了，他知道這裡的情況比自己想像的要複雜得多。階級矛盾，民族矛盾，千絲萬縷互相糾纏在一起，自己雖然讀了那麼多馬列和毛主席的書，可都沒有現成的答案。劉俊本來是不願意再去找紮西東珠這個頭人了，可是最近發生的一連串事情讓他必須與這個頭人商量來解決，因為工作組在卡加部落好似盲人摸犛牛眼前黑著呢，他此時才明白自己在這裡什麼也不是，紮西東珠的一句話勝過他說上千言萬語。

劉俊的父親是陝西八百里平川的一個大地主，可他為人仗義思想進步。劉志丹在陝北鬧紅軍時，劉俊的父親變賣了家產支援紅軍，讓紅軍絕地逢春與中央紅軍會合重新開闢了新的天地。然而，劉俊也正是有這麼一個腰纏萬貫的父親，所以劉俊參加革命了多少年，還是一個副縣長，這讓他昔日的戰友也在私下裡為他抱打不平。

劉俊這一次是自己要求到卡加部落來的。多年來的屈才讓他的心裡始終有一種不平，他想到最危險最困難的地方去，讓人們看看他的能力到底有多大，他知道越是困難的地方越能鍛鍊人，也越能展示一個人身上的潛能。他不相信命運已經將自己釘在了剝削階級家庭的恥辱柱上，他要用自己的行動說明他是最革命的。然而到了卡加部落後，他才發現自己對這裡的情況太不瞭解了，這裡的人們和漢人居住的地方根本不能比，到處充滿著風險，時時都有殺機。一個部落就是一個整體，牽一髮而動全身，一個漢族領導到了這裡本身就與這裡的人們隔著一道深深的壁壘，風雲變幻的複雜矛盾讓他根本應接不暇。可是，劉俊是一個永不服輸的人，情況越複雜，形勢越緊迫，擔子越沉重，反倒激發起了他身上無窮無盡的力量。他知道核桃是砸著吃的，對於這些人就要始終保持一種高壓的態勢。

第四章

岡紮拉山海拔四千七百五十八米，每一個山口都有著巨大的瑪尼石堆，扯著重重疊疊的彩色經幡風馬旗，在風中呼呼啦啦地飄揚。到了山頂踩著密林中濕滑鬆軟肥沃的腐土，徒步走進長達十二公里的泥巴溝深處，在眾多參天大樹中，有一棵直徑一．四七米的老雲杉樹，需要三個人才能勉強合抱。紮西東珠將森林交給國家時告訴人們這棵雲杉今年至少有五百六十歲，是整個岡紮拉山所能找到的年齡最大的一棵樹了，是樹的老壽星。紮西東珠說，歷史上這還算不上年齡最大的樹。在他父親幫助紅軍渡過孔雀河時，他們曾經採伐過不少千年老雲杉。岡紮拉山真是個森林的王國。在長達百公里的孔雀河谷南北側，像泥巴溝這樣的溝岔就有十八條之多，最長的紮加溝就有三十多公里。孔雀河谷是森林的海洋，而隨便走進兩側的任何一條溝，同樣是遨遊在大樹的世界。每條溝的森林都滋養了一條河流，這十八條溝裡流出十八條河流匯成的是奔騰不息的孔雀河。

岡紮拉山區是這六十塊原始森林中面積最大、分佈最集中、海拔最高的一片天然林區。林區以川西雲杉和紫果雲杉為優勢樹種組成寒溫帶針葉林，分佈在海拔三千二百米至四千二百米之間高山峽谷中，這是森林生長的極限地帶。林間滋生著各種叫不上名字的野花野草和多種菌類。這裡有麥吊雲杉、紅花綠絨蒿、角盤蘭、草黄麻、大花勺蘭等珍稀植物。林區內繁衍的白唇鹿、北山羊、獼猴、小熊貓、黃嘴白鷺、黃喉貂等。自西向東流淌的孔雀河南側的山坡上滿是茂密的雲杉、白樺、大果圓柏、祁連圓柏的混交林，林相整齊、分佈均勻。走近樹林才會發現，邊緣的空地裡還栽植了成片的幼苗，在大森林的呵護下，這些幼苗長得格外壯實。這些幼苗都是卡加部落人不斷補充的苗圃。

岡紮拉山頂上有雲層覆蓋，在孔雀河面投下巨大的不規則的身影。蔚藍的天空與碧綠的河水相互映照。純淨的河水在陽光下呈現深淺不同的顏色，有淺藍、深藍、孔雀藍，還有一些是粉紅、金黃或綠色的。卡加部落周圍平靜的河面皺起魚鱗般的細小波浪，層層疊疊，彎彎曲曲，那一汪碧水明淨幽藍是那樣的深邃，奪人魂魄。河南邊的綠油油的草原上開著星星點點的格桑花，雪白的羊子在綠色的地毯上滾動著，是那樣的豔麗動人。這裡忽晴忽陰，一天裡頭有時顯示四季，風、雪、雨、雷交替運行，小雨過後一邊是烏雲密佈，一邊還掛著彩虹，另一邊則是陽光燦爛。

春天，草原的春天。最先是朝陽的山坡處雪在融化，慢慢地露出枯黃色的地皮。雪水滋潤著草原，浸濕了去年的草楂，被雪覆蓋著過了冬眠的草根復活了過來，漸漸地倔強有力地推去陳舊的草楂爛葉，奮力地生長起來。淡淡的綠色塗抹了大地讓草原煥發了青春，給大地披上了新妝，牛嘶馬鳴，羊歡鳥叫，草原一夜之間好似又蘇醒了過來，讓天地又充滿了生氣勃勃的景象。

藏獒才旺南傑蜷縮在在央金娜姆的氈房門前，它已敏感地感覺到了春天的氣息，從它緩緩的呼吸中貪婪地享受著從草原深處飄來的甜美芳香。才旺南傑的皮毛光滑黑亮，軀體敦實，四肢粗壯，爪分明確，趾肉厚重，爪甲遒勁而鋒利。由於它肢體粗壯並且趾肉厚實，所以它彈跳自如，在這方圓幾十裡的草地上狼和其他野獸若嗅到它的氣味，早已遠遠地離了開來，狼是不敢輕易到它的領地裡來的。

才旺南傑望著央金娜姆走出氈房，它歡快地一躍而起，在草地上來回奔跳，撒歡地向遠處跑去，然後折回來到了央金娜姆面前，踮起兩只腳伸出寬厚的舌頭在央金娜姆的臉上手上舔了起來，央金娜姆的臉上濕漉漉的，可她的心裡卻暖融融的，這已經成了她和才旺南傑每天最親密的接觸。她將拌好的糌粑給才旺南傑分了半碗，她看著它吃完，然後又將牛奶給它舀了一大勺，吃飽喝足才旺南傑就爬在門前眼睛望著遠處白雪皚皚的雪峰。

才旺南傑是央金娜姆從百十裡外阿舅家抱來的。她記得那也是個春天，到了阿舅家才旺南傑剛從它阿媽的肚子裡出來時間不長還沒有睜開眼睛，阿舅讓她動手扳開了小藏獒才旺南傑的眼瞼，讓它不合時宜地正眼看了她一眼，然而就是這一次，讓才旺南傑刻骨銘心地記住了她若鮮花般的面容。於是藏獒才旺南傑以後只聽央金娜姆的命令，並且不似別的藏獒那樣，當一個陌生人住家時間長了以後就認可了這個陌生人的存在，才旺南傑不會，而且永遠不會，它的心裡只有央金娜姆，它永遠認為這個世界上只有央金娜姆是它的主人。才旺南傑從小不離央金娜姆的左右，它只聽央金娜姆的，沒有央金娜姆的允許任何人是進不了她的氈房的。紮西東珠那天到她的氈房裡來時，還是得到了央金娜姆的許可才會發生那驚心動魄的一幕。

卡加部落的人們認為在神的保護下，野犛牛與飼養的母犛牛配種後產奶量多，而家養的母犛牛對強悍的野犛牛也特別中意，所以家養的母犛牛若與野犛牛配種時沒有牧人的看護，就會跟了野犛牛進了深山或是到了草原深處。央金娜姆早上起來騎了一匹小紅馬，趕著合作社的兩頭母犛牛一起向草原深處走去。央金娜姆上了一個山坡，這裡原先是他們家羊群吃草的地方，她每天躺在氈房裡都可以看見羊兒悠閒自在地在山坡上戲耍打鬧，可是今日裡冷冷清清，疙疙瘩瘩，由於合作社羊群的踐踏和肆虐，這裡的草原草根被羊群扒了出來，昔日百花競豔的綠色草地沒有了，看到的只是坑坑窪窪的滿目創傷。

一頭雄健的野犛牛站在高處遠遠就見了這兩頭雌牛，它長嘯一聲，尾巴上翹，風馳電掣般跑了過來，一頭白眼圈母犛牛見了野犛牛的身影興奮地在野犛牛跟前撒歡奔跳，顯得那麼溫柔、可愛。野犛牛被逗得急不可耐，還沒有好好親熱一番，就以它那銳不可擋之勢向白眼圈母犛牛發起了進攻。這時，岡紮拉山林場一輛拉貨物的小汽車剛好經過這裡，「嘟，嘟」的車鳴驚得白眼圈從野犛牛身下竄了出來，倉皇而逃。那頭野犛牛如此掃興，氣得鬃毛直立，四蹄刨地，那對彎彎的牛角左右晃起上下挑動將小汽車掀了個底朝天。野犛牛紅紅的眼睛盯著從車裡爬出來的司機直沖過去，嚇得那司機圍著汽車左躲右閃。只聽一聲槍響，那頭瘋狂的野犛牛突然掉過頭來。原來在草原上牧人們不打帶仔的、不打懷孕的野犛牛，尤其他們將這在春天為母犛牛們播撒種子的雄性的公犛牛當神物敬養的，這神物是不能拿槍傷害的。央金娜姆朝天上放了一槍，故意將野犛牛往她這邊引來。那野犛牛披著長長的鬃毛，狂飆般的身軀挾著一股野性，瞪著兩個銅鈴鐺般的紅眼朝央金娜姆奔去。黃黃的草地上馬蹄「噠，噠，噠」敲起了鼓點。野犛牛緊緊在後面追著，它的眼睛都快凸了出來。正在這裡被民兵抓去修水渠的舟塔一看不好，他從一個牧民手裡接過套馬繩騎上馬就追了上去。這是一匹火紅色的駿馬，舟塔騎在它的身上讓它將潛力發揮到了極致。只見一團火球在草地上滾動著，火球快到野犛牛跟前時舟塔伸出右臂在半空裡撒下一個圈套，那野犛牛鑽入圈套「噗」的一聲栽倒在地。舟塔順勢跳下馬去，沒想到野犛牛又站了起來，拖著他往前奔跑，還沒跑出幾步，野犛牛一頭栽倒在地。原來那司機從車裡取出槍來放了一槍。野犛牛抽搐著，血汩汩地流了一地。

一陣疾風匆匆吹過，大草原單調的枯黃色在春天肅殺的風聲裡變得渾濁起來，天地像一個渾濁的球體，黏黏糊糊的包圍使人窒息。卡加部落憤怒的人們越聚越多，人們揮著胳膊大聲吼叫著：「神靈被他們觸犯，死了我們多少牲口，今日裡白刀子又捅到我們心尖上來了。打！往死裡打！」森林被國家林場接收後肆意地砍伐樹木和卡加部落已經發生了大大小小不知多少次矛盾，沒想到今日裡林場的司機打死了野犛牛，又發生了觸犯神靈這麼大的事情。老人們跪在野犛牛身邊祈禱著，幾個年輕的牧民則把司機捆了起來，用鞭子抽打著。央金娜姆看到這種情景大聲吼叫著，她揮著雙手用身體掩護著那個司機。就在人們將憤怒向司機潑灑的時候，紮西東珠走了過去。他是人們告訴他後匆匆趕過來的。紮西東珠用刀子割開綁在司機身上的牛皮繩，朝人們喊道：「這是天意，放他走吧。」說著扶起被打得鼻青臉腫趴在草地上的司機，拍了拍他的肩膀看著他開著汽車往林場走去。

央金娜姆短短的時間裡看到了父親高超的技藝和紮西東珠寬廣的胸懷，她沒想到被工作組冤枉的父親在自己最需要的時候還是遇上了他。父親在央金娜姆的記憶裡是無所不能的，她知道這全賴於舟塔家族的敗落。舟塔家族突然的敗落讓父親無依無靠成了孔雀河畔真正的牧民，成了一個往各家帳篷裡出進的皮匠。她記得每年的賽馬節上，卡加部落就要宰牛殺羊。牛羊作為家畜，雖然較之野生動物好駕馭，但它畢竟還是動物，沒有一定的技巧和臂力，要宰殺起來也是非常不容易的，尤其是宰殺犛牛。有一次一個村子裡要舉辦慶典活動，準備宰一頭犛牛盛宴，抽集了村中健壯的八個漢子，用八條粗繩纏住犛牛想拽倒在地，結果沒有成功。無奈只好把牛拽到一堵石牆下，眾人推倒牆才把牛弄死。可是，對於從小沒了父母的舟塔屠宰一頭四五百斤重的犛牛則是輕而易舉的事情。央金娜姆小的時候看到父親舟塔繩殺犛牛的情景時感到既新鮮又驚奇。父親個子不大，有著寬廣的前額，長著個蒜頭鼻子，一雙大眼睛明亮炯銳。父親每次宰殺犛牛時，用一根十多米長的牛毛繩一端將要殺的犛牛的兩條前腿先死死捆住，接著把繩子拉向犛牛的後腿，輕輕地纏上一圈，然後猛然拉緊繩子，將兩條後腿再捆在一起，使犛牛失去平衡，跌倒在地。這時，父親用剩餘的半截繩子，把犛牛的前後腿捆在一起，騎到牛脖子上，抓住一隻犄角，用力一扭，把牛頭扭向一邊，用一根較細的毛繩將犛牛的嘴、鼻一圈一圈地纏緊，使其慢慢地憋死。這是對那些性情溫馴、比較老實的犛牛採取的辦法。對於那些性情暴烈，桀驁不馴的犛牛，父親為了防止傷人，在捕殺過程中儘量避免與其接近。他事先在草坡上豎一碗口粗的木椿，然後用一根挽好圈套的繩。趁犛牛不備，將套圈拋到它的一隻犄角上，接著用力把活套拉緊。犛牛發覺犄角被套，拼命抵抗，甚至支起兩只尖利的犄角，向父親追去。這時，父親趁機將犛牛拉向木椿，把牛角死死地綁到木椿上，然後用繩子將其嘴、鼻纏緊。這類犛牛憋死後，頭吊在木椿上，前肢站立，而後半截身子則癱臥在地上。父親然後開始剝皮卸肉。剝牛時，首先從牛脖子上開刀，一直開到胸部。然後將皮拉開，割斷動脈血管，把血放入盆內，或讓血全部流到胸膛裡，再用勺子往外舀。待血放完後，將皮全部剝下攤開，接著開膛破肚，取出內髒，割掉牛頭，砍去四蹄，把牛身子攤開在牛皮上。牛身子再卸為八塊：前腿兩塊，後腿兩塊，肋巴兩塊，胸骨一塊，臀部一塊。而繩殺羊時，羊在放血、剝皮、砍頭、去蹄後，豎著從脊樑骨砍開，分作兩半，然後再把兩條後腿分別取下，共分四件。因羊的腿肉少，所以每條前腿帶肋骨兩根為一扇。央金娜姆每次看到父親這種憋死牛和憋死羊分牛羊肉的情景時，心情是複雜的，她既為父親的聰敏果敢手腳麻利而感到驕傲，也為這些牛羊產生一種莫名的悲哀。然而這一切，隨著合作化的到來，昔日綑殺牛羊吃肉喝酒的熱鬧場面一去不復返了。

央金娜姆看到眼前的淒涼，她的心裡好痛好疼，過去如大朵大朵雪絨的羊兒沒有了，奔跳撒歡的草驢沒有了，犛牛沒有了，草原枯敗了，花兒也不開放了，馬兒也不鳴叫了，草原上的歌兒被這股莫名的風兒吹走了，只剩下了一片憂傷和眼前她惟一的才旺南傑。帳篷外一隻老烏鴉落在一頭腐爛的牧羊犬屍骨上，它的喉嚨裡發出嘶啞的叫聲，就像她此時煩惱的心緒一樣，喉嚨裡也發出了一聲幹吼。她將聲音放到最大，她覺得她的幹吼飄得很遠很遠，從一個山頂傳向更遠的天際。她不明白這世界為什麼會這樣，過去的人們自由自在地在草原上放牧著牛羊，讓清脆美妙的拉伊盡情地在孔雀河畔飄蕩。人們吃著糌粑和血腸，喝著酸奶和青稞酒，念經拜佛祈願著家人和朋友的平安幸福，可這一切突然沒有了。共產黨的幹部整日裡想的是如何將人們拉到一起，抱成團兒，她不明白十個指頭還有個長短，這麼多人家到了一起，牛羊能在一個圈房裡安穩嗎？她蹲了下去用手輕輕地撫摸著她的才旺南傑，她知道現在只有才旺南傑還會和她在一起。

卡加部落裡的藏獒都有著比狼更優秀的協作互助品質，它們在夜間遇到騷擾時，整個卡加部落的藏獒都會叫起來，它們用聲音相互呼應著，一方有急八方支援。而且它們會根據來犯者陣勢格局確認出自己守衛的陣地，不可能偏離出守護的範圍，它們有著良好的方位感和方向意識。而這種時候，部落裡的人們就通過藏獒在夜吠時的狂怒程度辨別出到底是發生了什麼事情，從而決定自己到底帶刀還是準備好自己的火槍。而這裡所有的藏獒只要聽到才旺南傑的呼喚，馬上就會一呼百應，躍躍欲試，精神抖擻地準備戰鬥，才旺南傑沉悶聲音是藏獒們熱血沸騰的衝鋒號角。

央金娜姆在十六歲後就被家人給單另分了氈房，她不願意和她不相愛的人發生關係，她每天晚上只是苦苦等待著紮西東珠的到來。因為在她的生命裡已經融入了紮西東珠的氣息，她的精神已經和紮西東珠完全融為了一體。才旺南傑好像知道她的心思一樣，當別的男人們要走近她的氈房時，它就會壓低它粗啞的聲音發出強烈的警告，並將拴它的鐵鍊拽得嘩啦嘩啦的響，讓那些打央金娜姆主意的男人們早早離了開來。

可是這些日子才旺南傑卻是那樣的茫然。過去的日子裡才旺南傑和所有的藏獒們都是為了同一個目標，就是不讓狼和其它野獸進入它們的領地，保護好這裡的財產和主人是它們義不容辭的責任。可是今日裡羊群都到了合作社的草地上去了，合作社有他們自己的牧羊犬，因為他們沒有辦法駕馭才旺南傑和那些桀驁不馴的藏獒，這就讓才旺南傑失去了往日的威嚴，也讓它失去了過去的領地。

才旺南傑像失去了王位的國王一樣，慵懶地臥在草地上。它耷拉著耳朵，英雄無用武之地讓它感到痛苦和悲哀。它茫然地望著瞬息萬變的天空，它爬上了一個土丘，它也像央金娜姆一樣對著天空大地發出幾聲幹吼。暮色像天空落下的灰色紗幕，一會兒功夫就籠罩了綠油油的草地，到處是灰濛濛的一片。才旺南傑張開大嘴，沖著往下急速滑落的夕陽狂怒地吼了起來，它是那麼的無助，只有這樣它才感到了它的存在，它知道它的生命裡只有對主人央金娜姆的忠心和對草原大地羊群的依戀。

夜幕很快地包裹住了草原，星星從蒼白的天空遠遠的深處出現。在太陽沉下去的西方，紅色的殘輝尚未消盡，一片紅光罩住了草原，給遠山大地一種壓抑苦悶的感覺。央金娜姆蜷縮在她自己的氈房裡，這裡是她的天地，就和所有的藏族姑娘一樣到了這裡她可以接待來自四面八方採花的男人。可是央金娜姆的心裡只有紮西東珠，她不願意讓一個不喜歡的男人進入她的氈房和她的身體。因為這裡是她的惟一，有她的溫柔，有她的清泉，她要把這如火如荼像玫瑰一樣芬芳的惟一敞了開來獻給自己的心上人。可不知為什麼紮西東珠多少個夜晚再也沒有到她的氈房裡來了？她想，男人們是不是都是這樣，他是不是不喜歡自己了，還是另有了新的姑娘？

央金娜姆將才旺南傑摟在自己的懷裡，她知道這些日子才旺南傑和她一樣的無助，心裡和她一樣的煩悶。

每年的春季草原上就會到來許許多多的狼，飢餓了一個冬天的狼群此時看到草原上多日不見的牛羊，饞涎欲滴，瘋了般地向一個個羊群奔去偷襲。這時草原上就會演繹一幕幕異常激烈的鏖戰，一時間，山梁上、草地裡、土坳口附近撕咬聲、慘叫聲、身體猛烈的撞擊聲，此起彼伏連綿不斷，讓春季還未化開的寒夜驚恐不已。

每年這個時候才旺南傑就會顯得異常的興奮，狼屍和鮮血使它亢奮的神經爆發出從來沒有的力量。然而這一切都成了遙遠的過去，狼盯住的是合作社的羊群，家家戶戶的羊都已經到了合作社的羊圈，已經不屬於個體所有，合作社有他們的牧羊犬，才旺南傑已經不屬於他們，這就讓才旺南傑充沛旺盛的精力不知道向何處揮灑。

茫茫的夜色中，才旺南傑在草地上瘋狂地來回奔跑，它像一陣風般忽東忽西，方圓幾百里的草場成了它揮汗如雨的疆場，它的身子輕巧如燕，它的影子風馳電掣，草地上所有的狼群再也不用在它的身上動腦筋了，再也不害怕它的存在了，它只有自己奔馳著將青春的血液在血管裡汩汩地流淌。

央金娜姆看到才旺南傑昂著頭痛苦的嘯叫，心裡一陣陣發疼，她知道沒有了職責失去了目標的才旺南傑心裡是多麼的苦悶，它已經不能頂著太陽而是在這暗夜裡自己在草原上來回奔馳，而這種痛苦不亞於人們對自己的羊群進了合作社的羊圈。

可是這些日子，合作社的牧羊犬被一隻隻的咬死，而且被開膛破肚地扔在荒郊野外，這就讓人們對才旺南傑產生了懷疑，因為人們想其它野獸沒有那麼尖利的牙齒和肆無忌憚的膽量。人們提著槍拿著刀來到了央金娜姆的門前，才旺南傑齜著牙齒將鐵鍊拽得嘩嘩直響。他們雖然沒有證據說明這些就是才旺南傑幹的，可是他們可以從才旺南傑兇狠的目光裡看到它對合作社牧羊犬的嫉恨。

人們對央金娜姆說：「這是不是才旺南傑幹的？」

央金娜姆聽到這話像受了極大的侮辱說道：「閉住你們的臭嘴！我們的才旺南傑是卡加部落的驕傲，它絕不會幹這種卑鄙齷齪下作的事情。」

這時的才旺南傑越發瘋狂了，它張開血盆大口沖著那個提著死牧羊犬說這話的人狂怒地咆哮著。幸虧有鐵鍊拴著，否則才旺南傑也會將這個人開膛破肚吃進嘴裡。因為，它是不允許對它冤枉的，它也知道幹這事的那些狼們正在山頭上對著這裡在哈哈大笑。

來得人們對央金娜姆說：「我們只是問一下，你把你的才旺南傑管好。」

央金娜姆說：「用不著你們教訓我們，我的才旺南傑比你們聰敏懂規矩，它能分清誰是好人誰是壞人。它絕不會像你們想的那麼卑鄙齷齪，去幹那種下作的事情。」

這些人看到央金娜姆發怒了，他們也沒有證據說明這是才旺南傑幹的，於是就悻悻地走了開來。

然而，就在他們找央金娜姆的當天晚上，合作社的牧羊犬又被咬死了兩只，而且這個咬死牧羊犬的傢伙根本不去傷害關在大房子裡的羊群，這就對合作社的人們在精神上形成了更大的挑戰。

人們想，能不能讓央金娜姆的才旺南傑守護羊群呢？如果咬死牧羊犬的是才旺南傑，才旺南傑就會停止這種行動。假若不是才旺南傑，才旺南傑才是守護羊群的最佳選擇。

這些人們於是又來找央金娜姆了，他們說：「上一次對不起你們了。這些日子合作社的牧羊犬一個個地被咬死，我們實在沒了辦法，能不能讓你的才旺南傑幫合作社去守護羊群，給它三個強勞力的工分。」

不待這些人將話說完，央金娜姆氣憤地對他們說：「你們是什麼意思，一會兒風一會兒雨，啥都是你們說的，你們自己去對才旺南傑說，看它是什麼心思。」

可是這些人心虛，他們看見才旺南傑瞪著銅鈴鐺般的眼睛盯著他們，不時地齜著牙朝他們狂呼亂叫，於是他們只好離了開來。然而，合作社的牧羊犬還是在一個個的被咬死，而且這些牧羊犬被開膛破肚後牧羊犬的腸子還被掛在了工作組的大門上。

這是一個萬籟無聲沒有月亮的夜晚，悄無聲息的夜晚像一個褐色的皮袍裹著孔雀河邊的氈房和卡加部落的房屋和圈舍。到了午夜時分，才旺南傑突然叫了起來，它的叫聲一呼百應使得整個卡加部落的狗都狂呼亂吼，「汪汪汪」的聲音打破了夜晚的寧靜。

央金娜姆從才旺南傑狂躁的叫聲中知道，這是一種不尋常的吼聲。但她不知道到底要發生什麼，於是她去看她的才旺南傑，可她還未到才旺南傑的身邊，清脆的槍響帶著嗖嗖的聲音從她的耳邊劃過。

她的腦際馬上閃過一種不祥，這些人是不是真要對她的才旺南傑下手了？

果然密集的槍聲挾著風聲朝才旺南傑刮了過去。

這時只見才旺南傑將拴它的鐵鍊連同插在地裡的鐵釘一同拔了出來。人們看見才旺南傑掙脫了束縛，大驚失色，轉過身子直往山上奔去。

央金娜姆喊道：「才旺南傑，不要……」

才旺南傑聽到央金娜姆的喊聲遲疑了一下，然後狂怒地追著四散奔跑的人們，它只是碰撞著嚇唬著這些人，它是不會真對這些人下口的。可是，奔逃的人們不知道這一切，他們哭喊著，嘯叫著，嚇得哆哆嗦嗦在地上連滾帶爬。只聽見才旺南傑沉悶的吼聲緊緊地追趕著他們。

央金娜姆恐害怕出事，大聲吼了起來，她去喊她的才旺南傑，她擔心才旺南傑會傷了這些開槍的人們。果然不一會兒才旺南傑鐵鍊的響聲由遠而近，它的嘴裡叼著一個人。央金娜姆跑過去原來這是民兵占都。她心裡清楚了，原來是這些民兵要用槍打死她的才旺南傑。

才旺南傑將占都放到央金娜姆的腳下，還要回頭去抓其他的民兵。央金娜姆一把拉住才旺南傑的鐵鍊，她對著那些四散奔逃的民兵吼道：「你們為什麼要幹這麼缺德的事情。」

躺在地上的占都此時已嚇得渾身如篩糠般顫抖著，說道：「我們也是聽工作組的指示，才這樣幹的。」

央金娜姆說：「你回去告訴你們的劉俊組長，我們的才旺南傑絕不幹那種事情，希望他再不要對它下這種毒手了。」

說著她扶起占都，讓他趕快離開。

占都走後，央金娜姆抱著才旺南傑大哭了起來，她說：「才旺南傑你晚上就在我的氈房裡來吧，這些人們是不會放過你的。」

才旺南傑和央金娜姆一同走進氈房。央金娜姆將自己的皮袍鋪在地上，讓它臥在了氈房門口。

央金娜姆說：「才旺南傑，我知道你是冤枉的，你知不知道這是誰幹的？你能不能把咬死合作社牧羊犬的禍害給抓了出來，洗清人們對你的偏見。」

才旺南傑伸出長長的舌頭舔了舔央金娜姆的臉，並且蹲在地下給她作著揖。央金娜姆知道她的才旺南傑會和她一起抓住這些咬死合作社牧羊犬的禍害的。

可她還是不放心，這些禍害能咬死合作社的牧羊犬，難道就對才旺南傑沒有危險嗎？另外，這些民兵和人們懷疑才旺南傑，不僅是因為他們懷疑是才旺南傑咬死了合作社的牧羊犬，關鍵是這些人們認為合作社是這裡的惟一，他們不想讓有比合作社更厲害的藏獒犬。

蒼涼和驚悸過後，卡加部落還是籠罩在一片恐慌當中。人們每天起來，巷道裡扔得是被咬爛了頭顱的牧羊犬，羊圈裡也多了被咬死和叼走了的羊只。人們不知道問題到底出在哪裡？到底是誰整天在卡加部落肆無忌憚地作怪？

人們想到了狼，可狼怎麼來無影去無蹤，竟然沒有留下一點蛛絲馬跡。另外，狼它沒有將牧羊犬開腸破肚的本事？那到底是什麼野獸在禍害整個部落呢？

這些事情的發生讓央金娜姆對才旺南傑的安危更加擔心了，她知道她必須去找工作組長劉俊，她要告訴劉俊她的才旺南傑是光明正大的，它絕不會幹那種事情，讓他們再不要懷疑和傷害她的才旺南傑了。

第五章

舟塔家族過去在孔雀河邊也是一道亮麗的風景。那時候舟塔家族在孔雀河的南面，紮西家族在孔雀河的北邊。舟塔家族信仰的是苯教，紮西家族信仰的是黃教。舟塔家族認為西藏阿裡象雄時期的辛饒·米沃且是他們苯教的創始人。人們說很早以前，宇宙中有一束強烈的光照射到人間的西方世界，那裡是四大河流之源。一束白光照射到一座城堡，進入熟睡的傑本的身體，一束紅光照射到傑本母親頭頂，這兩束光照亮了三本世界。隨後，又一束綠光射入一個巨大的白海螺之中，匯合成紅白綠三束光芒，苯教的祖師米沃且誕生了。人們說，辛饒·米沃且一歲時就能講述苯教的教義。八歲時傑本引薦給辛饒王族。辛饒王問這個聰敏的孩子，父親叫什麼？米沃且說：「空」；又問母親叫什麼？答：「光明」。辛饒王知道這是個來自上天的使者，於是將其收留並供養。米沃且和佛祖一樣，不戀王子之權勢和榮華富貴，而是潛心修煉法術。十二歲就開始傳授苯教教義。

舟塔家族供在路中或寺廟外牆的經石板，這些主要用於祭祀死者亡靈的經石板的經字下面刻有小蛇、狗等動物，這是祈禱生肖屬蛇或屬狗的死者從輪回中脫離地獄苦海，早日回到極樂世界。有的經石板上還刻有一盞小酥油燈，以指點死者尋找光明之路。在舟塔家族的孔雀河南面，人們有了病請巫師來家裡做巫術，跳巫舞。他們信仰萬物有靈，山山水水，樹木草石皆有特殊的鬼神。逢上生、老、病、喪、婚嫁和蓋房、出獵、耕種、收成等都要請巫師祭神跳鬼或殺雞看肝紋以占卜吉凶。舟塔現在卡加部落就是一個特殊人，他可以與神鬼溝通，然後神斷，卡加部落有很多人雖然信仰的是黃教，但若有了大病小災，都還是要來請舟塔給做法占卜。

過去的日子裡，每當春暖花開時孔雀河兩岸彩旗飄揚，馬嘶牛鳴，一派節日的景象。可自打漢地遭災這裡來了許多從漢地逃來的饑民，紮西東珠的父親安頓了這些人，給他們吃的，也給他們喝的，還將岡紮拉山下的幾百畝地劃給他們耕種。這件事情惹惱了舟塔的阿爺，他說：「你紮西家占了我舟塔家多少草場，今日裡還將我的土地和草場給這些漢人做人情。」於是他指使人明爭暗鬥，並把一些開荒的人殺害後將腸子拉出來繞在樹上，嚇得其他逃難到這裡的人說死也再不敢呆下去了。這就讓紮西東珠的父親非常生氣。紮西東珠的父親帶領整個卡加部落與舟塔家族在孔雀河邊擺開陣勢進行廝殺。

那天，天空格外碧藍，豔陽高照，孔雀河邊到處都翻滾著綠油油的青草。在肥嫩的綠草中間開放著藍色的馬蘭花，粉色的格桑花，金黃色的野菊花。風吹過來，綠草起伏揚起一片漣漪，鮮豔的花朵在綠波上輕輕搖擺，給草原增添了無限的生機和妖嬈的美麗。

舟塔的阿爺狂怒著，暴跳著，他提著一杆雙叉槍打著馬兒在孔雀河邊急速地奔跑，他指著紮西東珠的父親罵道：「你們紮西家太混帳霸道欺侮人了，你得寸進尺侵佔我們的草場土地不說，你還將我們舟塔家的草坡讓給了漢人，這些人去開荒種地亂挖亂刨毀壞了多少草地，你怎麼不給你們紮西家的。」

紮西東珠的父親本來是不願意將事情鬧大的，他說有事好商量，不要因為這些小事傷了我們兩家人的和氣。可是舟塔的阿爺以為紮西東珠的父親害怕了，他端起槍來在孔雀河邊來回的叫罵著，不時用槍朝卡加部落的人們射擊。就在這時，紮西家的大黃狗瘋了般地朝舟塔的阿爺奔了過去，它死死地咬住舟塔阿爺的褲腳，舟塔的阿爺騎在馬上想掙脫，可是大黃狗卻叼住舟塔的阿爺就是不鬆口，於是舟塔的阿爺彎下腰扣動扳機一槍打死了紮西家的這只大黃狗。紮西東珠的父親騎著馬過去抱著這只大黃狗淚流滿面，多少個日子裡他是將這只狗當兒子來養的。他咬著牙朝舟塔的阿爺看了一眼，可是舟塔的阿爺不但不道歉說個軟話還在那裡得意地笑著，這就讓他越發地惱怒了。紮西東珠的父親揮了一下手，卡加部落的男人們早就忍無可忍了，他們在紮西東珠父親揮手的那一瞬間幾乎同時似猛虎一樣朝舟塔的阿爺撲了過去。

孔雀河邊槍聲大作，吼聲震天，混亂的人群騎著馬包圍了舟塔的阿爺。舟塔的阿爺此時想跑，可他來不及了，他在馬背上被四麵包圍的人群給亂槍打死了。紮西東珠的父親這時乾脆一不做二不休，乘勢將舟塔家的幾千畝草場整個兒奪了過來。

舟塔從小就沒了父親，他是阿爺看著長大的，阿爺去世後他就是這個時候到了卡加部落的。混戰過後，雙方死傷慘烈，不滿十五歲的舟塔不但成了孤兒，而且失去了過去的一切。此時人們讓紮西東珠的父親殺了這個男孩，絕了舟塔家的種，以免留下後患。紮西東珠的父親望了這個男孩一眼，他看到這個男孩不僅不害怕還朝他笑了一下，就是這一笑讓他動了惻隱之心，他將舟塔留了下來，讓舟塔家留下了這惟一的根苗。

等央金娜姆長大，舟塔把過去的事情告訴央金娜姆的時候，央金娜姆只是木然地聽著，她覺得過去先人們的恩恩怨怨何時是個了結。紮西東珠世襲了卡加部落的頭人後，他要將舟塔家族的草場還給舟塔，舟塔只是笑了笑，然後對紮西東珠說道：過去的就讓它過去，我還是卡加部落的皮匠。舟塔說這話是真心的，因為他和孩子們已經融入了卡加部落，他覺得紮西家給他的這些牛羊足以讓他和孩子們在這裡很好地生活了。央金娜姆對舟塔說她要到朗布寺出家當尼姑，這時她才剛滿十歲。

舟塔本來是不同意的，可是尕娃們大了都不聽話了，央金娜姆的哥哥出家當了朗布寺喇嘛，而且成了遠近聞名的阿卡，他不願意再讓央金娜姆也走進這個寺院。自從央金娜姆的母親早早地離開了他，他覺得自己身邊必須要有個人，可他還是拗不過央金娜姆的糾纏，到了最後他還是同意了。

舟塔替央金娜姆找了朗布寺最好的老尼姑貴桑給她當了規範師，又請嘉倉活佛替她剃度。

剃度的那天先是嘉倉活佛為央金娜姆祈禱念經，然後剪去了她頭上的最後一綹髮絲，這表示從此她將要六根清淨，無牽無掛了。舟塔看到這裡流下了眼淚，他看到剃了光頭的央金娜姆竟然還是那麼美麗漂亮。他知道他的這個女兒從小到大是多麼的愛美啊，她經常到孔雀河裡去梳洗她長長的髮辮，可是為了自己的信仰她竟然是那樣的義無反顧。

舟塔為央金娜姆當尼姑是盡了心的，瘦死的駱駝比馬大，他拿出舟塔家族留給自己的所有家當為央金娜姆的未來進行了操辦。當尼姑最重要的事是頓果當，意為施茶粥，也就是請全寺尼姑吃喝。這個請客非常關鍵，決定央金娜姆今後在寺院的地位和命運。朗布寺分上下寺院，上寺院裡全是喇嘛，下寺院裡全是尼姑，雖然上下寺院只有一牆之隔，但是喇嘛尼姑從來沒有機會見面的。朗布寺下寺院有個不成文的規定，宴請一天可以得到頃則的名分，宴請兩天可以得到齊澤古雪的名分。頃則、齊澤古雪都是特殊身分的尼姑，不參加集體念經，免除一切勞役。舟塔為了央金娜姆的前程，在紮西東珠的跟前借來了一大筆錢，請全寺百多位尼姑吃喝了整整兩天。每天早飯是酥油茶和糌粑，酥油茶極濃，碗裡漂浮著一層油。早晨到中午之間，十點左右又吃一頓初底，主食是人參果、紅糖、酥油拌米飯。午餐吃四道菜，還有手抓羊肉。晚餐是紅棗、大米、葡萄乾、牛羊肉熬的粥。

當全寺尼姑吃喝的時候，央金娜姆的腦袋被剃得光光的，穿上了尼姑的服裝，怯生生地跟在規範師和舟塔後頭，到經堂和全體尼姑見了面。管事的老尼姑拿出一張單子，念了這幾天全寺吃喝幾天，都有些什麼食物，給寺院還送了什麼東西。這樣，央金娜姆等於被引進了尼姑的行列。實際上這幾天除了吃喝外，舟塔還給寺院送了陶壺、青稞和酥油，還送了三條很長的江孜卡墊。所以寺院主持非常高興，這就為央金娜姆日後的晉升奠定了堅實的基礎。

貴桑是央金娜姆的規範師，又是經師。央金娜姆提著一壺濃濃的酥油茶，來到貴桑座前，倒上一碗，雙手捧給師傅，然後再拿出一條哈達，獻在貴桑的桌邊，待師傅貴桑點頭後，她便規規矩矩地端坐在一旁，開始學經了。

央金娜姆學的第一本經是文殊頌噶洛瑪，然後又學了度母頌卓瑪堆巴。央金娜姆雖然年紀小，可她的記憶力強，異常聰敏，所以不到兩年時間她已經學會了喇嘛曲巴、莫龍朗吉、喬瓦久珠、卓瑪朗當瑪尼等經，這在同時進寺的姑娘中，央金娜姆算是出類拔萃的佼佼者了。

十二歲那年秋天，央金娜姆和兩個夥伴一起請求受格楚戒，也就是沙彌戒。舟塔對女兒的進步看在眼裡喜在心上，他是非常支持的，他讓女兒和她的兩個夥伴給嘉倉活佛呈上兩秤藏銀和一條高級哈達，請求嘉倉活佛為她們授戒。嘉倉活佛答應了她們的要求，他根據她們每個人的生辰日月，算定了授戒日期。還讓她們製作了一種由酥油、麵粉製成的受戒時供養神佛的刀瑪。這種刀瑪色彩鮮豔，造型精美。

嘉倉活佛將受戒點選在了頭人紮西東珠的府邸。受戒的那天經堂佈置得莊嚴而神祕，正面供著釋迦牟尼佛像，兩邊是央金娜姆和另外兩個尼姑的本尊像。按照規定的時辰，嘉倉活佛登上臨時佈置的法壇，四個格龍分別坐在兩邊。央金娜姆和另外兩個尼姑盤腿坐在嘉倉活佛對面的藏毯上，穿著將為受戒而製作的黃色法衣，紅色袈裟，腰帶淨水壺恰魯。

受戒開始，她們三人同時走到活佛嘉倉座前，她們伸出右掌疊在一起，並且都用左手抓住濾水器曲紮，表示濾去邪念。嘉倉活佛抓住她們的右掌，用低沉的聲音問道：「你們願意受戒嗎？」央金娜姆聽到此話打了個激靈。她還是與另外兩個尼姑一起回答：「願意！」接著嘉倉活佛提出不喝酒、不邪淫、不妄語、不偷盜、不殺生等三十六條戒律，一條一條的問。嘉倉活佛問一句，她們答一句。最後嘉倉活佛鄭重地宣佈：「從現在起，你們是受戒的人了！」她們三個人同時應諾，跪拜三次，接收了嘉倉活佛的摸頂。摸頂後，她們給嘉倉活佛獻上了自己的禮物。央金娜姆送的是一條潔白的哈達。

接下來，她們三人都重新取了一個法名。央金娜姆的法名叫嘉倉貴桑。這個名字前一半是主持受戒活佛的名字，後一半是她師傅的名字。央金娜姆取名嘉倉貴桑，因為主持她受戒的活佛叫嘉倉，而她的師傅名叫貴桑。法名不能隨便叫，也不能告訴他人，要嚴守祕密。另外兩個尼姑和央金娜姆右掌疊在一起，稱為繞瓊賓佳，意為佛法姐妹。從此她們成了生死與共的朋友。

朗布寺的尼姑不但擅長放牧，而且能歌善舞。央金娜姆到了寺院裡，她不僅學經學得快，而且她生性活潑，每天她都要與尼姑們一起跳舞唱歌。

月色朦朧的夜晚，一群群的尼姑走出寺院在草地上翩翩起舞，她們像神女從天而降，跳起人間罕見的舞蹈直到黎明破曉才悄然離去。這裡就有美麗的央金娜姆身影。

尼姑們每天晚上成群結隊到了孔雀河邊野花燦爛的草坪上，她們脫開了白日裡的拘謹，一邊跳一邊唱。央金娜姆經常唱著一首尼姑的歌：

在一切的狗裡面，
最自由的是野狗；
雖然沒有早飯晚飯，
也沒有鐵鍊拴著頸脖。

在一切的女人裡面，
最自由的是尼姑；
雖然沒有頭飾胸飾，
也不用侍候丈夫公婆。

可是這樣的日子竟是那樣的短暫，自從卡加部落反封建反迷信開始後，剛開始工作組只是給她們做工作，讓她們進行學習，讓她們自願離開寺院。可是，整整做了她們一個月的工作，沒有一個人願意還俗離開。這就讓工作組非常生氣，他們將嘉倉活佛押到鬥爭會場上，讓民兵將喇嘛和尼姑分成兩排，然後讓一個喇嘛和一個尼姑配對。輪到了央金娜姆，他們讓一個喇嘛將央金娜姆的手牽上走。

央金娜姆看了一眼這個喇嘛，那個喇嘛將頭偏在另一邊。她知道這個喇嘛也是不願意還俗的。可這時幾個民兵過來將他們兩個人拉到了一起，央金娜姆趁拉她的民兵不注意，一頭朝邊上的一個石頭撞去，不是跟前的一個民兵眼尖手快，她可能早就到了另外一個世界。

央金娜姆的舉動惹惱了工作組，他們看著這個滿頭鮮血的尼姑，將舟塔拉來進行鬥爭。舟塔看到央金娜姆躺在地上，他從民兵的手裡掙開，撲向央金娜姆的身邊，說道：「你……你……們這……這些……畜……畜生，你……你……們……不……不是……是人。人……人都……成……成……了這……這……個……樣……樣子，你們還……還……要……要怎……怎麼……麼樣？」舟塔本來就有結巴，這結巴是他在一次被雷擊後形成的。今日裡他看到眼前的一切，又急又氣，他結巴的乾脆半天說不出了話來。

聽到舟塔的喊叫，整個會場開始騷動了，工作組也覺得有點不妥，必須先救人。於是，他們讓嘉倉活佛去救央金娜姆。被鬥爭的活佛嘉倉蹲了下去，他從皮袍裡拿出一種藥膏塗抹在了央金娜姆的頭上，然後用一條哈達將央金娜姆的頭纏了起來。

央金娜姆被抬了回去，讓工作組的反封建反迷信的鬥爭會出師不利，一開始就碰了一個大釘子。

劉俊想，誰讓你央金娜姆是個出頭的椽子呢？你不還俗，你不嫁人，我的工作再能推行下去嗎？現在整個卡加部落在看著我們，群眾在看我們對央金娜姆的態度，如果在央金娜姆這裡開了口子，喇嘛、尼姑誰都可以不還俗，誰都可以不嫁人，我們工作組的威信不就全完了，誰還會害怕我們，任何一個人跳出來死在我們面前都可以將我們的計畫打亂，社會主義道路再走不走？

央金娜姆雖然得救了，可工作組三天兩頭到她的氈房裡來。工作組想你央金娜姆這個釘子不拔掉，這裡的反封建、反迷信的運動就沒有辦法進行下去，因為現在整個卡加部落都盯著你央金娜姆看我們工作組怎麼辦。

於是，待央金娜姆的傷稍有好轉，工作組就找舟塔來了。工作組直截了當告訴舟塔。央金娜姆必須馬上找人嫁出去，不然他們就給央金娜姆定一個人來讓她出嫁。

舟塔看著自己的寶貝女兒被這些人折磨成了這個樣子，可這些人還不甘休，他們到底要幹什麼？他心裡疼啊，央金娜姆是他的心肝花命蛋蛋，他從小到大沒有動過她一指頭，沒有說過她一句重話，他恨不得豁出這條老命和這些人拼了。他想，這些民兵過去都是些憨厚老實的藏家人，今日裡怎麼讓工作組調教成了這個樣子。

工作組每日裡讓民兵將舟塔押到鬥爭會上，和嘉倉活佛站在一起進行鬥爭。紫外線很強的烈日下舟塔的頭上滴著一顆一顆的汗珠子，但他頂著太陽堅持著，他知道央金娜姆是個好孩子，他不能逼她做她不願意做的事情。

實際上工作組和民兵早就知道，央金娜姆是個烈性女子，逼著她是要出事的。可是央金娜姆又是個孝順女兒，只有將舟塔往死裡整，往死裡鬥，不怕她央金娜姆不回心轉意的。

果然將舟塔拉到鬥爭會上沒有三次，央金娜姆就坐不住了。央金娜姆對舟塔說：「你去告訴工作組，我可以還俗，我可以嫁人。但我絕不嫁自己不喜歡的人。我要自己找一個自己喜歡的人，我要自己去尋找自己的幸福，如果不答應我就永遠也不嫁人。」

舟塔就將央金娜姆的話告訴了劉俊。

劉俊聽了舟塔的話後說道：「這好啊，我們共產黨就是提倡婚姻自由。但必須儘快將這個事情辦妥，不能讓你們一家阻擋整個卡加部落的反封建反迷信運動。」

舟塔從腰間拿出那個問卜的毛口袋，這是用牛毛織成的。他抓住毛口袋搖了搖，然後拉開袋口系著的細皮繩，緩緩地將手伸了進去。他做得很細心，也做得很神聖，以第一個觸碰到的物件為准。他摸到了兩個粘在一起光溜滑膩的骨頭。舟塔笑了笑，他的笑是那樣的燦爛，他知道這是一個非常吉利的徵兆。於是在央金娜姆十六歲的這年，他大張旗鼓的將央金娜姆的氈房分了開來。他要告訴整個卡加部落的人們他的央金娜姆要還俗了，他的央金娜姆要找男人了。然而舟塔的舉動一直沒有人來回應，一是合作化後人們的牲畜都進了合作社的圈房，人們的心裡始終像壓著一個石頭磨盤；二是央金娜姆是因為不讓父親再受折磨勉強應承的，她不是真心的，人們都害怕她氈房門上的藏獒才旺南傑。人們想，犛牛強扭是抵人呢，她的臉不展以後整日裡吊著個死羊眼沒個笑顏，這日子也過不安穩。

央金娜姆將藏獒才旺南傑拴在氈房門口，給了卡加部落的男人們許許多多的念想，但他們誰也不敢邁進她所在的領地半步。可這一步卻讓紮西東珠邁進了，這讓舟塔心裡舒服了很多。過去的日子裡，他看到舟塔家的大片草場都成了紮西家的，他心裡曾經那個疼啊，強烈的復仇欲燒得他常常坐臥不安。可是，紮西東珠成了卡加部落的頭人後，心若明鏡、寬厚待人，舟塔心裡的仇恨開始融化，慢慢化成了一潭沒有了波瀾的清水。自從合作社後，舟塔不平的心理已經完全平復了。在關係女兒央金娜姆終身幸福的大事上，他覺得只有他的女兒央金娜姆才配嫁給頭人紮西東珠。

舟塔抽出他的那把鋒利的藏刀，然後又將刀子插入牛皮刀鞘裡，接著再拔出，又插進去，再拔出，又插進去。他不斷地重複著這單一的動作。他感到這樣很好，自從舟塔家族敗落，他一個孤兒生活在紮西家族的陰影裡。他的心裡始終是矛盾的，他不知道怎樣才能讓自己孤寂的心靈有一個安穩的去處。這些日子他對紮西一家沒有了往日的怨恨，他只想著工作組將自己的羊兒趕進了合作社。

白刀子進去，紅刀子出來，他念念有詞不斷地重複著將刀子拔出刀鞘插入刀鞘這單一的動作。舟塔站了起來，他開始往前走去，吊在身後的袖子在他屁股上面一蹦一跳的。他的思緒是那樣的流暢，沒有說話時的結結巴巴。合作化以前的日子裡，蕨麻酸奶，血腸，幹肉，阿卡包子，自己想吃什麼就有什麼，那些好吃的東西吃得嘴裡發膩，吃著都沒心思吃了。可是，就這麼短短的日子裡，這一切怎麼說沒就突然沒有了呢？他始終不明白，報紙上廣播裡天天說合作社好，他不知道這合作社有什麼好的，天天出工上工，沒白天沒黑夜地幹活修路修水渠，難道合作社還和吃肉穿皮襖有這麼大的關係？

第六章

卡加部落的牧民，每年最看重的節日有兩個，一個是藏曆新年，一個是賽馬大會。比較起來，賽馬大會更盛大，更氣魄，更火熱，更能使牧民們熱烈歡騰，激情奮發。當地老人說，賽馬大會有三好：一是天高氣爽，風和日麗氣候好；二是山青草綠，鮮花遍野風景好；三是牛羊肥壯，奶酪豐盛吃得好。賽馬大會還有四顯示：一是顯示高超的馬技，二是顯示華貴的服裝，三是顯示優美的歌喉，四是顯示雄健的舞步。俗話說：「人貴勇猛，馬貴神速。」卡加部落人通過賽馬大會對外逑說他們自開天闢地世界形成以來便崇拜駿馬，熱愛駿馬，馬是他們一生一世最好的朋友，愛馬有時勝過自己的親人和朋友，所以他們把賽馬會上的榮譽看得比生命還珍貴。

這是卡加部落自從合作化之後的第一個恰青夏季賽馬會，這次賽馬大會與慶祝尼瑪鄉成立尼瑪人民公社放在了一起，越發顯得莊重喜慶。這天孔雀河上空的天格外湛藍，幾片白雲好似吃飽了綠草的綿羊悠閒地橫臥在天的中央。尼瑪人民公社各個牧業大隊參賽隊都來到了孔雀河邊的草地上，每個帳篷上都用藏文寫著：人民公社好。廣播裡此時播放著雄壯激昂《社會主義好》的歌曲。人們從青海、西藏、四川、甘肅等地到了這裡來觀看，一夜之間數以千計的帳篷在孔雀河邊搭了起來，形成了一座規模空前的帳篷城和一條條商業街。帳篷一個連著一個，就像一個個五顏六色、神奇幻美的蘑菇世界，突然間彩虹噴湧從地裡冒了出來。它們是那樣鮮豔，那樣含苞待放，若星羅棋佈座落在美麗的孔雀河草原上。這裡除了古老的黑色犛牛帳篷外，更多的是帶八寶吉祥圖案的白色帳篷，五彩繽紛，形狀各異，許多帳篷頂上還飄掛著繽紛呼展的風馬旗，形成一座偌大的帳篷城。白天，頂頂帳篷像珍珠一樣撒落在遼闊的綠色草原上，遠遠望去，猶如碧波上大朵大朵的白蓮開放。而到了晚上，帳篷內酥油燈光一亮，白日裡的帳篷就變成了一顆顆晶瑩的寶石，綴在黑色的天鵝絨上，神奇極了。這次賽馬大會是紮曲縣統一安排的，是要展示集體化後社會主義的欣欣向榮，慶祝人民公社在孔雀河畔落地生根，所以每個牧業大隊都下派定好了觀眾的人數，並且精選了賽馬選手和馬匹，讓各個牧業大隊推薦出最優秀的賽馬手來進行比賽。

入夜時分草原上繁星點點，從全公社各個牧業大隊過來的騎手已經安營紮寨。人們圍著熊熊燃起的篝火，一邊吃著佳餚，一邊飲著青稞美酒，一邊拉開歡歌喜舞的序曲。按卡加部落的傳統，第一首歌由德高望重的老人開嗓。頸纏哈達的酒瓶在一個花白頭髮的老者手中輕輕顫動，富有韻味的頌歌飛出老人唇邊：

遼遠的長空啊／請掀起你藍色的帷幕，

我矯健的玉龍要翩舞了；
豐美的大地啊／請袒展你金色的懷抱，
我神奇的駿馬要奔馳了；
寬廣的舞場啊／請敞開你歡樂的大門，
我出眾的歌手要亮嗓了！

隨著震天的喝彩聲，酒瓶已經遞到了一位絲染霜雪卻神采奕奕的老婦手中。她毫不忸怩，也不推辭，甘甜的嗓音猶如雲雀在深谷中鳴囀，優美的旋律似山泉在石澗跌宕丁冬，輕敏的舞步勝過獐子在林間跳閃歡騰：

我手中的酒杯啊／外面是吉祥的八幅輪；
裡面是噴香的甘霖汁／我獻給在場的鄉親們；
我手中的茶壺喲／外面是珍貴的八寶圖；
裡面是清香的鮮奶茶／我獻給歡樂的歌舞場；
我手中的哈達喲／外面是美麗的八瓣蓮；
裡面是達賴和班禪的肖像畫／

我獻給吉祥的新生活。

序幕一拉開，先是卡加牧業大隊小夥子的舞隊，他們像一朵輕盈的白雲飄來，又似一群膘壯的駿馬撒歡，雄渾豪爽的男中音，翩翩欲飄的嘎爾舞，把狂歡的波浪推向更高的波峰。

那高高的天空／是大鵬翱翔的天地；
我飛呀飛，飛雲空／伴著大鵬跳起嘎爾舞；
那寬廣的草坪／是青年狂歡的天地；
我跳呀唱，逛草坪／伴著朋友跳起嘎爾舞。

卡加牧業大隊的姑娘們怎會示弱，小夥子們的雙腳還未離開舞場中心，一道彩虹飛空架起，一片鮮花鋪天蓋地飛來，五色繽紛的衣飾沖得小夥們只好趕緊讓出空間。紅的腰帶，綠的長袍，黃的琥鉑，金的耳環，銀的腰牌，宛若仙女下凡，亭亭如竹。

秀麗的金山下凝望金湖／金湖畔長就金身的松樹；
金樹梢棲著金色的雲雀／金雀穿空空中瑞光萬道；

金雀落地草原彩霞鋪陳／願金雀永遠伴我們歌舞。

……

就在人們興奮異常時，不知從哪個角落突然冒出一首悽愴悲涼的歌曲：

大姐的模樣兒真漂亮，
大姐的模樣兒真漂亮；
從前面看起來真好看，
從後面看起來跟仙女一樣。
苗條的腰肢像竹子搖晃，
雪白的臉兒像明月出東方；
豐盈的頭髮像馬蘭草，
走路的姿態像彩雲遊蕩。
大姐想給了，大姐心在想，
孽障人想要了，孽障人我在望。

一曲唱完，更加心酸悲涼的曲兒又接著唱了起來：

嗦——

天上飛的鳥兒，

沒有比麻雀更小的；

嗦——

地上活的人，

沒有比我更淒苦的了。

壓抑已久的人們正在放鬆歡歌跳舞時，突然間的悲涼讓人們霎時又回到了現實，那一個個跳舞的人們又坐了下來，無奈地望著冰涼的月亮。

天空開始發藍，太陽慢慢升起來了，五顏六色的旗幟又一次將人們的情緒掀了起來。這次賽馬大會通知的早，準備比較充分，各代表隊都是英姿勃發的青壯年牧民，他們是當地最好的騎手、最好的馬。青壯男人煥然一新騎駿馬、挎鋼槍、插腰刀。他們有的穿著各色藏袍，有的打扮成古代武士。參賽的馬兒披紅掛彩，極盡裝飾之能事。漂亮的馬鞍插著羽毛，披著哈達和彩綢，馬頭上還簪上鷹翎、孔雀翎，馬尾上也紮著紅綠絲線。

賽馬分長跑、小跑、騎射、馬技幾個方面。

八月的孔雀河草原，綠草如茵，野花盛開。這是草原的黃金季節，羊毛剪過了，酥油打好了，牧草開始貯藏了，最忙的季節已經過去，該歡慶豐收了。在這陽光燦爛、本應當是牛羊肥壯的季節，雖然合作化後牛羊都進了集體牲畜圈房，可是人們還是懷著喜悅的心情來參加賽馬會。

圍著巨大的焚香台，虔誠的騎士們恭恭敬敬地轉上一周，接受縣委書記曹文尉的祝福。

上午九點左右，各代表隊就按指定的位置來到了賽馬場。他們穿著各自牧業大隊的服裝，賽馬手們騎著自己的馬兒在草地上站立著。首先縣委書記曹文尉用一口流利的藏語在臨時搭起的主席臺上講話，預祝賽馬成功。接著工作組長劉俊宣佈賽馬大會正式開始。

遠處，晴空麗日下雪山潔白如玉，大草原碧綠如茵。孔雀河邊此時馬嘶狗吠，各代表隊整裝待發躍躍欲試。騎手們高踞馬背，拉緊韁繩，走向預定的起跑點。「嘟嗚——」開賽的螺號震動了整個草原，小跑就先開始了。小跑主要是比賽走姿和步伐。參賽的馬一匹匹打扮得花枝招展，馬鞍、馬墊、馬嚼子都非常講究。騎手們身著節日盛裝，他們都是富有豐富經驗的青壯年，一個個顯得威武雄壯，精神抖擻，不停地催動坐騎走出各種各樣的姿勢，步伐穩健、瀟灑、優美是他們追求的目標，也是最為欣賞的技藝。

小跑完後長跑就開始了，這是沿著孔雀河畔跑個來回，距離大約五公里左右。參加長跑的騎手大都是年輕的少年和少女。參賽的都是光背馬，這樣一是為了減輕重量，二是假若騎手不小心摔下來也不會被馬拖走。卡加部落的長跑選手有三個，央金娜姆是他們中的一員。央金娜姆這天穿著一個粉紅色的長袖襯衫，上面是一個無袖氆氌長袍，腰肢用黃色絲綢緊系，她那細腰長腿的身段，和那將胸脯頂得高高剛剛發育的奶子，襯托著一張粉紅的瓜子臉盤和那明亮的眼睛，越發顯得楚楚動人。

發號的槍聲一響，央金娜姆的小紅馬像一顆上了膛的子彈第一個沖了出去。這時，嘩嘩的馬蹄聲，人們的呼喊聲響成了一片。央金娜姆從小在馬背上長大，趴在馬背上像螞蝗叮在人身上一樣穩當。她一會兒沖在前面，一會兒又被緊緊跟著的馬兒超出半頭，可她始終伏在馬背上往前沖去。此時紫西東珠的眼睛緊緊盯著央金娜姆，他早已被央金娜姆的歌聲刺激得坐不住了，他看著那綴滿珊瑚和松石的無數個小辮和那飄逸的馬尾巴。央金娜姆在他的眼裡此時變得那麼美，好似從天降落的仙女，是那樣的瀟灑。當一個少年不慎從馬上掉下之後，紫西東珠的心一下提了起來。每一次賽馬都有這樣那樣的事故，他害怕這樣的不幸會發生在央金娜姆的身上。然而此時的央金娜姆與跑在第二個的選手距離越拉越大，她一會兒鑽在馬肚子下面，一會兒又立在馬上，一會兒將地上的哈達撈起，一會兒又一隻手攥住馬頭兩腳騰空。央金娜姆驚險刺激的表演獲得了觀眾一陣陣的掌聲，卻讓紫西東珠的心一次次地被提起，他一會兒坐下，一會兒站起，一會兒向央金娜姆揮揮手，一會兒又情不自禁地喊出了聲來。他再也坐不住了。

紫西東珠的心裡又是擔心，又是激動。他擔心飛快的馬會讓央金娜姆出個意外，激動的是央金娜姆表現太完美了，而這完美與火熱的場面正是顯出英雄本色的最佳良機。

「啊嘿嘿，啊嘿嘿——」人們瘋狂的吼聲讓整個孔雀河沸騰了。多少個日子裡卡加部落的人們再沒有這麼高興了，他們看著央金娜姆的馬像一團火球在綠草茵茵的草地上往前沖去，他們都站了起來為央金娜姆加油助威。過去的歲月裡，人們在草原上自由自在的生活著，他們不論貧富但都有一顆在佛光的滋潤下嚮往未來的善心，有一個為來世孜孜不倦奮鬥的目標。可是，今日裡他們什麼都沒有了，既沒有了自己的牛羊，還失去了對未來的嚮往。他們感覺天地之間少了人與人之間的寬容，而多了許多斤斤計較的紛爭。

央金娜姆從不打她的馬，也不進行喊叫呵斥，只是通過韁繩和身體對馬進行暗示，傳遞著她與座下馬的交流。一條條白色的哈達間隔著鋪在跑道上，央金娜姆在飛奔的小紅馬上快速俯身拾起。這裡既要比速度，又要比準頭，最後以誰跑的快、揀得哈達多來定勝負、排名次。

央金娜姆的馬雖然是她被定為卡加部落的選手後牧業大隊才分配給她的，可是她已經喜歡上了這個八歲的小紅馬。在訓練的這些日子裡，她每天牽著它去吃草，領著它去飲水，她將自己最愛吃的糌粑分給小紅馬與它一起分享。央金娜姆身下的小紅馬將馬蹄密集地敲擊在草地上，儘量讓身體平穩地舒展著，它的呼吸與央金娜姆的呼吸似乎完全在一個頻率上。小紅馬也喜歡上了它的這個主人，它將央金娜姆輕輕托起，配合央金娜姆去完成每一個動作，它知道它的一呼一吸以及每一個動作對於它的主人在這裡是何等的重要。央金娜姆知道紮西東珠就在這個賽馬場上，而且她覺得他的眼睛火辣辣地此時就緊緊盯著她的身影，她讓每一個動作儘量做到盡善盡美。

央金娜姆的小紅馬跑過五圈後第一個沖過了跑線，人們沖上去將一條條潔白的哈達掛在了她的馬頭上。小紅馬昂著頭朝天空長長地鳴叫了一聲，堅定地挺著胸脯往前走去，讓央金娜姆在它的身上顯得更加飄逸瀟灑。

央金娜姆騎著小紅馬繼續在草原上奔跑，她放開歌喉唱了一首拉伊：

啊嘖嘖，
呵嘛嘛，
多麼英俊的小夥子，
多麼威風的男子漢。
犍牛般的好力氣，
野馬般的熱情如火焰。
前面看啊相貌好，
後面看啊好身段，
我和你今日裡草地上見，
不上馬就不是兒子娃好漢。

央金娜姆用歌聲含蓄地挑逗著這裡的男人，她用火辣辣的眼睛朝紮西東珠望了一眼，引得周圍的觀眾群裡打起了尖利的口哨，人們紛紛將禮帽摘下朝天上拋去。

這時的紮西東珠坐不住了，央金娜姆的歌聲是明顯唱給他的。原先他是不準備參加比賽的，央金娜姆的得勝已讓他男人的雄心再也無法在這裡默默無聞了。大跑小跑之後是騎射和馬技表演，卡加部落參賽的隊員臨時換上了紮西東珠。

紮西東珠戴著禮帽，穿著雪白的襯衫，上面套著他的黑青色的袍子，這種黑青色是藏族勇猛和堅毅的象徵。他黑青色袍子的領口、衽口和下擺上都鑲著老虎皮，腰間紮著一條大紅腰帶。他的腳上蹬著一雙犛牛皮靴，騎著他的白馬貢保占都。貢保占都是一匹渾身如雪，四個蹄子上沿圍著一個黑圈的九歲小白馬。當小白馬貢保占都飛跑到離射靶大約有一百多米的時候，紮西東珠提起杈子槍向射靶連射三槍，接著他側身掛體撈起哈達，然後再取下槍支，在頭上輪轉一周，瞄準靶子放槍，又從背上取下弓箭射了出去。只聽「嗖嗖」幾聲，槍槍箭箭洞穿靶心，迎來草地上陣陣的歡呼喝彩。接著，他略微放鬆了一下馬嚼子，拔出掖在腰裡的皮鞭，在空中揮了一圈後，「唰」地向貢保占都屁股上抽去。馬像長了翅膀，簡直是飛起來了。鼓鼓的風，在他的耳邊「噓噓」直響。

人馬似箭，蹄聲如雨。生風的馬蹄叩擊著古色的高山草甸，擂響高原厚實的胸膛，使亙古的荒漠破碎了，使寒冽的空氣灼熱了，使千年冷漠的岡紮拉山激動了。

紮西東珠的這一手他從來沒有在人們眼前表演過，今日裡他如一個展翅飛翔的雄鷹穿行馬腹，倒立馬背，尤其騎著飛奔的馬在人群中點煙的絕技讓人們大為驚歎了，更將賽馬會推向了沸騰的高潮。

人們喊叫著，歡呼著，都在心中祈禱著他們心中的英雄，讓坐在主席臺上的劉俊覺得有些尷尬，他沒有想到在社會主義的今天一個剝削階級頭人竟然這般囂張。他對縣委曹文尉書記說：「這哪裡是共產黨的領導，簡直還是頭人牧主們的天下。」可是曹書記只是望著他笑了笑，他對這種笑感到非常生氣。他想，你曹書記作為縣委的第一把手怎麼能夠容忍頭人牧主們的猖狂挑釁。

劉俊對這個紅軍出身的縣委書記是看不起的。他想，你曹文尉讀過幾本馬列的書，你念過幾篇像樣的文章，你不就是憑著老資格居我之上嗎？所以平日裡他與曹書記貌合神離。表面上他對曹文尉畢恭畢敬，背地裡拉攏自己的心腹將曹文尉完全架空。而縣上的那些幹部剛開始不偏不倚誰也不敢得罪，後來看到曹書記對縣上的事情不聞不問，也都紛紛圍到了劉俊的身邊。他們知道這個縣委副書記兼縣長的劉俊，大學畢業知識全面，還在部隊裡當過營長，又能掌控大局水準高，而且做起報告來滔滔不絕讓每一個人都心服口服。

紮西東珠沒有看到劉俊這麼強烈的反應，他將禮帽拿在手裡給人們頻頻點頭。他騎著馬如雄鷹在場地上飛奔著，白馬上一個黑點就似雪球上插著黑旗在綠地上劃過一道白光。多少個日子裡他再也沒有這樣興奮了，從漢地裡跑來的有錢漢告訴他共產黨打擊的就是他這樣的頭人，不要看今日裡他們把你捧在天上，那是一種假像，為的是讓你為他們穩定政權，而當共產黨的政權牢固後，卡加部落紮西家族就是最大的剝削階級。可他不願意把共產黨想得那麼壞，這幾年共產黨不是為藏族人們做過不少的好事嗎？另外，紮西家族對共產黨是有恩的，他不信共產黨就那麼忘恩負義。然而他不願意那麼張揚，尤其今日裡工作組的人們就在主席臺上，可是當他看到了朝思暮想的央金娜姆，他的心一下飛了起來。央金娜姆今天竟比他想像的還要美麗大方，若天仙下凡美女落地，似驚雷滾動讓他心中震顫，這讓他對自己再也控制不住了。於是他什麼也都顧不上了，他要在央金娜姆的眼前表現出他的勇武來。央金娜姆是他的，只有他和央金娜姆才是天生的一對。他打馬朝人群中走來，他一下馬就被興奮的人們擁在了中央，高高地舉過了頭頂，在勝利的歡呼聲中，他被人們抬著巡遊全場。被冷落在臺上的劉俊看到這個情景再也忍不住了，他站了起來，他是想離開這個場景的，他想不通一個剝削牧民的頭人，藏族人竟然這麼頂禮膜拜。他知道雖然工作組到了這裡，可是卡加部落還在頭人牧主的手裡，還在活佛喇嘛們的陰影之下。而他們這些工作組在人們的眼裡是多餘的。劉俊朝曹文尉書記看了一眼，曹書記還是那麼傻呵呵地笑著，於是他一個人悄悄離開了賽馬場，他不願意在這樣一個氛圍中讓人們冷落。他咬了咬牙，心想你紮西東珠不要高興的太早了，好戲還在後頭呢，老子遲早要打倒你這個吃人血的剝削階級。

然而讓劉俊沒有想到的是他一離開，縣委書記曹文尉也離開了，興奮狂歡的卡加部落抓住這難得的機會開始了對岡紮拉山神的祭拜儀式。

自古以來卡加部落和整個藏族地區就盛行神山和山神的崇拜。過去的日子裡，幾乎每一個部落、每一個草原，都有一座巍然高聳、造型奇特的神山，神山上住著牧人們敬畏和信奉的山神。卡加部落的人們知道，正是岡紮拉山神主宰著全部落民眾的生老病死，吉凶禍福，掌控著孔雀河邊草原的風霜雨雪，牧業豐謙，它是卡加部落的守護神。卡加部落過去在賽馬會之後就要舉行盛大的祭山活動。這種祭山活動有定期的、也有不定期的。過去部落出征械鬥、草場糾紛、鹽湖馱鹽、進山圍獵、到農區裡交換糧食、牲畜轉場等等，都要祭祀山神，求得山神的批准，得到山神的護佑。可自從合作化反封建反迷信之後，縣上是明文規定不讓再搞這種封建迷信活動了。可是，今日裡卡加部落卻在人民公社的慶典和賽馬會後突然自發地搞起了祭祀岡紮拉山神的活動。

卡加部落的男人們一個個披紅掛彩，將駿馬裝扮一新，帶上長矛和彩箭、經幡、供品，轟轟烈烈、爭先恐後地朝岡紮拉山頂蜂擁而上。

山頂平壩上，有山神的寶座，那是個巨大的嘛呢堆，叫拉則，這是山神的居所。神座周圍插滿了過去祭拜山神的長矛、彩箭，還有大刀、火槍、陳舊的旗幡、牛羊的頭骨。人們在神座附近搭起了一個帳篷，帳篷裡掛上了山神魯傑彭紮色沃的唐卡畫像，供桌上擺著各種各樣的供品。

人們到了山頂，在嘉倉活佛的安排下，獻長矛的獻長矛，獻彩箭的獻彩箭，換經旗的換經旗，樹經幡的樹經幡，很快山神寶座便煥然一新了，旗幡飛舞，色彩繽紛，顯得格外耀人眼目。人們用草香樹枝葉，在神座前面壘起了高大的香堆，點桑火煨燒，煙雲滾滾直沖雲霄，香氣四溢，彌漫在岡紮拉山的四面八方。

在唱誦山神頌的同時，所有的人圍著插滿長矛、彩箭、經幡的山神寶座嘛呢堆不停地轉圈，轉了一圈又一圈，奮力地揚撒糌粑，拋出彩色的風馬旗。頓時，雪白的糌粑如雪片飄飛，彩色的風馬旗像鮮花怒放。他們一邊奔跑一邊縱情高喊：「嘎——嗨嗨！嘎——嗨嗨！」「吉吉！索索！拉結羅！」這前面的喊聲，是古代藏人衝鋒陷陣、奮力拼殺的喊叫，後面的喊聲則是祭祀山神，祝賀山神勝利的歡呼。

還了俗的僧人們這時都聚集在活佛嘉倉的周圍，他們高聲誦念著經文祈禱卡加部落的平安和吉祥。活佛嘉倉負責驅趕鬼魂，在這個時候他是山神和龍神、地方神的代言者。活佛嘉倉將人們心中的祝願和企盼告訴人們，人們歡呼著，祝願著，所有的人們繞著神座緩緩轉動。他們彷彿看到釋迦牟尼佛祖就站在雲端，朝他們慈愛地微笑著，將幸福平安的甘露普灑在人間。

歌舞開始了，人們不停地唱著跳著，歌頌神、歌頌神的功績。他們將青稞酒高高舉過頭頂，一邊跳一邊喝。酒碗裡雖然沒有酒，他們以水代酒。喝一口不行，喝一杯不行，一定要三口一杯，這叫松折尼達。他們搖搖晃晃唱著祈神的歌。合作化反封建反迷信以後，他們再也沒有這樣盡情地唱過跳過了。

紮西東珠沒有和人們一同上山，他在與工作組的打交道中知道，共產黨最擅長的就是說話不算話，進行秋後算帳。紮西東珠也不願意阻擋人們的熱情，多少年來人們祭祀山神和一切神靈，確實這些神靈給草原、森林、田野和這裡生長的各種生靈帶來了無數的好運。他不明白工作組為什麼不讓人們念佛拜佛祭祀山神，人們有了善心不是很好嘛，你們漢人不也教育人們要有愛心嘛。紮西東珠想，藏族人過去因為信神拜佛，草原上少了多少是是非非，人們不僅愛人也愛各種動物，人們不但在家孝敬父母，在部落裡尊重老人，也有了寬容心。可是，現在人們祭祀山神都要遭到批判鬥爭，這到底是為什麼？紮西東珠不願意多想，他聽了那些漢地逃難到這裡有錢漢們的話，他就有一種後怕。

祭祀活動還在進行，人們從來沒有這麼興奮了，他們自覺地煨紅桑，自覺地轉山，自覺地唱歌跳舞。他們默默地將自己對父母兄弟對家人的祝願付諸在自己自覺的行動中。

央金娜姆在祭祀神山的行動中，她是最虔誠最自覺的，入了佛門之後她本來是一門心思要走向她對神佛的信仰中的，沒有想到自從她被逼迫還俗後，是強迫的婚姻讓她選擇了紮西東珠。多少個日子裡她想紮西東珠，她愛紮西東珠，她將她的一切給了紮西東珠，可是沒有誰知道她的心思，也沒有人過問她的心思。今日裡在祭祀山神時，她將自己的心願默默地對天對地對山神訴說了，她臉上流著眼淚，心裡好似突然明亮一下感到舒展了，渾身上下是那麼的痛快淋漓。

天空慢慢被太陽染成了紅色，紅色的雲彩舞動著，翻滾著，大地到處是一片蒼茫。

祭祀結束後，人們一邊奔跑，一邊在山上拋擲風馬旗，整個的天空、山丘和草原，成了一個神靈飛舞的彩色世界。

天空猛地黑暗下來了，樹影婆娑，到處又顯出了鬼影森森。但是，人們久久不願離去，他們不願意離開山神對自己的保佑，離開這難得的舒心快樂。卡加部落的人們知道，合作化後他們什麼都沒有了，人民公社的到來讓他們對前途更加茫然，他們想今日過後當明天的太陽升起眼前的一切還有嗎？

第七章

舟塔從腰上解下毛口袋，他將手伸進袋裡毫不猶豫地將一根斷骨拿了出來。他拿著斷骨反復地看來看去，他覺得這個卦象不好，過去他從來沒有抽出過這麼不吉利的卦來。他不明白這個卦是說兩個孩子的命運呢，還是自己馬上就要遇到不吉利的事情了。這些日子裡，他總覺得有什麼事情要在自己的身上發生，可他每天一睜開眼睛就發現天還是那個天，地還是那個地，只是合作化到了卡加部落生活裡多了一些不明不白的東西。當時參加合作社，工作組說「誰要走合作化道路，我們就給誰批條子買糧，不走合作化道路的人，我們不給你們批條子。」他聽到這話有些擔心，過去的日子裡藏家人走到哪裡都可以換來糧食，這裡有的是牛毛、羊毛、藥材和酥油。可如今卡加部落就那麼一個糧站，不讓買糧就沒有吃的糧食，沒有吃的糧食就要挨餓受餓。於是，他牽著他的草驢拉姆草趕著五十只羊帶頭參加了合作社，人們看到他臉上自信的笑容，也都和他一樣陸陸續續參加了合作社。工作組看他思想開通，說他是卡加部落苦大仇深的牧民，讓他加入了共產黨。可他不覺得他過去有什麼苦。人們說他是紮西東珠家裡會說話的牲口，可他在過去的日子裡有吃的有穿的，紮西一家幾乎包攬了他的一切，皮匠的手藝只是他的一種愛好。可他還是沒有拗過那些人的糾纏，最終還是加入了共產黨。他覺得他給紮西一家放牧是他自己要這麼幹的，他喜歡那些牛羊，他覺得他到了草場上就和那些牛羊一樣快活，感覺一切都是那麼清爽美好。可他始終不明白這個共產黨是幹什麼的，那天還沒有算命打卦就糊裡糊塗地讓人叫去舉手宣誓了。

舟塔今天就是要補上這個卦，多少年來他不論大事小事只要幹什麼事情他就要算命打卦，不然他心裡不踏實。他覺得有時候這卦雖然當時看起來好像不太准，可過了這個時辰，回過頭來一看自己的命運都在那個卦上，只不過自己一個俗人對世事滄桑不明白罷了。女兒央金娜姆和紮西東珠到了一起就是他通過腰間的毛口袋算出來的。他對工作組讓喇嘛和尼姑配對是反對的，可他覺得他該有個孫子了。兒子才旦已經鐵了心出家當喇嘛是不會聽他的，可是女兒央金娜姆已經和紮西東珠走到了一起，他多麼希望他們有個孩子，不管是男孩還是女孩，只要央金娜姆有個孩子，他是會將這孩子當做命蛋蛋來撫養的。他過去從來沒有這種想法，可當有了這種念想後他想我是不是已經老了。可他總感到自己還是一個十八九歲牛犢般的尕娃，他的身上還有使不完的勁，一頭健壯的犛牛七八個年輕力壯的尕娃沒有辦法，可到了他的手裡不上半個時辰就會被他卸成八大塊牛肉。

這時，有一隻烏鴉從天上飛過。他知道這是一隻老烏鴉，老烏鴉的叫聲裡他可以感到它正攜帶著亡人的靈魂要進入天堂。他不知道將來自己會不會是這只烏鴉帶他通往天堂的大門，可他想天堂是美好的，那裡有成群的牛羊、健壯的馬匹，還有酥油糌粑、羊肉坨坨和牛的雜割。無數的鮮花朝著自己綻放，人們跳啊，唱啊，不知道世上許許多多的難辛和病痛，數不清的夢幻讓自己天天笑出聲來。

舟塔覺得這日子沒法過了。過去的日子裡每日裡有黃眼圈、黑鼻樑、花脖子那麼多的羊兒圍著自己，他有一種子孫滿堂、無憂無慮的感覺。那時候他走到哪裡，渴了進到哪一座氈房，都可喝上香甜可口的酥油茶，餓了不用伸手，隨便從哪家的幹肉垛子上掰下一塊風乾肉就夠自己吃上半天。可這樣的日子隨著合作化的到來，一切都沒有了，人民公社的鬼話更使自己沒有了一點生活希望。他想不通，難道這個社會主義就是讓人們整天餓著肚子，沒有了對未來美好的想法，勒住褲腰帶再不要有任何欲望。

草原寧靜的早晨是被夜幕中一顆明亮的星星叫醒的，太陽還沒有升起，可是空氣裡已經彌漫著破曉時的寒氣，草地上沒有了灰色的露水。剛才還被夜幕遮蔽的天上，一下變成了剔透如寶石的淺藍色。雲雀兒扇著翅膀飛著，各種鳥兒啾叫著、歡鳴著，把一串串美妙動聽的歌兒撒在草叢間，撒在由白漸紅的花瓣上。卡加牧業大隊除了一些勤快的女人外大多數還在夢中，可「當當」的鑼聲敲響了，他們迷迷糊糊地被工作組吆喝到了朗布寺門前。這裡用樹墩和木板搭著一個高臺，高臺上面擺著一個長桌，長桌的周圍站立著一個個荷槍實彈的民兵。民兵連長旦增黑著臉雙手叉著腰，腰間挎著一個沉甸甸的王八盒子。這是一個膀大腰圓的漢子，掃帚眉，蛤蟆嘴，隆臥在臉上的鼻子像一個鷹嘴占去了臉的一半，一對圓溜溜的眼睛始終逼視著對方。旦增今天穿著沒有面子的老羊皮襖，一條胳膊露在外面，腰間紮著一條紅色的絲綢腰帶。

旦增是一個孤兒，從小就在拉薩街頭乞討要飯，長大後他憑著渾身的力氣和膽量和幾個人在草原上專門搶奪商人的財物，過了幾天大碗喝酒大塊吃肉的日子。他那時經常唱著一首歌：

活佛對人說別吃肉，吃肥肉的卻是活佛。
官人對人說別撒謊，謊言最多的是官人。
豪富對人說別偷盜，掠奪瘋搶的是豪富。
見不到的活佛喲，怎不讓他生生氣。
告不准的官人喲，他的馬怎麼不騎騎。
無指望的豪富喲，怎不讓他蓋章立個契。

解放軍進了西藏後旦增輾轉到了卡加部落，紮西東珠念其無依無靠和他那能扳倒一頭犛牛的力氣，安排在他們家裡給放牛牧馬。可他留戀過去無拘無束的日子，放牛牧馬時在草原上一個人唱道：

走慣了石礫山頭，
再不想往山裡走。
露宿在曠野山溝，
再不想住帳篷裡。
放慣了野羊野馬野牛，
再不想放家中的牲口。
當夜空出滿星星，
這是我浪人出行的時辰。
當黎明星星隱去，
這是我浪人停下的時辰。
彩色帳篷裡千人歡聚，
沒有我浪人立錐的緣分。
四方桌子上酒肉橫陳，
沒有我浪人口嘗的緣分。
大莊裡美女動人，

沒有我浪人交友的緣分。

工作組到了這裡後，旦增就成了被依靠的對象，不論搞合作社還是反封建反迷信，不論成立人民公社還是拆寺院鬥爭活佛，這個人由於沒有宗教信仰的約束，所以打人抓人無所顧忌，而且心狠手辣一臉的凶相，這就自然成了這裡掌握槍桿子的最佳人選。

高臺的前方掛著一條紅色橫幅，上面寫著「卡加部落民主改革鬥爭大會！」大活佛嘉倉被扒下了紅色袈裟穿著一件老羊皮襖，就站立在高臺的上面，兩個民兵一左一右提著槍站立在這個身段不高不矮胖乎乎的喇嘛兩邊。嘉倉的頭上頂著一個高高的用紙糊了的帽子，遮住了他垂下的兩個大耳朵，他的脚脖子上砸著脚鐐，脖子上掛著一個用白紙糊了的大牌子，上面寫著「反動活佛封建農奴主霸頭嘉倉！」嘉倉兩個字用紅筆重重地劃了勾。

高臺上坐著全副武裝的工作組長劉俊和一些工作組隊員，邊上坐著紮西東珠。旦增一手拿著話筒，另一隻手高高舉起帶頭喊著口號：

打倒反動活佛嘉倉！

共產黨萬歲！

毛主席萬歲！

臺下人們沒有見過鬥爭活佛的陣勢今日裡這麼大，個個將頭蜷縮在自己的皮襖裡，誰都不敢發出聲來。旦增說：「你是什麼活佛？你能知道太陽是圓的還是方的嗎？你能知道你明天會有什麼事情嗎？」

嘉倉用那雙大大的眼睛朝劉俊看了一眼沒有吭聲，他知道這是為了昨天祭祀山神而對他的鬥爭。他不願意進行辯解，因為他知道這都是事先安排好的，工作組就是要讓他威信掃地，讓活佛在這裡沒有了任何地位，從而在人們的心中立起共產黨的形象。嘉倉的眼睛上面濃濃的黑眉毛還是那樣平臥著，他的嘴唇緊緊閉合在一起，一雙眼睛炯炯有神，面容發出紅色的光亮還是那樣的慈祥。

鬥爭會場上肅殺的氣氛讓人們紛紛低下了頭，人們不知道這到底是為了什麼？人們感到世道要變了，黑白顛倒了，可他們不知道這世界會變成什麼樣子。他們始終搞不明白工作組為什麼要利用這麼一個吃、喝、嫖、毒、偷五毒俱全什麼壞事都可以幹出的無賴丹增，而去鬥爭這樣一個大慈大悲的嘉倉活佛？

太陽直射下來無遮無掩，強烈的紫外線像針一樣紮著人們的眼睛，嘉倉活佛站了不到十多分鐘額頭上就流下了一滴滴的汗水珠子，但他還是那樣像座鐘一樣穩穩地站立在高臺上面。

旦增上去在嘉倉活佛的頭上狠狠地扇了一巴掌，然後拍了一下挎在他身上的盒子槍說道：

「你連你自己明天的事情都不知道，你是什麼活佛呀？你給大家說一下，你是不是天下最大的騙子。」

嘉倉朝這個人望了一眼，他不願意說什麼，他知道這一切都是工作組安排好的，他們害怕藏人對佛教虔誠的信仰，他們擔心人們對他這個活佛的迷信。他知道共產黨要在這裡樹立自己的威信，他這個活佛是他們最大的絆腳石，因為卡加部落的人們只相信他嘉倉的話，根本不聽工作組的那一套。他抬起頭來，半眯著眼睛朝蔚藍色的天空望了一眼，可是紫外線毫不留情就向他直射下來。滿天五顏六色的星星刺得他閉上了眼睛。他笑了一下，他是笑這些人的無知和狂妄，然而這無意識之間輕輕的一瞥卻讓人們看到了他垂肩的耳朵和那平和的眼神。可是這一笑卻讓旦增暴跳如雷了，旦增揪住嘉倉活佛的耳朵說道：「大家聽著，活佛不過是人給他安了個活佛的名字。我說你們都可以當活佛，你們生了尕娃起個名字叫活佛不成嗎？我看可以。只要把他的畫皮揭開了，大家看清了，他什麼都不是。」

紮西東珠聽到這話心裡咯噔地打了個激靈，這算什麼話呀，佛教千百年來已深深紮根在了藏民族的心中，活佛也被人們視為至尊。這都是自自然然的事情，就像美麗的孔雀河日夜不息的流淌，並沒有任何人對其進行過干涉。嘉倉活佛大慈大悲在整個孔雀河邊為人們幹了數也數不清的善事好事，他寬厚謹言，用他的愛心讓這裡的人們心向慈悲。紮西東珠也清楚這個丹增的為人，由於這個人什麼壞事都能幹得出來，所以卡加部落過去沒有一個人與這個人來往。他在這些日子裡有些後悔，當初就不應該讓這麼個人來到卡加部落。而他當時主要是憐惜丹增的孤苦伶仃，希望他能改惡從善，另外他看到丹增這個人有一身的力氣，而且騎馬的技術很高，才將這個人收留在了卡加部落讓其放馬馴馬的。他想，今日裡工作組讓他紮西東珠坐在這裡，不過是要讓他來壓這個陣，助他們的威。但他卻坐不住了，他知道嘉倉活佛是人們心中永遠的聖光。善惡之分今天的鬥爭會上就非常的鮮明。他看到旦增的上躥下跳張牙舞爪，聽到旦增的滿口穢言大聲呵斥他越來越反感了。嘉倉是他在這方圓幾百里的草原上最為尊敬的一個長者，活佛與人為善，不爭不搶，他有一顆包容天下的慈悲心腸。嘉倉活佛平平和和地念經拜佛，把善心播撒在這廣闊的草原上，可是今天工作組卻將這個至高的尊者砸了腳鐐當著這麼多的人對他謾罵，將他羞辱。

嘉倉活佛是朗布寺的第六世活佛。第一世嘉倉活佛出生在青海省湟源縣的加倉村。那時這村子不叫加倉村，而叫剛達莊。自從出了嘉倉活佛後，才把這村叫做加倉村的，而把北起劉家灘南至關城的一片地域也通稱為了加倉灘。這裡的人們傳說，那時候剛達莊有一戶人家有個叫嘉倉的男人，自幼出家，到青海的塔爾寺當了喇嘛，人們稱他為「嘉倉喇嘛」。嘉倉喇嘛三十六歲那年，他家要做善事請喇嘛誦經超度亡靈，掌櫃的讓嘉倉喇嘛從塔爾寺請來七個喇嘛一同念經。到了做善事這天，其他喇嘛爺們都到來了，唯獨自家的嘉倉喇嘛遲遲不到。時過後半晌當善事快要做完的當兒，才見嘉倉喇嘛不慌不忙、不緊不慢地進來了。掌櫃的一見，氣不打一處來，說道：「哼，靠你做善事，怕是要等到下輩子哩。打發母豬去抬宴席，豬不來，宴席也不見……。」嘉倉喇嘛聽了這話只是笑了笑，一聲不吭地轉身進了廚房。廚房裡沒有人。嘉倉喇嘛一屁股坐在灶火門前的小木墩上，他看見灶火臺上放著兩半塊月牙形石板茶蓋，便兩個手裡各拿一個，只一捏，這兩塊石板茶蓋被捏成了兩個炒麵棒槌，嘉倉漫不經心地把它丟在灶火門臺上。善事做完了，掌櫃的送走了喇嘛爺們，想找嘉倉狠狠地訓一頓。哪知尋遍房院的角落旮旯，就是不見嘉倉喇嘛的影子。有人說：「我親眼看見嘉倉進了廚房，一會兒工夫怎麼就不見了呢？」「那就到廚房再找找吧。」人們叫嚷著又找了起來。這時這家的尕媳婦從廚房裡跑出來，叫喊道：「你們快來看，嘉倉把灶火門上的兩半塊石板茶蓋捏成炒麵棒槌了！」說著她將兩個石頭棒槌舉到眾人面前。大家細瞧時，那石頭棒槌果真是石板茶蓋捏成的，上面還有清晰的手指印哩。原來這嘉倉喇嘛是活佛，也就是一世嘉倉活佛。他來遲是因為他在塔爾寺裡早已誦經超度了亡靈。此時他已從天窗眼裡鑽出去，到了西藏。西藏一家寺院著火了，他遂施佛法天降傾盆大雨，將熊熊大火熄滅了，救出了眾喇嘛。一世嘉倉活佛後來在孔雀河畔修建了朗布寺院，活佛轉世，天地輪回，這六世嘉倉活佛就是在孔雀河畔找到的。

這時，旦增突然在嘉倉活佛光光的頭上重重地扇起了巴掌。他那長著黑毛的手上下飛舞著，「啪，啪，啪……」讓嘉倉活佛的頭髮出悶騰騰的響聲。

臺下的人們看到眼前的一幕都驚呆了，他們不敢相信這是真的，自己深深敬愛的嘉倉活佛會被這麼個無賴進行打罵。央金娜姆的哥哥才旦站了起來，他大聲吼道：「你要幹啥？」

旦增從腰間拔出槍來朝天上「叭叭」兩槍，大聲喊道：「反了，反了，脖子裡的血憋著不成了，給我抓起來！」

幾個民兵聽到這話，跑過去將才旦砸了幾槍托，一個民兵把才旦的胳膊擰到了身後，幾個人將他用繩子捆了起來。

可是人們並沒有因為旦增的瘋狂而坐了下來，他們都將皮襖敞開大聲喊了起來。

紮西東珠也站了起來，看著旦增說道：「把才旦阿卡放了！」

「為什麼？」旦增往日裡對紮西東珠還是有些敬畏的，可是這些日子參加學習，加入了共產黨組織，他突然意識到他的窮是因為有像紮西東珠這樣的剝削階級。他覺得今日裡有工作組長劉俊給自己撐腰，他對紮西東珠的話並沒有放在心上。

「把他放了。才旦阿卡他沒有幹什麼嘛。」

此時的人們在台下都喊了起來：「把人放了！」

旦增又將槍朝著天上放了幾槍。清脆的槍聲讓周圍樹上的烏鴉紛紛飛了起來，驚得人們都站了起來。烏鴉蒼涼的叫聲由近及遠朝孔雀河對岸慢慢飄去。

「把才旦阿卡放了！」

「把才旦阿卡放了！」

人們大聲喊道。

旦增說：「誰要再喊我就打死誰！」

「你要打死誰呢？你到底要幹什麼？」紫西東珠壓低了聲音說道。

劉俊一直端坐在主席臺的上面，他靜靜地觀察著事態的發展。他本來是要打掉活佛的威風，是要清除人們對佛教的信仰，讓共產黨在人們的心裡立起來，可他沒有想到事情並沒有他想得這麼簡單。他一看這個樣子，知道這樣硬做會發生不測的。他想你紫西東珠不要放肆的太早了，於是他順水推舟說道：「把這個人先放了！」

旦增此時氣呼呼的，他不明白劉俊為什麼要這樣做。昨天晚上開會不是商量好的嘛，這樣做只會讓這些人們得寸進尺，就會助長了這個反動活佛的威風。旦增記得，那年他偷了朗布寺的一匹馬，他是準備賣個好價錢後娶妻生子過個安穩日子的，沒想到還沒從孔雀河上過去就被僧人們抓住了。那天，他被才旦幾個僧人吊在了寺院的房梁上，嘉倉過來不是讓人們先將他放了開來，而是給他講了半天大道理，才將他放了下來。從寺院的梁上放下的他，當時胳膊腫得像人們的大腿一樣粗，抬都抬不起來了。所以他恨這個嘉倉，他認為這個人虛偽狠毒毀了他的夢想，讓他四十多歲了至今還獨身一人。可是，自從工作組到了這裡，他是工作組依靠的對象，這裡的牛成了他的，羊成了他的，就是頭人紫西東珠的馬他也可以騎上大搖大擺地在卡加部落的巷道裡走來走去。現在卡加部落的槍桿子就在他的手裡，他再也不是沒有女人的下賤人了。

旦增經常想還是共產黨好啊，不是共產黨他能有今天這麼風光的日子？不是共產黨誰見了他還能將他叫到家裡又吃又喝？不是共產黨紮西東珠能和他這樣平起平坐的說話嘛。

劉俊此時心裡非常清楚，他知道共產黨的天下誰也反不了，但此時必須策略一點。上面開會有過交代，他記得省上領導說過：「在孔雀河邊，在卡加部落，喇嘛、土司、頭人在人們的心中比共產黨和政府還有更大的影響力和威望，這是一種不正常的現象，我們遲早要將這種不正常的現象加以改變。共產黨的江山，必須要有共產黨的絕對權威，必須要有共產黨的堅強領導，任何與共產黨對立的勢力都是反動的，反動的勢力必須要堅決打倒。但我們必須要講究策略，政策和策略是黨的生命嘛。」

民兵們聽了劉俊的話最後還是將才旦放了開來，可鬥爭嘉倉的鬥爭會繼續在進行著。人們都低著頭，將頭縮在自己的皮襖裡。紮西東珠想，共產黨難道是過河拆橋，想當年卡加部落在紅軍最困難的時候給紅軍贈送過糧食、酥油，還有嘉倉活佛的一份功勞呢。今日裡怎麼恩將仇報，對嘉倉活佛這麼無情殘忍，他看到眼前的一切，身上不由得打了個激靈，心裡有一種後怕，是不是過些日子自己也和眼前的嘉倉一樣，也讓人們隨意像毛球一樣地踢來踢去進行鬥爭打罵。

這時幾個民兵攙扶著一個老阿奶走了上來。人們一看，這不是赤林的阿媽嘛，她今天到底要幹啥？人們知道民國三十六年，赤林偷著殺了朗布寺的一頭牛，被卡加部落裡的人們抓住送到了嘉倉活佛的跟前，嘉倉於是罰赤林在寺院裡念了一年的經文。可是這個赤林是個不安分的人，他怎麼能夠忍受這樣的懲罰呢？於是他在一個漆黑的夜晚藏在佛像後面端著杈子槍準備朝嘉倉活佛開槍，沒想到他的行蹤被守護寺院的一個鐵棒喇嘛發現了，而且從天而落打掉了他的杈子槍。赤林被圍上來的鐵棒喇嘛給亂棒打死了。

朗布寺裡的鐵棒喇嘛曾經是讓僧俗百姓膽戰心驚的人物，也是頗有戲劇性的角色。他們挺胸疊肚神氣十足，手握鏤花大鐵棒，或在朗布寺院僧眾中踱步，或在卡加部落巷道裡梭巡。他們每走一步，鐵棒便在石板地上一砸，發出鏗鏘有力的震響。當他們過來時，所有的僧俗百姓趕緊閃向兩旁，而且都要彎腰、吐舌，作驚恐敬畏狀，嘴裡發出一些哆哆嗦嗦的聲音。朗布寺裡的鐵棒喇嘛是很有權勢的，他們不僅執掌本寺僧人和卡加部落百姓的生殺予奪大權，同時在每年藏曆正月初三到二十四舉行法會期間，成了這方圓幾百里的真正主宰。藏曆正月十五的酥油燈會，無數酥油麵粉彩塑的神龍仙女、故事傳說、花鳥蟲魚、吉祥八寶，高高矗立在卡加部落朗布寺的前邊，被酥油燈光焰照耀得神奇富麗、栩栩如生。在嘉倉活佛摸頂之前，鐵棒喇嘛率領侍從在整個卡加部落巡迴一周，命令將僧俗百姓堵在各個路口，不准任何人擠進燈會會場。

今日裡赤林的阿媽這個老阿奶上來脫下鞋就往嘉倉活佛的光頭上打了起來。這一切都是劉俊早就在下面安排好的，他要找一個苦大仇深的人來給卡加部落的反動勢力一個下馬威。果然這些苦大仇深的人們一個個將他的計畫原封不動地搬到了鬥爭會上。他想，這裡的人們還是階級覺悟太差，不似漢地的人們一呼百應。他望了望土台下面的人們，這些人都低著頭，手裡搓著念珠，誰也不吭聲，這就讓他非常生氣。

這時，臺上的旦增舉起拳頭喊道：

血債要用血來還！

打倒殺人犯嘉倉！

人們還是低著頭，他們看見幾個民兵將嘉倉活佛的頭壓得很低，兩個胳膊被擰在了身後，在他的脖子後面插了一個打著紅叉的牌子。

赤林的阿媽還在滔滔不絕地說著，她想到了她的兒子赤林，她知道不是這個嘉倉活佛她的兒子是不會死的。可是，赤林的阿媽說著說著就說到了別的地方，她趴下給紮西東珠磕起了頭，她說過去我們給頭人放羊有吃的有喝的，可是今日裡讓我們參加合作社，羊沒有了，牛沒有了，糧本子發下後讓我們連肚子都吃不飽了。赤林的阿媽說得都是實話，可劉俊越聽越坐不住了，他趕緊讓旦增將赤林的阿媽拽了下去。

鬥爭會還在進行，可是臺上臺下兩重天，臺下的人們反應是那麼冷漠。就在這冷漠裡紮西東珠卻感到今天不是在鬥爭嘉倉活佛，而是在鬥爭自己。往日裡人們對活佛的敬畏今日裡在這些被工作組安排的整個計畫裡化為烏有了，紮西東珠知道這就是劉俊他們所要的效果，他們就是要讓活佛、土司、頭人在人們的心目中變成一泡臭狗屎。

果然又有幾個人上到了臺上，他們都是和嘉倉活佛多少有些糾結的。有的是借了寺院裡的糧食不願意再還的，有的是亂倫女人而被寺院重罰的，有的是偷竊財物而被寺院裡的鐵棒喇嘛打斷了腿的，總之這些人今日裡在工作組的支持下都在發洩自己對寺院的不滿。可是他們都說不上嘉倉活佛到底對他們有什麼不好，這個人到底有多麼罪大惡極，所以在鬥爭的時候，都要給嘉倉活佛深深地鞠上一躬。

劉俊一直在掌控著整個鬥爭會，他有意識地將紮西東珠冷落在一邊。他用眼睛的餘光朝紮西東珠掃了一眼，他看見這個頭人還是那麼端端正正地坐在上面。他想，這個人不一般，他有這麼深的城府真是一個不好對付的人物。劉俊利用這些人將鬥爭會開到高峰時，他開始做總結發言。劉俊說道：「今天鬥爭嘉倉的會開得很好，人民群眾終於發動起來了。嘉倉是什麼？他是壓在我們每一個人頭上的三座大山。第一座大山是封建剝削，第二座大山是封建迷信，第三座大山是封建霸權。過去我們窮人是什麼？是農奴呀。這些人不僅剝奪了我們的衣食家園，而且控制了我們的精神世界，他們用封建迷信的一套給自己貼上了他們剝削有理的光環，而用這種封建迷信的一套讓我們窮人服服帖帖為他們服務。所以說，我們共產黨今天就要打倒這些剝削階級，搬走窮苦人頭上的三座大山。反封建和反迷信在我們這裡是統一不可分的，打倒活佛！打倒牧主！打倒一切壓在我們頭上的剝削階級！我的話完了，謝謝大家！」

劉俊這些日子以來從來沒有這麼露骨地說過話，今日裡卻讓紮西東珠坐在臺上如芒刺在背，紮西東珠知道前些日子說在藏區不搞反封建反迷信已經成了過去，工作組的矛頭已經開始指向自己了。

第八章

一九三五年九月，雖然內地還是豔陽高照，可是孔雀河邊早晚已是滴水成冰。那天，風越來越大，孔雀河邊先是天高雲淡，一轉眼就下起了小雪，陡然間，鵝毛般的大雪就鋪天蓋地落了下來。霎時間，暗黑的天空同茫茫的雪海混成了一片。紅軍就是這個時候沿著孔雀河北邊往卡加部落方向進發的。這些紅軍從家鄉出來時都是單衣單衫，可是到了這裡風雪嚴寒，雖然他們從老鄉家裡拿了毛氈和羊皮裹在身上，由於多少天來沒有吃的，個個身體虛弱，所以此時如討飯的叫花子身上裹著氈或羊皮，腰裡紮著草繩，東倒西歪地朝卡加部落走了過來。

孔雀河上游北岸是壁立千仞的岡紮拉山，山腳至半山腰都是茂密的原始樹林，快到山頂是綠草和白雪皚皚的山頭。山的背後在半山往下全是茂密的森林。這天紅軍從山路往前趕，但要經過幾處異常險峻的雲崖棧道。這些棧道橫嵌於百丈懸崖壁上，淩空架在孔雀河的激流河面上。這是費了好多人力先打出石孔，然後釘進木樁，上面鋪上木板修成的，猶如空中飛橋一樣。在紅軍到來前夕，國民黨的小股部隊已將某些段落的鋪板扔下了河裡，甚至把一些石孔中的木樁也拔了去，這樣迫使紅軍不得不停下來就地進行修理。紅軍的先頭部隊首先將棧道破壞的情況一個人一個人地向後傳遞，傳到有木料的地方，將樹砍倒，然後再一根一根地向前傳送。由於隊伍只能排一路縱隊，所以拖了幾十裡長，再加上棧道很窄，只能一個人通過，這樣傳送一根木料就得很長時間。

紅軍的先頭部隊一方面要應付國民黨小股部隊的圍追堵截，還要自己修這些棧道，加之此時已是人困馬乏。大雪紛飛，天地混沌，風灌進峽谷裡怒號著，呼嘯著，而且雪落到地上大部分化成了水，讓修棧道的紅軍進度非常緩慢。這時的紅軍個個凍得打著哆嗦，強打著精神往前趕路。此外，國民黨的小股部隊隱藏在河對面的山林裡，不時放冷槍進行襲擊，還從棧道這邊的山頭上滾下巨石，使紅軍隨時都有傷亡的危險。

蜿蜒的孔雀河，水勢湍急，濤聲如雷，兩岸都是懸崖峭壁，河面寬的地方有數丈至數十丈，窄的地方不到兩丈，棧道往往離開滔滔河面一二十丈高，深不見底。若俯視河面，令人頭昏眼花。

浪濤一個跟著一個，白浪翻滾揚波，雪崩似地重疊起來，卷起了巨大的漩渦，狂怒地衝擊著堤岸，發出驚天動地轟隆隆的響聲。

紅軍派出人員與卡加部落的頭人紮西東珠的父親進行談判，紮西東珠的父親連夜親自帶著卡加部落的年輕人到這裡幫助修理棧道。

卡加部落的年輕人平時在這裡砍柴伐木，他們對這裡棧道的每一個釘樁，每一塊木板非常熟悉。大雪紛飛，驚濤滾滾，他們在黑暗中摸索著將釘樁打進石孔，然後在上面鋪上木板，一條將近十裡地的棧道，經過三天三夜終於打通了。

打通了棧道，紅軍才緩緩地從棧道上走過，沿途有卡加部落的藏民為他們開道。

人們看到這樣一些穿著破衣爛衫的紅軍進到卡加部落，都感到非常新奇。可人們看到紮西東珠的父親親自走在前面引著路，而且有十四白馬披紅戴花迎接著紅軍，於是人們紛紛從氈房走了出來將奶茶和青稞酒獻給這些紅軍。

飢餓寒冷的紅軍在這個時候受到這麼誠懇的禮遇非常感動，他們拉著卡加部落藏民的手不知說什麼好。他們一面走一邊在部落外面寫滿了大幅的標語。「紅軍不拉夫」「紅軍是番民的好兄弟」「紅軍是人民的子弟兵」等等。

那天晚上紅軍就住在了卡加部落，他們紀律嚴明對各個氈房的財產絲毫不動。到了晚上卡加部落燃起熊熊的篝火，吃飽喝足了的紅軍和部落裡的人們跳起了鍋莊舞，他們一邊唱一邊跳。這晚跳得最為精彩的還是僧人們戴上各式各樣的面具，扮演天神、護法、戰神、咒師、閻王、小鬼，以及神話中的靈獸，跳起了一種叫「熗」的宗教舞蹈。男神由卡加部落牧人背負，女神由朗布寺僧人背負，離開觀眾席走進舞場，來到蹦跳著的人們中間，跳起了別具一格的神舞。男神在前面跳，女神在後面跟，男神跳到左邊，女神跟到左邊；男神跳到右邊，女神跟到右邊。舞步快，舞步慢；舞步高，舞步低，踩著鮮明的節奏，應著激揚的鼓點，和著佛號的轟鳴，表演精彩，氣氛熱烈，對紅軍的歡迎達到了高潮。

朗布寺是這裡最大的一座寺院，當時有喇嘛一千多人。寺內陳設異常雅潔，每幢喇嘛房前有一個小花園，種著白菊花、向陽花、牽牛花、葡萄等等。紅軍到了這裡，雖然外面大雪紛飛，可是寺院裡正逢菊花盛開的時候，芳香撲鼻，豔麗動人。嘉倉活佛看到這些穿得這麼單薄面黃肌瘦的紅軍流下了眼淚。他雙手合掌暗暗祝福：「菩薩保佑紅軍一路平安」，並且騰開幾間房屋讓紅軍居住。在此之前有許多牧民和喇嘛逃進了岡紮拉山，嘉倉活佛說：「你們不必害怕，紅軍和其他當兵的不一樣，他們是專門救濟窮人大慈大悲的菩薩。」

嘉倉活佛不僅在寺廟裡說，還去了山上告訴人們再不要東躲西藏了。他將人們從山裡勸說回來，和紮西東珠的父親一起給了紅軍一百石青稞和十馱酥油，還有糌粑、幹肉等食品，以及麝香等珍貴藥品。困境中的紅軍團長拉住嘉倉活佛的手給他深深鞠了一躬，並且寫了欠條，還給了卡加部落二十杆槍，一百發子彈。這晚當夜幕整個兒遮住孔雀河的時候，嘉倉活佛神情凝重，亮開嗓門一遍一遍地大聲地為紅軍念誦祈禱神靈保佑的頌文。他一會兒念的是「致敬上師活佛」頌文一部，請求先哲聖賢上師活佛施于仁慈之心，呵護紅軍，禳災去邪，逢凶化吉。一會兒念的是傑卜卓頌文中的一段，請求十方護法神給予加持力，保佑紅軍平平安安，渡過難關。

紅軍在這裡整整住了二十天，在這些日子裡紅軍吃的住的都是紮西東珠的父親和嘉倉活佛給解決的。紅軍走的那一天，他們中一個當官的找了嘉倉活佛，他是要讓嘉倉活佛收留二十九個受了重傷的紅軍兄弟。

嘉倉活佛看著眼前躺在藤條擔架上的傷病員，他雙手合十閉著眼睛。他知道國民黨的大部隊很快就會到來的，說不定還會搜查朗布寺院，可是假若自己將這些人推脫不管，他們在這冰天雪地裡不是被凍死，就會被餓死，或者會被傷病折磨死的，這些人是走不出去的。

嘉倉活佛收留了這二十九個傷病員。就在這個時候國民黨的軍隊追來了，他們聽說嘉倉活佛收留了紅軍，要讓他交了出來。嘉倉活佛對他們說：「你們可以在我的寺院裡搜呀，眼見為實絕不要聽信別人的謠傳。」

朗布寺裡的措欽大殿相當於內地寺院的措欽寶殿，大殿裡的經堂，占地近一千平方米，有一百零三根巨大的木柱支撐，走進去就像走進一座巨大的森林。此外還有四大僧院紮倉的經堂，二十九個僧團康村，還有辯經場曲熱和佛塔曲登，還有高高的曬經牆，而嘉倉活佛則住在府邸拉讓裡。這座巨大的寺院裡有莊園，有牧場，也有土地和牛羊。

國民黨的那個軍官沒有去搜朗布寺，他知道到了這裡就是藏民的天下，若是惹了這些人他可能走不出這條山谷就會被這些藏民打死的。嘉倉活佛用藏藥給這些紅軍進行治療，並且每日裡讓他們吃糌粑和酥油茶，還讓喇嘛為這些人在溫泉裡洗身子。這二十九個傷病員裡就有現在的縣委書記曹文尉。

曹文尉是腿部受了槍傷而留到這裡的。當時他的大腿上開了一個洞化了膿，治療時必須首先將這些膿擠出來，再塗上草藥，才能讓好的肉慢慢長出來。嘉倉活佛於是每天用嘴將曹文尉傷口裡的膿吸出一口，然後吐掉，再吸出一口，再吐掉，並且親手將一種黑色的草藥塗抹在他的傷口上。

曹文尉的傷就是這樣才慢慢地長出了肉芽子，然後漸漸恢復的。

嘉倉活佛剛開始給曹文尉吸膿時，曹文尉不願意讓這個活佛這樣做，他感到自己腿子上的膿這麼髒，而且離自己的生殖器這麼近，他不好意思每天麻煩嘉倉活佛。嘉倉活佛看出了他的意思，對他說道：「尕娃，人生在世誰沒有個大病小災的，我給你做了這些事，也是我們前生有緣，你就讓我給你治吧。等你的傷好了，這也是我的一種造化。」

曹文尉看著這個慈祥的活佛，再沒有說什麼，他知道如果自己不答應嘉倉活佛，嘉倉活佛也是不愉快的。

曹文尉在卡加部落住了兩年，他白日裡與這裡的人們一起為寺院放羊蕩牛，晚上他就住在寺院裡與喇嘛們一起嬉戲打鬧。他和卡加部落裡的人們一起唱歌一起跳鍋莊舞，逢年過節他還與這裡的人們一起祭山拜佛，還和人們一起賽馬賽牛。

嘉倉活佛有一天來到曹文尉的身邊，他對曹文尉說：「你就入了佛門吧。」

曹文尉聽到此話愣了一下，他不知如何對嘉倉活佛說。嘉倉活佛對自己有大恩大德，可是，他從家鄉出來就是為了讓天下和自己一樣的窮人有一碗飯吃。另外，他想家裡人，想著和自己生死與共的兄弟戰友。

嘉倉活佛接著說：「我看得出來，你是和佛有緣的。」

嘉倉活佛說完就走了出去，一連三天再沒有找曹文尉。曹文尉在這三天裡慢慢地動了心，他看到喇嘛們每天念經拜佛，給活的人們看病療傷，給死了的人超度轉世。卡加部落不論男女老少誰要有個頭疼腦熱，誰要從馬上摔下來，或是得了大病需要動手術治療。他們都到朗布寺裡來，小病小災這裡的每一個喇嘛都會治療，而得了大病或是需要手術，嘉倉活佛還會為他們親自操刀治療。

曹文尉當時就感到好奇。他過去從來沒有聽說寺院裡會和醫院一樣為人們治病。可到了卡加部落他相信了，這裡不僅是活人的醫院，而且是死人走向另外一個世界的必經之站。這裡不僅讓活的人心靈安靜，而且讓死的人走的坦然。

曹文尉準備留下來了，他下定決心的原因是，他在岡桼拉山看到了驚人的一幕。那天，幾個獵人在狗的幫助下將六十多隻斑羚逼到了一個斷崖上。獵人們嚴密堵截，想把斑羚逼下山崖，從山崖上摔死，不想浪費子彈。大約對峙了半個時辰，一頭大公斑羚吼叫一聲，整個斑羚群迅速分成了兩群，一群老年斑羚，一群年輕斑羚。就在這時，從那群老斑羚中走出一隻老斑羚來，它朝那群年輕斑羚「咩」了一聲，一隻半大的斑羚應聲而出。一老一少走到斷崖邊，後退幾步，那只半大的斑羚突然跑到懸崖邊緣，縱身一跳，朝山澗對面跳去。此時老斑羚緊跟在半大斑羚的後面，頭一勾，也從懸崖上躥越而去。這一老一少跳躍時間稍分先後，跳躍的幅度略有高低差異。那只半大斑羚只跳到二十多米的距離，身體開始下傾，在空中劃出一道可怕的弧形，頂多再過幾分鐘它就不可避免地墜進深淵。突然奇跡出現了。老斑羚憑著嫻熟的跳躍技巧，在半大斑羚從最高點往下降落的瞬間，剛好處於跳躍弧線的最高點，身體出現在半大斑羚的蹄下。半大斑羚的四隻蹄子在老斑羚的背上猛蹬一下再度起跳，下墜的身體奇跡般的升高，瞬間落在對面山峰上，它興奮地「咩」叫一聲，鑽到磐石後面不見了。那只老斑羚卻筆直地墜落下去。緊接著，一對對斑羚淩空而起，山澗上空劃出了一道道令人眼花繚亂的弧線。每一隻年輕的斑羚成功的飛渡，都意味著有一隻老斑羚摔得粉身碎骨。當然，也有兩只斑羚同時摔下了深淵的事兒發生。曹文尉驚呆了，他被眼前的壯烈情景驚得半天合不攏嘴來。那些獵人在這個過程中也沒有一個人放出槍來。在面臨滅絕的關鍵時刻，斑羚竟然以犧牲一半對一半的辦法掙得生存的機會，老斑羚們那麼從容走向死亡，用生命為下一代開通了一條生存之路。曹文尉此時突然悟到每一個生命都是無上崇高的，他對用槍桿子去打天下的道理產生了質疑，可就在他下了決心要在寺院把自己的一生奉獻給佛教事業時，紅軍派人接他們來了。他不想走，可是不走不行。來的人告訴他，你是想當逃兵嗎？他無言以對。他清楚共產黨是怎麼收拾逃兵的。

後來他就走了，他和在這裡養傷的紅軍弟兄去到延安找了共產黨組織。可是他們的紅四方面軍兵敗在了甘肅的河西走廊，紅四方面軍在延安成了後娘養的，他也因為是紅四方面軍的戰士而處處受到歧視和排擠。

中華人民共和國成立後他到了岡紮拉山，他又回到了孔雀河畔。可是，曹文尉見了當年的那些人再感覺不到了往日的親熱，雖然他會說藏話，可人們躲著他，應付著他，從來不把他當成自己人。他每次到卡加部落來，雖然人們給他好酒喝好肉吃，但他感覺是那樣的生分，就是過去與自己放牛放羊睡在一個帳篷裡的藏族兄弟，也只是對他敷敷衍衍。

曹文尉知道，過去的卡加部落人在孔雀河邊自由自在無憂無慮，他們太陽出來走到美麗的大草原，太陽落了回到自己溫暖的氈房裡。這裡有香甜的酥油茶，有肥美的牛羊肉，有酥脆的糌粑，有香氣逼人的青稞酒。人們想跳就跳，想唱就唱，自由戀愛無憂無慮。可是現在的政策他們的牛羊進了牧業大隊，還要組織他們進行學習，不讓他們做他們心靈安慰的祭祀活動。曹文尉對這些雖然有自己的看法，可反封建反迷信的呼聲日益高漲，成了共產黨的現時政策，他相信共產黨，相信毛主席，他想毛主席共產黨說得不會錯，跟著毛主席就不會有大的麻煩。可他還是有一種抵觸情緒，他憑感覺似乎覺得有什麼地方總是做得不妥，可他又不知道到底錯在哪裡。他是不願意將這種情緒暴露出來的，所以他什麼事情都放手讓劉俊去幹，而劉俊也巴不得他什麼也不要管。

曹文尉那天是有意識地讓卡加部落的人們到山頂進行祭山的，他在卡加部落的那兩年他也和人們一起進行過這樣的大型祭祀活動。

他想讓這裡的人們隨心所欲好好抒發一下自己的情懷。他知道藏族人天生就喜歡唱歌跳舞，他們走到哪裡就唱歌跳舞到哪裡，不論勞動或是休息唱歌跳舞成了他們與吃飯睡覺一樣重要的生活。可是這幾年的政策讓人們唱不起來了，跳不起來了，他想，這些違背人性的做法會不會讓這裡的人們也做出那群斑羚一樣的舉動來。

劉俊剛開始以為曹文尉是沒有文化的原因，所以他從骨子裡瞧不起他，認為他什麼也不懂，不過是憑老資格到了那個位子，是個占了茅坑不拉屎的角色。後來他在幾次事情上越來越覺得曹文尉並不是什麼都不懂的大老粗，而是地地道道的思想右傾。曹文尉每次見了那些活佛和頭人都是畢恭畢敬，沒有一點共產黨縣委書記的派頭。可這一切劉俊是沒有辦法的，官大一級壓死人，因為曹文尉必然是正書記，而且也比自己資歷老得多。雖然曹文尉什麼事情都不管，可是遇到大事還是曹文尉說了算，自己還是得看曹文尉的眼色行事，自己還是一個給他做事的辦事員。於是，劉俊就將曹文尉當做一個為自己開門的鑰匙，不需要的時候放在一邊好好應付，需要的時候則藉著曹文尉為自己敞開大門。他知道曹文尉雖然沒有多大的能力，可是這個人能夠通天，就是中央裡面也有他的上級、戰友和朋友，將來說不定哪一天還需要這個人將自己托入更高的權利位置。所以劉俊沒有像其他一些人一樣去揭發曹文尉的右傾，而是事事處處與曹文尉保持一致去達到自己的目的。

劉俊對這一切做得是那樣的遊刃有餘。他想幾千年前的荀子都教育我們要善假於物也，而今天曹文尉這麼重要的一個人物就在自己身邊，借助他的力量自己能夠做很多想幹而幹不了的事情。所以，劉俊事事處處都打著曹文尉的旗號行事，尤其遇到一些棘手的問題他都要將曹文尉推到前面。這樣曹文尉本人高興，而他借助這種力量將一些別人不敢做得事情超前進行試驗。卡加部落反封建反迷信時，他想佛教已經滲透到藏族人生活的方方面面，這能行得通嗎？可讓他沒有想到的是，反封建反迷信在這裡卻沒有遇到多大的阻力，而這一切他都是打著曹文尉的旗號發號施令的。而曹文尉在他做這一切的時候並沒有過多的阻攔，曹文尉像一尊笑面菩薩看著眼前發生的一切，在人們的心裡好像縣委書記不是曹文尉，而是他劉俊。

劉俊做事越來越膽大了，他敢讓喇嘛和尼姑成雙成對進行婚配，他敢去將嘉倉活佛拽出寺院進行鬥爭，他能將家家戶戶的牛羊馬匹都進入合作社然後跑步進入人民公社，他敢大興土木砍伐原始森林去拔山神爺的鬍子。雖然今日裡這樣的民主改革是除了西藏以外全國的大形勢，可在藏區他還是比別人超前的，他的經驗成了安多地區其他牧區學習的榜樣，他上了報紙去了北京，他感到社會主義的形勢越來越好，洶湧澎湃的革命洪流蕩滌著舊世界的污泥濁水，革命的洪流浩浩蕩蕩不可阻擋。劉俊在做報告的時候就是這麼說的，他感到馬列主義讓他世事洞明，階級鬥爭的學說讓他心明眼亮，他從來沒有這麼自負過，隨著形勢的發展他覺得曹文尉現在已經成了社會主義的絆腳石，已經成了自己實現夢想抱負的累贅。劉俊在漢族地區土改時就對著那些地主富农說道：「你們趕快拿出糧食和土地，共產黨會寬大你們的。你們這些人在我的眼裡算個什麼地主富農呀，實話告訴你們，我們家裡有大水田地三百多畝，馬和騾子成幫成圈的養，你看我還不是在共產黨的政府裡工作著？」到了卡加部落，劉俊更是拍著胸脯讓人們把牛羊拿出來，將草原獻出來，支持民主改革，支持人民公社大躍進。

第九章

盛夏的孔雀河草原是一幅彩色的油畫，藍天白雲，陽光燦爛，空氣中流溢著強烈的光，雪山、草地、森林、湖泊、帳篷、牛羊，在光影中顯得那麼生動，那麼亮麗，充滿著生命的活力。

央金娜姆一大早就和其他女人們來到了牧場。年輕的牧女是草原上的格桑花，也是草原的驕傲。她們長長的細辮子拖在背後，藏袍的袖子褪下來捆在腰間，突顯出豐滿的胸脯和柔軟的腰肢。她們的臉，黑裡透紅，因為承受了太多的風雪和陽光。她們黑亮的瞳仁裡，閃爍著迷茫和蒼涼的光芒。老人們坐在帳篷前的草地上，搖著嘛呢輪，念著六字真言，充分享受著草原上溫暖的陽光。孩子們待在老人身旁，逗著小狗和小羊羔。男人們趕著強壯的公犛牛，到遙遠的無人區馱鹽去了，整個夏天不會回來，現在正是合作社進到人民公社後牧業生產的大忙季節，所有的勞務都由牧女們厚實的肩膀承擔。每天都要放牧、擠奶，提煉酥油，集體化的勞動生產過得比打仗還要緊張。

在央金娜姆這些女人面前，擺著一排齊胸高的巨大酥油桶，桶裡裝滿了當天擠下的經過加熱的牛奶。央金娜姆雖然才十六歲剛過，可她從小沒有阿媽啦，這種工作她在十歲時就已經幹過了。女人們將奶汁稍加熱後，再加進一碗酸奶，攪勻後倒入酥油桶內。她們伸出兩只強壯的臂膀，抓住作為攪拌器的木杆，不停地上下抽動。她們慢慢地抽上來，再重重地壓下去，使木柄下端的裝置物在奶汁中來回撞擊抽動。這種抽動勻速而吃力，必須運足全身的力氣，抽動八百次左右，才能將油水分離。水是達拉水，是可以熬煮出奶渣的。一桶酥油打好後，揭開桶蓋，一層黃澄澄的酥油已經浮在奶水上面。她們捧起酥油，先用手搓，繼而往一塊兒捏，擠掉水分，將酥油團成球狀，放入涼水桶裡泡上大半天，然後撈出來裝入羊皮袋或羊胃的羊兜裡。央金娜姆將酥油從達拉水裡撈出來，像拍一個胖娃娃一樣拍打著酥油團團。她做這種事情是那樣的熟練，因為這些事情從小耳聞目染已經滲入她的骨髓裡了，她覺得這樣很好，酥油是牛羊身上的精華，是卡加部落人的寶中之寶，能做出這麼鮮嫩的酥油是她和女人們的驕傲。

央金娜姆知道，打酥油茶、抓糌粑、炒菜、敬神，在所有宗教和民俗生活場合，幾乎都離不了酥油。當然酥油又分多種，有母犛牛酥油，母犏牛酥油，母黃牛酥油，還有母綿羊和母山羊酥油。母犛牛和母犏牛酥油呈金黃色，母黃牛酥油是淡黃色的，羊奶的酥油是白色的。再有，夏天打出的酥油發黃，冬天打出的酥油發白。一頭母犛牛或母犏牛，每天可出一斤左右的酥油，母黃牛三天左右才能出一斤酥油。對於央金娜姆這樣一個年輕的牧女來說，她每天可以打兩桶大約重達百斤的牛奶，打出一斤半左右的酥油。

人們說打酥油是十分辛苦的工作，也是十分枯燥和單調的工作，合作化以來尤其進入到人民公社後雖然大家在一起幹活勞動，人多了一些，可是打酥油的基本程式沒有變，只是打出的酥油要大部分上交給國家。可是，央金娜姆卻並不覺得打酥油有多麼辛苦和單調，她從小就沒有母親，打酥油的事情她已經習以為常了。為了消磨時間，為了緩解疲勞，央金娜姆總是拿出藏族人與生俱來的本領，一邊打酥油一邊唱歌。歌詞內容一種是祖先傳下來的固定歌詞，一種是心裡想著的眼前看到的即興創作。央金娜姆打酥油時的歌唱得很好聽，她一邊打酥油一邊隨心所欲編唱的歌讓人們經常忘了打酥油的艱辛：

久尼，久尼，夜裡來了狼，
久松，久松，大家打狼到天亮。
尼休，尼休，喇叭廣播說飛機上了天，
咱齊，咱齊，飛機是個什麼樣？
洗阿，洗阿，天上星星閃閃亮，
洗卻，洗卻，叫我如何去會情郎？

歌詞裡前四個字，都是提拉木杆的數目，久尼為十二，久松為十三，尼休為二十，咱齊為二十一，洗阿為四十五，洗卻為四十六，她就是這樣提拉著，東拉西扯編唱著，直唱到打到七八百下酥油打出為止。這天，央金娜姆心裡格外的快活，她唱道：

在吉祥美好的草場上，
修起四四方方的牛圈；
在四四方方的牛圈裡，
關著三千五百頭母犛牛。
母犛牛有放牧人，
放牧人是格薩爾大王；
格薩爾有好助手，
好助手是八歲兒童。
八歲兒童有烏爾朵，
烏爾朵是曲米古折；
曲米古折有好拋石，
好拋石是綠色松石。
烏爾朵不要甩出去，

聽到響聲牛群便回來；
母犛牛統統回欄了，
請把雪白的牛奶擠下來。
雪白的牛奶擠下了，
請用金子般的寶盆裝起來；
金子般的寶盆裝滿了，
請倒進酥油桶裡來。
酥油桶裡裝滿了，
請將檀香甲羅打起來；
檀香甲羅打好了，
請把金黃酥油取出來。
金黃的酥油取出了，
請把四方的羊皮包起來；
四方的羊皮包好了，
請用褐色馱牛馱起來。
褐色馱牛馱走了，

請從岡紮拉山雪山翻過來；
岡紮拉山雪山翻過了，
請在人民公社市場卸下來。
上邊市場換來紅珊瑚，
中間市場換來綠松石，
下邊市場換來白海螺，
送給我的小情人當首飾。

央金娜姆唱到小情人時，紮西東珠的影子就會浮現在她的眼前，她想這個人，她念這個人，當她哪一天見到紮西東珠，她會歡快地唱上好幾天。當金子般發黃的酥油浮上來時，央金娜姆便小心翼翼地舀出，放入冷水中浸泡，酥油漸漸由軟變硬，然後加以包裝，以備保存或出售。酥油桶裡剩餘的達拉水，放進鍋裡，加熱進行熬煮，提煉出來的固體物質，便是奶渣。奶渣有多種，一種用布包好加壓，成了塊狀的幹奶酪，又稱奶豆腐；另一種成顆粒狀的奶渣，如果奶水裡剩餘的油脂較多，色黃，酥鬆柔軟，味道不錯，央金娜姆往往用來抓糌粑吃；如果奶水裡剩餘的油脂很少，熬煮出的奶渣顏色發白，顆粒堅硬，吃起來便索然無味。

用巨型木桶打制酥油的方法，在卡加部落、孔雀河畔普遍使用。而在卡加部落、尼瑪公社等地，打酥油除了用酥油桶，還用一種牛皮船模樣的皮囊。這裡的牧人把宰殺的綿羊、山羊或早死的小牛犢的皮耐心細緻地剝下來，四條腿用繩索捆紮結實，整體的羊皮或牛皮便形成一個空囊，皮囊掛在帳篷梁上面，把發過酵的牛奶灌進去，有條不紊地進行推拉，因為皮囊固定在樑柱上，推拉起來比酥油桶打制省力得多，有點像漢地某些地方掛在房梁上的嬰兒搖籃。提煉酥油的男人或女人，便這樣一前一後，一推一拉，悠悠地唱起了打酥油的歌。央金娜姆用皮船狀的器皿打酥油時唱著一種動聽的歌：

「朱司」像印度的小船，
是金色牛皮縫製的；
三股結實的羊毛繩，
把船兒高高吊起。
頭一次摻水的時候，
酥油冒出了尖尖；
第二次摻水的時候，
酥油的金身浮出水面。
歡樂的姑娘們啊，

快把打好的酥油撈起來！

藏曆七月，是牧區水草最為豐美的季節，也是牧業勞動最為繁忙的季節，這時母畜奶水最為豐富，擠奶和打酥油的活兒，常常白天黑夜連軸轉；山羊、綿羊的毛也長長了，急需趕快剪毛，以便於它們度過炎熱的夏天和過冬。每年一是冬天過後到了春天，綿羊身上已披了厚厚的絨毛，還有就是要進入夏季時草原上就開始剪羊毛。牧業大隊裡生產安排的很緊湊，央金娜姆有時早上打酥油，過了中午她又和人們去剪羊毛。她和一些年輕的姑娘們、男人們剪羊毛時也唱著優美的歌曲：

綿羊，綿羊，你太忙了，
夏天的毛沒剪完，
冬天又快來了。
牧人，牧人，你太累了，
夏天的活兒沒幹完，
冬天的活兒又來了。
磨刀石，磨刀石，磧不盡的磨刀石，

這一個還沒有磨完，
大山又送來新的了。
磨刀水，磨刀水，用不完的磨刀水，
地上的水沒用完，
天上又落下雨水了。

如果說，擠奶和打酥油是孔雀河邊女人們的本行，那麼剪羊毛剪牛毛，便是男人們義不容辭的責任了。這也是自古以來卡加部落男人和女人的自然分工。因為許多山羊和綿羊很是調皮搗蛋，決不會服服帖帖讓你剪毛。剪毛人需要相當的臂力和腕力，更不用說體形巨大的犛牛了。剪毛普遍使用藏地打制的剪刀，也有用割毛刀割的。剪毛講究手輕剪快，身邊擺一桶水，一塊磨刀石，剪一隻羊的毛，磨一次剪刀。手腳麻利的漢子，一天可以剪一百隻羊的毛。卡加部落剪毛之前，習慣把羊趕進孔雀河裡，用雪水好好洗一洗，既能讓羊毛變得乾淨潔白，又能使羊來年不長蝨子。可進入人民公社以後，年輕的姑娘們也被選拔了出來剪羊毛。

央金娜姆被人們選出剪羊毛除了她的年輕美麗以外，主要還是她的歌聲能讓人們忘了勞動的繁重和乏味，於是小夥子們都願意央金娜姆和他們一起剪羊毛。他們說：「哪怕她一天什麼也不幹，只要給他們唱歌就好。」

央金娜姆經常唱的一首《男子漢剪羊毛》的歌曲：

綿羊的長毛好，短絨好，
白鐵做的剪刀往下鉸；
男子漢我天天剪羊毛、剪羊毛，
兩條胳臂越剪越粗了。
男子漢我揮動剪毛刀，
像天空接二連三落冰雹；
男子漢我剪下的白羊毛，
比東邊的雪山還要高。

剪羊毛是一件需要耐心的工作，慢工出細活，不能剪得太快，手忙腳亂，敷衍了事，那樣既容易傷害羊兒，羊毛長長短短，剪過的羊模樣也難看。人們只能有條不紊地剪，一邊剪，一邊悠悠唱起剪毛歌。唱歌的目的，一是消磨勞動時間，二是調整勞動節奏。可是，人民公社後幹一切事情都要快，這就讓很多羊的毛剪得非常粗糙。央金娜姆的歌聲悠揚動聽，她唱得歌大部分都比較長，有唱歷史的，有唱人物的，有唱風光景物的，這與剪羊毛這種勞動時間冗長、節奏舒緩不無關係。

央金娜姆性格活潑，她在剪羊毛的小夥子裡主要發揮她歌唱的特長。只要她在人們就覺得時間過得特別快，沒有了勞動乏味疲勞的感覺。牧業大隊剪羊毛時就讓央金娜姆到這裡來歌唱：

吉祥的羊兒哪裡來？
吉祥的羊兒漢地來。
文成公主不遠萬里來西藏，
帶來黑白花色五種羊。
路過曲姆甲曲時，
風大浪高來阻擋；
紅、黃、藍羊被卷走，
只有黑羊白羊留身旁。
白羊說：公主莫哭公主莫悲傷，
白羊我白色羊毛啥色都能染；
黑羊說：公主莫哭公主莫難過，
我黑色羊毛穿上更漂亮！

我的羊兒關進羊圈時，
好比海螺念珠斷了線；
我的羊兒放出羊圈時，
好比顆顆珍珠連成串。
我把羊兒放到小河邊，
好比紛紛白雪落平川；
我把羊兒趕到山坡上，
好比朵朵白雲繞山間。
今天是十五吉祥日，
明天是雪白羊兒剪毛時；
剪毛墊是五彩花藏墊，
拴羊繩是三股好絲線；
羊毛剪像草原雙飛燕，
磨剪水是天上的神甘露。
剪啊，剪完左邊往右看，
好比南雲朝北卷；

剪啊，剪完右邊往左看，
好比北雲朝南卷。
剪啊，羊的背脊多漂亮，
好比雪白駿馬備銀鞍。
剪啊，剪過毛的羊兒多好看，
好比剛剛生下的白雞蛋。

央金娜姆唱歌時，紮西東珠的影子就會晃動在自己的眼前。不知為什麼，這些日子不論白天還是晚上紮西東珠總是在她的眼前徘徊。這天央金娜姆累了，她低下頭正想停下來歇息一會，突然她看見了一雙男人的大腳。她聞到了紮西東珠雄性的強烈氣息，她的心開始砰砰跳動。她抬起頭來，果然是紮西東珠，他就在自己的眼前。不知是她感到紮西東珠到來的突然，還是她經常有這樣一種幻覺，總之她在見到紮西東珠的一剎那不由自主「嗷」地尖叫了一聲。

紮西東珠還是那麼咧開嘴笑著，他的笑讓央金娜姆的心緒越發慌亂了。她看到紮西東珠今日穿著黑色的皮襖靜靜地立在氈房門口，像一個黑色的岩石。紮西東珠看不清她清澈的眸子，卻真真切切地感受到她那幽怨淒惻的目光正掃在自己的臉上。

紮西東珠走向央金娜姆，沒等央金娜姆再發出聲來，他一下將央金娜姆抱在了懷中進了跟前一個氈房。

央金娜姆在紮西東珠的懷裡就像一隻小羊羔緊緊地貼在他寬厚的胸脯上，紮西東珠將他的大嘴合在了央金娜姆的嘴上，央金娜姆則自然地將舌頭吐了出來，被紮西東珠含在口中吮吸了起來。大地一片昏暗，天邊開始出現了彩虹。此時，紮西東珠的大手在央金娜姆的皮袍裡上下擁搓著，他摸到了那個高高隆起的兩個小山包。小山包此時將他的手彈了起來，他慢慢地向下滑動，當一片綠油油的青草地出現時，紮西東珠的大手像一把利劍準確地觸到了那噴湧而出的泉眼。央金娜姆的身體開始像蛇一樣地扭動，她的眼前突然出現了碧藍的海洋。

他說：「我想要你。」

「我也想要你。」央金娜姆覺得這聲音竟然那麼遙遠，好像不是在自己的喉嚨裡發出的聲音。她開始呻吟了起來，她覺得她的渾身都酥軟了，她從來沒有過這種感覺。天地一片素白，她就像漂浮在樑柱上打酥油時搖蕩的牛皮搖籃，她沒法靠岸，她無助無援。她喘著氣說道：「我受不了了，我受不了了。」

紮西東珠將央金娜姆放到一張羊皮上，他把他的勇猛準確無誤地插了進去。央金娜姆摟住了紮西東珠的脖頸，半張著嘴眼睛空曠地望著周圍的世界。她什麼也看不見了，她只覺得那匹奔騰的野馬完全放開四蹄向東方奔去。黑色的衝擊越來越瘋狂了，讓央金娜姆時而清醒，時而昏迷，她知道這是多麼勇猛的一條漢子，這是卡加部落讓人挺著脊樑的驕傲。

不知過去了多少個來回，紮西東珠將一股洶湧澎湃的激流與央金娜姆噴湧而出的清泉完全融合到了一起，她被強大的水流浮了起來。

紮西東珠擁著央金娜姆走出了氈房，他跨上了他的白馬宮保占都，懷抱著央金娜姆，低頭目不轉睛地看著這位草原美女的兩只眼睛。他感覺她的身體軟軟的，她的呼吸熱熱的，她的心臟咚咚的。

天地混沌不清，白馬宮保占都馱著兩個忘情的男女在孔雀河邊草原上漫無目的地徜徉著。紮西東珠給央金娜姆講過去人們在一起經常談論的孔雀河邊人們打獵的故事。孔雀河邊從前有個獵人，頭戴禮帽，騎馬背槍，帶著狗上草原打獵。他看見一隻狐狸鑽進洞，就下了馬，把禮帽扣在洞口上，把狗系在馬轠上，把槍掛在馬鞍上，去找狐狸洞的另一個出口。找到那個出口，獵人撿了柴草點煙往裡熏。狐狸被嗆得掉頭從入口跑出去，頂上了那個禮帽繼續跑。狗立刻去追狐狸，拖得背著槍的馬也跟著跑。轉眼間，狐狸、狗和馬都沒影了。獵人一路走一路逢人便問：看見戴禮帽的狐狸沒有？看見拉著馬的狗沒有？看見背著槍的馬沒有？央金娜姆聽到這裡笑出了聲來，她說：「你說的這個人是不是就是你自己。」紮西東珠笑了笑繼續給央金娜姆講道，有一次有個人去打獵。遠遠看見一隻馬鹿，他悄悄跟了上去。馬鹿走啊走啊，他追啊追啊，終於接近了，一槍把馬鹿打倒在地。他走過去，把槍掛在大大的鹿角上，坐在草地上躺了下來，突然那馬鹿跳起來，噌一下竄了出去。那個人再沒力氣追了，眼看著鹿挎著槍消失在森林裡。太陽慢慢地向西邊天空落去，伴著孔雀河水的轟鳴和雲杉的低吟，打獵的故事、野生動物的故事，紮西東珠講了一個又一個。不知為什麼他今日裡就想對央金娜姆講這孔雀河邊人們自由自在無拘無束生活的故事，這豐富多彩的故事似春風像雨露輕輕地流淌化解了他心中鬱積了多日的塊壘。

第十章

孔雀河邊水草豐美，氣候乾爽，非常適宜綿羊的繁衍生長，這裡出產的羊毛柔軟潔白，是織氆氌、卡墊的最好原料。這裡的風乾羊肉叫羊卓幹索，它是宰殺當地的肥羊後，卡加部落的人們將肥羊切成肉條，先用涼水浸泡，再經雪凝冰冷製成的。這種風乾羊肉味道香酥脆嫩，可以作為每天的食物，也可作為出門在外的乾糧，所以很受牧民的歡迎，享譽整個甘青藏地區。當年紅軍從這裡走過，卡加部落就給了紅軍這裡鮮美可口的風乾羊肉。但是，這裡的狼害也極為嚴重，一頭壯狼每年要吞吃綿羊十多隻。狼害的嚴重與這裡民風淳樸有極大關係。卡加部落的人只要狼害不危及人的生命，人們對此是寬容的，他們認為狼也是一條生命，你要生存狼也是要生存的。人們只是用狗將狼趕跑了事，所以狼害在這裡極為嚴重。

自從合作化以後，狼害更是達到了肆無忌憚的地步，人心也變得沒了一點包容。惡狼不僅叼走綿羊，而且將牧羊犬和牧民也活活咬死，這就讓工作組的人們非常的惱火。他們組織打狼隊，用火槍打，設套子抓，讓獵狗追咬糾纏，然後用木棒猛擊打死，還在羊圈附近挖陷坑讓狼跌落坑內，再用石頭砸死。

人民公社後打死狼還興起了製作標本，以供人們進行參觀。人們獵殺一頭惡狼後，剝皮實草，製成標本，並對標本進行精心的裝飾。標本狼的頭上戴起圓圓的色金波多帽，耳朵上掛著長長的松石耳墜，前肢帶銀鐲子，尾巴系紅絲帶，脖子上還披掛許多雪白的哈達。狼的嘴巴下用一個木叉叉著，由四個壯漢抬著。意思是，我們熱熱鬧鬧送你到西天極樂世界，但是對不起，要把你的嘴巴約束一下，免得在神佛那裡胡言亂語。

孔雀河邊上流傳著一個故事。古時候，從蓮花天湖裡長出一棵遮天蓋地的檀香樹。樹分五個杈丫，五個杈丫上落下五只鳥，五只鳥生下五個蛋。白蛋孵出了雪白的綿羊，黃蛋孵出了金黃的野鴨，只有一隻鐵蛋什麼也孵不出來。人們於是就將鐵蛋送給天神，天神沒有辦法送給地神，地神沒有辦法送給龍神，龍神也沒有辦法。最後，只好請來鐵匠之神納嘎欽，他邀集了漢地的鐵匠，藏地的鐵匠，用大錘打，小錘砸，終於砸開了鐵蛋，裡邊鑽出來一對誰也沒見過，誰都不認識的醜八怪，這就是公狼和母狼。

公狼和母狼被放到了孔雀河邊，它們夜出晝伏遊蕩在孔雀河邊的草場上。就在這個時候，岡紮拉山和孔雀河的主人國王昂拉，忽然頭痛眼痛，需要雪山獅子的天靈蓋配藥。他派羊倌魯澤去，羊倌不敢不去，可是他向國王昂拉提出了要求。他要一張海螺般的白網，一張松石般的藍網，一張金子般的黃網，還要雪一樣的白套索，豹子皮一樣的花套索，鍋底一樣的黑套索，還要霹靂一樣的烏爾多投石鞭。就在當天夜裡，羊倌套住了一隻醜陋的、兇狠的、眼睛粘滿眼屎的狼，趕緊呈報國王。國王昂拉說：「我讓你去取雪獅的天靈蓋，為什麼逮這麼一個東西來。」羊倌回答道：「這東西有十八個地方像雪獅，也許是雪獅的同類吧。」

國王昂拉聽信了羊倌的話，叫他把狼關在羊圈裡，結果把國王的三只寶貝羊羔通通吃掉了。國王說：「這樣的傢伙雖然可恨，可我們要廣做功德，多發佈施，它也是為了有一頓飯吃，讓它活著吧。」多少年過去了，羊吃草、狼吃羊、人與狼鬥智鬥勇，人和狼還有羊就這麼在孔雀河邊共同生活著。可是，合作化以後羊群氾濫，對草原的破壞毫無節制，自然狼也就多了起來。狼多了起來，慢慢就衍變成了狼害。發展到今天狼被打死了，而且還製成了活靈活現的標本。

人們抬著裝飾美麗的狼屍，周遊孔雀河邊還表演打狼的歌舞。這支隊伍的領頭人就是民兵連長丹增。他穿著白氆氌藏袍，腰系黑白相間的牛毛穗，手拿一根五色綢子製成的彩箭，每到一個帳篷，就用一種特殊的綢子，向圍觀的人們說唱狼的歷史。其餘的民兵們身穿黑氆氌藏袍，跳起彪悍的打狼舞蹈，表演打狼的過程和驚險遭遇。這種舞蹈過去也是跳過的，可是自從嘉倉活佛進了朗布寺之後，佛教是不贊成殺生的，於是人們再也沒有公開跳唱過這種舞蹈了。可是今天這種舞蹈又跳了起來，民兵們每到一地，都受到人們熱情的接待和歡迎，給他們獻上家裡僅有的一點青稞酒、酥油茶、哈達和種種食品，還給他們饋送糌粑、奶渣、酥油、羊毛等等。過去還有送整只活羊的，可今日裡沒有了，牧民們已經盡其所有送給了這些打狼的民兵。因為狼是飄忽不定的野獸，這幾年來今天在孔雀河北吃條羊，明天在孔雀河南咬死一隻牛犢，所以今日裡大張旗鼓的要打狼了，得到了人們的普遍支持。

然而就在人們聲勢浩大的遊狼的標本，跳打狼的舞蹈的一個晚上，天剛一黑狼群就包圍了整個卡加部落。一會兒狼的臊腥氣息彌漫在整個卡加部落，那一對對綠瑩瑩的眼睛在部落四周不斷閃爍。狼的嘯叫一聲比一聲高，此起彼伏瘆人的聲音在卡加部落四周響起，人們聽到這叫聲心裡一陣從來沒有過的驚恐，這種莫名的恐怖讓人們都坐了起來，人們不敢睡也不敢走出氈房。

丹增領著民兵朝黑暗處的叫聲接連用槍射擊。然而，一隻灰色的公狼在月光的映照下帶頭在丹增前面的土坡上奔馳跳躍，它用後爪將土坡上的幹土揚起，噴灑一種刺鼻的尿液。看到這種情景，人們又氣又急，可正當人們朝土坡沖過去時，灰色公狼卻在人們的後面將一個民兵叼到了嘴上。

人們看去這人就是和丹增一同白天將狼屍進行遊巷的民兵。灰色公狼沒有急於將這個民兵咬死，而是像貓戲老鼠般的將這人撥來撥去。丹增和幾個民兵提起槍朝灰色公狼打去，灰色公狼把那個民兵一推，它卻跳到了一個土堆後面，人們再看地上的人，這個民兵已經被亂槍打得頭已偏在了一邊，在地上抽搐著。

民兵們將牧羊犬放了出來，可這些牧羊犬群龍無首只是朝公狼方向一個勁地吠叫著，而沒有一個敢奮不顧身地沖向前去。

丹增看到群狼伸著脖子朝天嘯叫著，呼喚著它們的同伴一同向民兵們逼近。他看到這些氣得不知如何是好，最使他不能忍受的是灰色公狼竟然嘴裡叼著那個民兵的一杆槍在人們眼前左沖右突。丹增的氣不知從哪裡出，想當年他抓住健壯的公犛牛角就可將其扳倒，可對這些在自己眼前跳來跳去的狼他卻沒有了辦法。丹增將一個狼屍提起，他用兩只手瘋狂地撕扯著，撕扯到瘋狂時他掏出藏刀在狼屍上宰割了起來，當完全將狼屍割碎後他呼呼喘著粗氣一屁股坐在了地上。

民兵們只有藏在黑暗處放著冷槍，可是群狼此時配合默契過一會兒咬死一個民兵，過一會兒又咬死一隻牧羊犬，讓整個部落防不勝防。

丹增這時想到了央金娜姆的藏獒才旺南傑，這個才旺南傑因為不與工作組配合，被民兵們用鐵鍊拴在一個房間裡。丹增讓一個民兵叫來了央金娜姆。

央金娜姆本來不願見這個丹增的，因為就是這個人要打死藏獒才旺南傑，就是這個人將才旺南傑關進了黑暗的房子裡。可狼群今日裡這麼囂張，並且咬死了這麼多人，央金娜姆也對狼的囂張忍無可忍了。

丹增和民兵來給央金娜姆賠情道歉。他們說：「我們過去對不住才旺南傑，今天我們向它賠個不是，讓才旺南傑幫幫我們吧。」央金娜姆於是和民兵將關才旺南傑的房子打了開來，一股撲鼻的臭氣差點將她熏了過去。才旺南傑見了央金娜姆將鐵鍊拽得嘩嘩直響。她看見才旺南傑滿身的屎尿，身體瘦了許多，兩個眼睛下各有一道深深的淚痕。

央金娜姆哭了。她摟著才旺南傑哽咽著說道：「我的寶貝才旺南傑啊——」說著說著她的眼淚就整個兒流了下來。

此時，狼群已經進了卡加部落，卡加牧業大隊的人們紛紛拿起了武器。

才旺南傑此時什麼也顧不住了，狼群的氣味刺激得它亢奮的發狂了，不待人們解開它的鐵鍊，它猛地一拽在央金娜姆的懷裡跳了出去。

才旺南傑被放開後，它直接朝灰色公狼沖去。灰色公狼愣了一下，接著它長嘯一聲，十多個狼同時跑了過來一下將才旺南傑團團圍住。才旺南傑看到這個情景，眼睛發紅猛得將跟前的一個狼咬住，伸開前爪，只聽一聲哀嚎，這個狼的肚子就整個兒被扒了開來。

卡加牧業大隊的藏獒和牧羊犬看到才旺南傑出手了，它就像一面旗幟高高舉起，讓其它藏獒和牧羊犬呼啦啦同時跳了起來，興奮地都往前沖去。

擒賊先擒王，才旺南傑死死地盯著灰色公狼。可是灰色公狼也不是等閒之輩，當才旺南傑過來時灰色公狼就溜之大吉，可是當才旺南傑退後時灰色公狼就趁機向卡加部落進攻。

才旺南傑也看出了灰色公狼的把戲，於是它高高地蹲伏在卡加部落對面的山坡上朝下瞭望。

灰色公狼看這正是撤退的好時機，於是領著狼群就向深山退去。

狼群剛剛退去，卡加牧業大隊還沒有完全恢復了平靜，工作組又將工作的重點放在了人民公社大躍進運動上面來了。劉俊領著人們繼續反封建反迷信，可是人們對這一切已經不感興趣了。

劉俊讓丹增領著民兵到了舟塔的氈房，他是害怕這家人反悔，他不能讓一個喇嘛和尼姑在他的眼皮子底下溜過，他要逼迫央金娜姆趕快嫁人。

丹增說：「你的女兒要趕快嫁人，人選好了沒有？」

舟塔看到這張嘴臉氣憤地說：「我……的女……女……兒……不……不……嫁……嫁人。」

丹增嬉皮笑臉地說：「那我今晚上就和央金娜姆住在一起。」

舟塔看到這張臉厭惡地說：「滾……滾！」

丹增聽到這話從腰間抽出皮鞭就往舟塔的臉上抽了過去。舟塔並沒有躲，他硬著脖子瞪著眼前這個犛牛般健壯的漢子。就在這時央金娜姆從草原走了過來，她看見眼前的一切，將才旺南傑放了開來，才旺南傑跳過來一下咬住了丹增拿著皮鞭的手腕。

丹增一看這樣臉色霎時變得灰白了，他聲音哆嗦著對舟塔喊道：「快，快，快將才旺南傑拉住。」

舟塔看到才旺南傑又咬住了丹增的大腿，一下將丹增撲倒在了地上。舟塔害怕才旺南傑會將這個人咬死，他回過頭趕快去喊央金娜姆。

可是，央金娜姆只是冷冷地望著眼前的一切，她不急不慌眼看著才旺南傑用爪子撥拉著身下的丹增，她知道沒有她的指令才旺南傑是不會下口的。丹增害怕了，但他不敢大喊大叫，他害怕他的呼叫會激怒壓在身上的才旺南傑。才旺南傑銅鈴鐺般的眼睛望著丹增，毛茸茸的爪子在丹增的身上撥來撥去，它用鮮紅的舌頭舔了一下丹增的臉。就在才旺南傑像獅子一樣張開了血盆大口的一剎那，央金娜姆才讓才旺南傑將這個自己厭惡的民兵連長放了開來。

秋天的陽光剛剛過去冬天的雪花就紛紛揚揚地飄了下來，卡加牧業大隊由於草場的安靜人們也逐漸閑了下來。然而劉俊看到這種情況就有一種不安，他知道藏族人很容易走到一起，這些人一閑下來就會將天捅出一個窟窿。他說：「現在是大躍進時期，一天等於二十年，要打破長期以來人們養成的壞習慣。」於是，工作組在人民公社轟轟烈烈的躍進聲中，又開始了大張旗鼓的捕殺狼的運動。

這一次丹增又要央金娜姆將才旺南傑放出來為牧業大隊做貢獻。丹增知道利用才旺南傑咬狼，狼也不是那麼容易就會被咬死的，這樣既可以消滅狼，又可以讓才旺南傑傷筋動骨，這樣兩敗俱傷的局面他是最喜歡的，這樣就可以報了他對才旺南傑莫名的仇恨。可是央金娜姆不願意讓她的才旺南傑去殺生了。雖然央金娜姆被工作組逼迫還了俗，可她的骨子裡已經滲透了佛教的理念，她知道狼也是一種生命，只要它不禍害人，人為什麼非要將其趕盡殺絕呢？再說狼這些日子來並沒有禍害卡加部落，為什麼又要沒事找事招惹這些畜生讓世界又不安寧呢？

央金娜姆知道前次偷襲卡加牧業大隊的那匹灰色公狼不是好惹的，它不僅兇猛狠毒，而且很有心計，這麼狡猾的狼人們去傷害它，一條狗若沒有超強的體力和足智多謀的本領是根本無法將其降伏的，這樣到頭來弄不好人們是要吃虧的。

果然民兵們冬季裡打狼殺狼、遊狼的標本，狼又開始對卡加牧業大隊報復了。灰色公狼這一次對卡加牧業大隊的攻擊更為兇猛。雖然，工作組最後說服了央金娜姆，讓她把才旺南傑拿出來與狼較量了。可灰色公狼領教過才旺南傑，它知道才旺南傑好勇鬥狠，是一條永不服輸的對手。於是它一會兒讓一條狼從東面沖了過來，一會兒又讓另一條狼從西面進行襲擊，一會兒又讓一條狼從北面沖來，一會兒又讓另一條狼從南面襲擊。才旺南傑東西衝殺，南北迎敵，咬死了一條條灰色蒼狼，可是它自己也被折騰累得氣喘吁吁。

狼們在卡加部落周圍不斷引頸長嘯，那一聲聲嘯叫讓卡加牧業大隊的男男女女膽戰心驚，整日裡不得安寧。

然而才旺南傑就是才旺南傑，它馬上意識到這是灰色公狼的疲勞戰術，灰色公狼這樣做目的是要將自己拖垮拖死的。

才旺南傑上到了卡加部落跟前的一座小山，它雄視著周圍蹦跳衝擊的狼群。卡加牧業大隊的其它牧羊犬也站在才旺南傑的周圍，它們都伸著長長的舌頭看著才旺南傑。

狼群瘋狂地進攻又開始了，卡加牧業大隊的男女老少用槍打，用刀砍，用箭射，用矛子戳。可這些狼群裡沒有灰色公狼。才旺南傑知道真正的進攻並沒有開始，它還是紋絲不動地環視著周圍的一切。

果然不出才旺南傑所料，灰色公狼終於坐不住了。它悄悄地繞過人們，從小山的後面往才旺南傑靠近。

才旺南傑若無其事地緊閉著雙眼，它看到狼群步步緊逼往卡加牧業大隊中心大隊部方向移動。

夜幕整個兒包住了卡加部落，牧業大隊裡的人們點起了火把，火光點點映紅了半邊天空。人們敲著銅鑼打著羊皮鼓，嘶啞的聲音從大隊各個角落響起。

兇殘的狼群跳躍著，歡呼著，它們好像根本就沒有看見這些喊叫的敲鑼打鼓的人們，它們用尖牙利齒撕碎了敢於跑過來的牧羊犬

人們想，才旺南傑怎麼還不上，它到底跑到哪裡去了?人們在猖狂的狼群前面開始頂不住了，只見紮西東珠手提一杆杈子槍突然領著七八個後生騎著馬朝狼群沖去。這把杈子槍是七九步槍的槍管上嵌上了有尺長用羚羊角打制的杈子。紮西東珠用杈子支撐著槍管，他和那些後生一會兒用槍打，一會兒用刀砍，狼群又一次被打得退到了原先的地方。

這時，灰色公狼和五六條強健的蒼狼突然同時向才旺南傑撲去。才旺南傑往邊上一閃，一下咬斷了一條蒼狼的脖頸，其他的蒼狼並沒有因為同伴的死去，而有半點的退縮，而是同時往才旺南傑咬去。才旺南傑又一閃，幾條蒼狼太著急了，它們都咬到了對方的身上而扭成了一團。

才旺南傑徑直向灰色公狼沖去。灰色公狼見勢不妙趕快往山的方向逃去，才旺南傑緊緊地追

了上去。灰色公狼沒有應戰而是跑進了岡紮拉山溝。灰色公狼非常清楚進了岡紮拉山就成了它的天地，這裡的每一根草，每一棵樹，每一塊石頭，它都非常熟悉。只要自己堅持，不信就滅不了它才旺南傑。

才旺南傑進了山溝果然在密密的樹林裡它已辨不出東南西北了，可它知道只要緊緊跟著灰色公狼，將這個狼王滅掉，卡加牧業大隊才能有個平安。

灰色公狼到了山裡，它一會兒鑽進樹林，一會兒又跳下深澗，它想這一下才旺南傑肯定被甩掉了，可它往後一看才旺南傑咧著大嘴就在離它不遠的後面。

這一下灰色公狼確實慌了，沒想到今日裡遇見了這麼一個不要命的才旺南傑。

灰色公狼繞著森林中的樹木來回跑著，一會兒東，一會兒西，一會兒又猛地折回，它知道到了這裡不信就甩不掉你才旺南傑。

才旺南傑想，死死跟著它跑，看它能到了哪裡。

突然，灰色公狼在一個懸崖邊上站住了。這裡一面是萬丈深淵，一面只有一條小道可以上來。灰色公狼想只要你敢上來，我就與你同歸於盡。

灰色公狼抖了一下渾身的毛，它悲愴地朝山下發出令人心悸的嘯叫，它知道這下才旺南傑也要退縮了。

可是沒有想到，就在灰色公狼猶豫的一剎那間，才旺南傑一口咬住了公狼的大腿。當公狼剛要往懸崖下跳時，才旺南傑的前爪就伸向了公狼的睪丸，它往後一拉，與灰色公狼一同翻到了山梁上，接著才旺南傑又一口，公狼的脖子就被咬斷了，血一下噴湧而出。

這一招好似就發生在懸崖邊上，灰色公狼的半個身子已經吊在懸崖上方，可是結果卻讓才旺南傑將灰色公狼咬死在了山梁上。

才旺南傑將灰色公狼的屍體扔到自己的背上一直往卡加部落走去，狼群看到這一幕紛紛都離了開來，而人們看到滿身滿嘴都是血的才旺南傑他們都哭了。火槍聲、犬吠聲、海螺聲、牛角聲交織的聲音嗚嗚咽咽，天地混沌草地還是黑色一片。

晨露已經消散。太陽的金光把草原肆意塗抹。雪棕鳥飛高了，聽不到了它們的啼囀。遠方，牧草蕩起一輪輪綠波，牧羊人的騎影就像即將飄逝的孤舟。南風陣陣吹來，吹得草地颯颯響，吹得央金娜姆髮辮散亂和衣袍在小紅馬體兩邊鼓起。清風從袍襟下面鑽上來，像男人軟綿綿的手在搔弄她光溜溜的肌膚。她愜意地半張著嘴，如同一隻遠方歸來的焦渴的羔羊在接近亮晶晶的粉紅色的母乳。

第十一章

狼群被趕走了，卡加部落又恢復了往日的平靜。第二天人們起來將人屍、狗屍、狼屍統統往天葬台背去，在這裡天葬，靈魂可以直接升入天堂。由於卡加部落發生了這麼大的悲劇，家家都死了人，所以工作組也不便於阻攔，也就隨著這裡的習俗去讓人們辦理喪事。

嘉倉活佛引領著還了俗的僧人們不停地誦念經文，念了《渡亡經》又去念《嘛呢經》，保佑這些生靈早日投胎轉世。他們一邊念經，一邊製作一人多高的巨型施食朵瑪，這個巨型朵瑪，象徵護法神大黑天的無比威力。

在卡加部落人們的眼裡，人、狼、狗都是平等的生命，他們用利斧將人屍、狗屍、狼屍的屍骨剁碎，然後拌了糌粑讓禿鷲、烏鴉這些神鳥兒將這些靈魂帶上天去。

嘉倉活佛吹響了用白色貝殼做成的一種叫佣的號角，大約吹了半個小時，烏鴉和禿鷲就飛了過來，飢餓的野狗們也成群的跑了過來。

野狗們往前沖去，可這些鳥兒並沒有急著去吃這些屍體，而是等著禿鷲裡面最大的一隻禿鷲，也就是禿鷲王先在拌了糌粑的屍體上叼了一口，然後其他禿鷲、和烏鴉才吃了起來。

雖然有野狗叼搶，可是，由於屍體太多，禿鷲和烏鴉吃了一會兒就吃飽了，都紛紛朝天上飛去。於是，僧人、尼姑、卡加部落的男女老少紛紛從四面八方湧上天葬台磕頭，為亡靈升天進行祈禱。

由於還沒有吃完的屍體太多，嘉倉活佛又讓人們往天葬台跟前的火葬場拿來乾柴，上面放上酥油和鳥兒、野狗吃剩了的屍體。這些屍體都被綁成了拜佛的姿勢。熊熊的火焰在山頂又燃了起來，火苗兒上下跳躍，引逗得跳神也跳了起來。

跳神開始舞動了，神舞裡的主神阿齊曲珍，是直貢噶舉派創始人齊丹貢布的老祖母，有人說她是吉祥天女班丹拉姆的化身，但班丹拉姆是怒相神，青面獠牙、暴烈兇猛。阿齊曲珍是靜相神，溫柔慈善，可親可敬。幾百年來，她以最大的善心，關注和護佑卡加部落的直貢噶舉派，幫助他的子孫度過了一個又一個難關。在翩翩而舞的神舞裡又出現了四位打扮了的鄉土神，他們是孔雀河源頭岡棨拉山的山神帕拉，朗布寺後面山岩上長角的神索拉，朗布寺下麵孔雀河的龍女曲平，尼瑪公社地方的守護女神米姆。在神舞裡還有打扮了的雪山神，他是一位藍色的神，一手拿霹靂箭，一手拿聚寶盆。相傳孔雀河谷的陰晴雨雪和農牧豐歉，都由這位大神掌管。神舞裡還出現了岡棨拉神山守護神辛窮欽波夫婦，意思是岡棨拉神山的大救主。

人們此時跳得這個舞蹈每到藏曆猴年嘉倉活佛都要組織信眾圍繞森林密佈、險像叢生的岡紮拉山轉經朝聖，所以神舞裡出現紮日山神，有祈求他保護的意思。老人們說，紮日山神是一對白色的雪獅，但是舞場上出現的是公狼和母狼的形象，也許有他們的特殊用意。總之，他們都是卡加部落的神，是人們的生產、生活、宗教裡的的神。所以在神舞裡，還出現了猴子和烏鴉的形象，風趣幽默，奇形怪狀。

人們跳著唱著，還和著嘉倉活佛一起念著。失去了親人是痛苦的，可是經過這一系列的儀式，人們的心裡開始平和了。他們的眼裡都含著淚水，但他們粗獷的舞姿裡又有那麼多的祝福。最精彩、最熱鬧、最激動人心的時刻到來了，那就是神舞到了最後的直薩朵。一人多高的巨型朵瑪，早已立在火葬臺上，還了俗的僧人們架起一口巨大的鍋，鍋裡裝滿了從牧業大隊領來的菜子油，乾柴烈火，熊熊燃燒，菜子油沸騰翻滾、熱氣四溢。跳神結束時，僧人們念起經咒，擊鼓吹號，鳴槍放炮，人們把翻滾的油潑向朵瑪，頓時騰起沖天的火焰，朵瑪在烈火中焚燒，如同放出威力無比的炮彈，向卡加部落方向轟擊。讓邪氣沖去，使吉運到來。

紮西東珠今日裡做得特別虔誠。這裡有卡加牧業大隊的牧民，有被狼咬死的牧羊犬，還有死去了的那些狼。在他的眼裡這都是一條條生命，他要讓他們都轉世的平平靜靜。然而祭祀做得有些大了，引起了工作組的不快。工作組本來是想不論怎麼做，把屍體處理掉就行了。可沒想到紮西東珠讓把天葬和火葬辦得這麼紅火，這就讓劉俊心裡很不舒服。

工作組的幾個人和一些拿著槍的民兵走上山來，工作組的人們大聲吆喝道：「收起來，收起來，怎麼又搞起封建迷信活動了。」

人們沒有理會這些人們干擾，仍然在那裡祈求拜神，他們心裡想你劉俊是把亡人埋進土裡生蛆的一個漢人，你們能夠體會到靈魂轉世的美妙嗎？

紮西東珠說道：「這不是迷信活動，這是我們藏族人讓靈魂轉世的一種必要的儀式。」

「怎麼不是迷信活動，你看今天已經還了俗的喇嘛、尼姑都到了這裡，被打倒了的活佛也在這裡念經拜佛。這不是搞封建復辟活動嘛。快收拾起來，都從這裡離開。」

人們本來已經從失去親人的悲痛欲絕中緩了過來，沒想到快到結束時突然間又來了這麼一個插曲。人們的怨氣變成了燃燒的火一下被點了起來，幾個失去了親人的家屬就將工作組的人圍在了中間。民兵們看到這種情景，就將槍頂在了那些人的身上，這些人更加憤怒了，他們有的將工作組的人推來搡去，有的去奪民兵的槍支。沒想到在奪槍的時候，突然一支槍走火了，打死了一個失去了理智的亡人家屬。這下熊熊的火焰一下騰空沖天了，人們憤怒地把幾個民兵的胳膊扭到了身後。

「往死裡打！」不知誰喊了一聲，人們的拳頭和巴掌紛紛落到了民兵和工作組來人的身上和頭上。

紮西東珠一看人們要把事情鬧大了，說道：「不要動手，大家好好說，我領大家去找劉組長。」

此時已經有人將腰間的藏刀拔了出來，當紮西東珠這樣一說，人們就將腰刀又插進了刀鞘。

黃昏正在走向黯淡，雲翳由血紅變成了鐵青。一隻流浪的大鷹無所適從地在高空盤旋，漸漸沉降。突然它垂直而下，直搗一叢枝幹丫杈的白刺樹。大鷹的判斷相當準確，它是看見了一隻窺望的麻色兔子從天空直插下來的，一隻望鷹而逃的兔子恰好在鷹翅扇動樹梢的同時鑽進了樹叢。

人們把那個槍走火打死了人的民兵拉到劉俊的跟前，七嘴八舌地對劉俊說了起來。劉俊一看這個情景就一肚子的氣，因為這些民兵是他派去的，可他看到紮西東珠也來了，於是就將那個民兵罵了起來。「你的槍是怎麼拿的，怎麼不小心呢，打死人可要償命的。」

那個民兵一聽這話就打起了哆嗦，他知道這個劉組長心狠手辣什麼事情都能做出來的。於是他趕緊大聲說道：「劉組長，他們奪我的槍，才讓槍走了火的呀。」

劉俊聽到這話，眼神突然變得嚴厲起來，他的臉色一變看了紮西東珠一眼。「是嘛。我的頭人大人，搶奪民兵槍支可是犯了國家大法的，再說也是槍走火了打死人的嘛，你看怎麼辦？」

紮西東珠沒有吭聲，停了一會兒他說道：「狼群襲擊卡加部落死了那麼多人，人們都在傷心處。再說我們不過是超度一下亡靈，這能算是封建迷信嗎？你不應該派人來干涉這件事情。」

劉俊一聽紮西東珠把矛頭對準了自己，馬上變了臉色。可劉俊必然是經過大風大浪的，他忽然意識到紮西東珠善者不來，來者不善，於是他馬上轉過臉又對工作組裡的人們說道：「給這家馬上送去兩只羊，賠情道歉。」

「殺人償命，天經地義。一條人命就值兩只羊嗎？」紮西東珠說道。

「殺人償命！」跟著紮西東珠一起來的人都喊了起來。

劉俊一看這些人們要鬧事了，緊盯著紮西東珠的眼睛說道：「你說要怎麼樣？搶奪民兵槍支就是死罪。」劉俊心想，對這些人絕不能服軟，這些人蹬鼻子上臉得寸進尺什麼事都能幹出來。

紮西東珠說道：「不管死罪活罪，狼把一個部落禍害成了這個樣子，家家都死了人，人們給亡人進行超度有什麼過錯，怎麼能在這個時候又來對活的人興師問罪呢。」

「宗教是人類精神的鴉片。反封建反迷信是我們共產黨的長期政策，對於封建的東西，對於宗教迷信，必須旗幟鮮明地進行反對，誰要做這種事情都是不允許的。」

紮西東珠覺得和這個人根本無法溝通，他完全不瞭解藏民族的風俗習慣。他口口聲聲反封建反迷信，他要反的恰恰是人們對神靈的敬畏，他要反的是人們對先人的懷念，他是要將藏家人幾千年的信仰統統打破。紮西東珠想若是這樣折騰下去，卡加部落還會遭受更大的災難。

「你怎麼能夠這樣說呢？你們漢族家裡人死了不是也要開個追悼會嗎？這怎麼能是封建迷信。」紮西東珠此時也有些激動，他還從來沒有與劉俊這麼爭執過。過去的日子裡，紮西東珠以大局為重，他不願意與工作組把關係鬧僵，因為他的心裡始終認為共產黨是為老百姓服務的，共產黨不會做出對老百姓不利的事情來的。可是，現實卻讓他不斷地否定著自己的看法。工作組到了這裡後，把大戶人家的牛羊分給了一些窮人，按照家裡財產的多少劃一等戶、二等戶成分，搞起了互助組、合作社、人民公社，一天一個變化。反封建反迷信運動開始後，朗布寺院裡已經沒有了喇嘛、尼姑，燒經卷，鬥活佛，到了現在人們家裡死了人也不讓進行超度，做得太過分了。

紮西東珠想，藏家人就是活著對來世有所嚮往，所以對死後的轉世比活著時的生活還要放在心上。可是工作組卻對亡人的天葬和火葬都要干涉，對喇嘛的念經都要限制，到底再讓人活不活了。想到這裡紮西東珠說道：「殺人償命，人不能就這麼白白打死。」

劉俊一看這樣，就將紮西東珠叫到底下說道：「頭人，你今天在人前面不應該這樣。過去的日子裡你與我們共產黨配合得很好，我希望我們以後還是這麼很好的合作。」

紮西東珠說：「今天是這些民兵做得不對。你想一想家家死了人都在傷心時，民兵們還不讓人們超度念經，還要打人抓人，將心比心這事放在你們漢民你說怎麼辦？不就是祭了個亡人嘛，人們也沒有幹啥，動不動就把槍拿上了要抓人呢。」

劉俊緊緊盯著紮西東珠的眼睛說道：「你不要漢民、藏民分得這麼清，民兵裡大多數也是藏族人嘛，他們不過是在執行黨的政策。」

說了這個話，劉俊望著紮西東珠這個方臉隆鼻的漢子，心想這個人以後將是卡加部落最大的絆腳石。今日裡為了這個事他可以領著人來質問我，那麼以後為了其它事不知道還會做出什麼事情來呢？

此時工作組的門前，人圍得越來越多，人們喊叫著，吵鬧著，那些死了人的家庭都來了人。

他們喊道：「工作組從我們卡加部落滾出去。」

「把我們的牛羊還給我們。」

「我們要退社。」

而那些民兵則提著槍與喊叫的人們形成了鮮明的對峙。

劉俊一看這樣，他覺得這樣下去事情將會越鬧越大，局勢可能會失控。他對紮西東珠說道：「頭人。事情再這樣發展下去可能對你我都不好。」劉俊這話聽起來不重，可對紮西東珠有明顯的威逼之勢。

紮西東珠也不想讓局勢完全失控，他對死了人的那家人說道：「劉組長已經說了，對打死人的人嚴肅處理。再說那個民兵也不是故意打死人的，我看就按劉組長說得這麼辦吧。」

人們聽到紮西東珠這麼說，覺得那個民兵確實也不是故意打死了人，就說：「劉組長，這個處理我們可以接受。但必須加一條，我們的這個亡人還是要進行天葬，還要讓嘉倉活佛給進行超度，你同意不同意？」

劉俊也想儘快了斷此事，就說：「好，我答應你們，但下不為例。」

劉俊說完朝紮西東珠看了一眼，扭頭就走了進去。他的心裡非常清楚共產黨為什麼要反封建反迷信。因為藏民族都信仰佛教，佛教將這個民族已經整個兒連到了一起，這是共產黨的大忌，他知道反封建反迷信就是要割斷這整體的鏈條，讓共產黨的威信在這裡樹立起來。可是，事情並沒有想像的那麼簡單，藏區的工作千頭萬緒，各種矛盾錯綜複雜，實際情況可能並不會像上面想的那麼理想。

紮西東珠望了望天，天空已完全被夜幕包在了一個大籠子裡，一團黑雲彩像一頭黑色的犛牛扭動著，翻滾著，朝著他們疾馳而來。他知道這件事並不會這麼輕而易舉的過去，劉俊是不會善罷甘休的，他還會找出各種理由進行報復，卡加部落一次更大的風暴就要到來了。

三月過後卡加部落人們開始沒有吃的了。糧食沒有了，酥油沒有了，幹肉沒有了，就連一些打牙祭的奶渣也沒有了。過去的日子裡，糧食自由買賣，人們任何時候都可以將酥油和牛羊肉拿到洮州和河州換回來麥子和青稞磨成炒麵食用。這些炒麵可以與酥油一起拌糌粑，也可以直接放到嘴裡吃，不論平時食用，還是放牧時帶在身上，炒麵方便乾淨，且不容易發黴變質，所以家家都將炒麵當作寶。可是全國實行統購統銷政策後，每戶人發了個糧本子，哪怕買一斤糧食也必須到指定的糧站去。工作組就是用這個糧本子卡著讓人們都進了合作社。可是到了合作社時間不長又變成了人民公社，這個卡人脖子的糧本子更是派上了用場。只要誰不聽幹部的話，幹部們就會說：「從糧本子上扣，餓上你三天再讓你鬧騰。」卡加部落的大喇叭裡整日裡喊叫著人民公社好，把人民公社吹成了個天堂，可是每月按標準供應的糧食從每月的三十斤，變成每月二十二斤，又變成了每月十八斤。這一點糧食不僅家中遇上紅白喜事沒有了，給亡人屍體拌糌粑讓禿鷲和烏鴉吃的沒有了，請喇嘛念經的沒有了，就連人們每日拌糌粑吃飯也沒有了，只能熬些糊糊飯來維持生命。這時，漢地發生了人吃人的事情，一些人跑到卡加部落來逃荒，讓本來就人心惶惶的人們更加坐立不安了。

過去的日子裡，每家每戶若是實在沒了吃的糧食，人們還可宰殺一些牛羊來補貼，還有牛羊的奶子喝，可是今日裡牛羊全都進了人民公社的圈房，這些圈房被民兵拿著槍把守著，於是人們只有大眼瞪小眼坐在氈房裡挨餓受饑了。

在這個時候卡加部落裡的女人們卻顯出了非同尋常的堅韌。男人們餓得走不動路了，一個個躺在氈房裡。可是女人們在外挖野菜，將野菜煮了讓男人們吃。女人們的臉都成了青綠色，可她們忙了家裡忙外邊，牧業大隊的事情都是讓女人在外面應付的。

紮西東珠打聽到這時只有西藏可以買到糧食，於是他組織了二十多個人，要用一百頭騾子進西藏去買糧食。這件事本來是悄悄進行的，因為工作組的人們知道後又要加以阻擋的。沒想到這二十多人準備要走的前一天晚上還是讓劉俊知道了。劉俊知道後大發雷霆，大罵紮西東珠不走社會主義的康莊大道，要走資本主義的獨木小橋。他想，這些事本應該是工作組和公社考慮的，怎麼還讓這個頭人去做呢？這讓我們工作組在群眾的心裡成了什麼形象。肯定後面有人給紮西東珠撐著腰，不然這個紮西東珠不會有這麼大的膽子。他想到了曹文尉。可是曹文尉已經與自己矛盾公開了，他不願意再火上澆油將這個矛盾繼續擴大，這樣下去兩敗俱傷，尤其會對自己不利。曹文尉還是曹文尉，可我劉俊一無後臺二無資歷再要想被提拔就難上加難了。

劉俊將紮西東珠叫了來，他說：「聽說你要組織人到西藏去買糧食。」

「是的。部落裡的人們已經沒了吃的。」

「你知道這是破壞國家糧食政策，犯法的事情嗎？」

「不知道。我只知道人們已經餓肚子了。」

「每個月不是都有國家供應的糧食嗎？」

「根本不夠吃，你知道有些人家已經餓死人了。」

「死人的事是經常發生的，那些死了的人你能說他都是餓死的嗎？」

「不是直接餓死的，也是餓得不行後病死的。」

「你不要污蔑偉大的社會主義。」

「你說得好聽，你是飽哥哥不知道餓哥哥的饑呀。你不要這麼天天餓著肚子，你就是餓上一天了試試看。」

「你給誰說話呢。你不要以為你和你父親在過去為共產黨做過一些事情，就連黨和國家的政策也不當一回事了。你要知道共產黨對你已經仁至義盡了。別的頭人不但被打倒，還被沒收了財產，而我們只是接收了你的一些自願的貢獻，對你的財產基本沒有動，從共產黨對你的寬宏大量你應該感謝共產黨，你應該支持工作組的社會主義事業，而不是事事處處與我們工作組人唱對臺戲。」

「我唱什麼對臺戲了。自從工作組到了卡加部落，我紮西東珠哪一次不是積極自願做出貢獻。工作組到了這裡後，每一次運動我紮西東珠配合工作組在帶頭做工作，因為我的父親告訴我共產黨是為老百姓做事的。可是你們工作組為我們藏家人做了些什麼，先是騙著逼著人們將家裡的牛羊趕進了合作社，人民公社後這些牛羊乾脆變成了集體財產。人們念經拜佛成了封建迷信。人民公社後白天修水渠建公路，晚間一直學習到十一點，人們一年四季再哪裡消停過。你到牧民的氈房裡看一下去，他們吃的是些什麼，你知道不知道？今日裡人們沒了吃的，餓得躺在氈房裡，你們誰到牧民的家裡問了問。人們餓得不行了向國家要不來一顆糧食，你們誰說過一句關心的話。人命關天呀！我走我的犛牛路你走你的獐子道，我再不出面卡加部落人就會大量死亡的。」說到這裡紮西東珠的眼睛裡流出了眼淚，他多麼希望劉俊發發慈悲心腸能讓這些人出去買回來一些糧食。

「你不要自作多情把你自己看成佛爺了，你一撩尾巴我就知道你要屙什麼屎。你一個人違反政策就行了，還要讓這二十個人去違法犯罪，還要去一百頭騾子。我看你的牲口太多了，今天就讓這一百頭騾子參加人民公社。」

紮西東珠聽到這話氣得半天說不出一句話來。兩個民兵看到紮西東珠與劉俊發生了爭執，趕快走了過來。

「怎麼，不服氣。不服氣你可以告我呀。」劉俊此時已經完全沒有了對紮西東珠過去的客氣。

紮西東珠知道在卡加部落，鬥爭他的時間不會很遠了，因為他從劉俊的所作所為中已經感覺到了一種從來沒有過的殺氣。

「工作組能不能從上面要些糧食，不要讓人們再挨餓受饑了。」

「這個事情不需要你瞎操心，你只把你的問題考慮清楚就行了。」

紮西東珠說：「你這樣說我再和你沒什麼說的了，我走了。」

「你不能走，今天跟我去縣上。」

紮西東珠一看，房子裡已經有七八個民兵，他的一百頭騾子已經被全部拴在了院子裡。

紮西東珠知道，劉俊已經對自己提前動手了。他望了望天，到處是一片寧靜，遠處的天空是死灰一樣的顏色。沒有一絲風，整個草原大地陰鬱潮濕沒有一點氣息。

十幾個民兵押送著騎白馬宮保占都的紮西東珠到了縣上，引起縣委書記曹文尉極大的不滿。他對劉俊說：「你怎麼能夠這樣。紮西家族對中國革命有過特殊的貢獻，不是他和他父親，紅軍當時不知還要吃多少苦。再說紮西東珠捐獻林棵，帶頭參加合作社，還拿出那麼多的錢在卡加部落辦學校。省上領導有專門的批示，這個人是我們永遠依靠的對象。馬上放了他，還要對他賠情道歉。」

「什麼？讓我給他賠情道歉。辦，不，到——」劉俊也變了臉，他平時從來不將曹文尉放在眼裡。

這時只見曹文尉突然從腰間拔出槍來，「啪」地一聲摔在桌子上。「媽了個巴子，你辦到辦不到。」

「辦不到。」劉俊也將槍拔了出來。

兩人的警衛員一看這樣，都拔出槍來站在了各自領導的一邊。

劉俊沒想到事情會鬧成這樣。他過去只知道曹文尉是個什麼也不懂的老好人，沒想到今日裡竟然給自己拔出了槍來。他想，大丈夫能屈能伸，雖然這個人沒什麼文化，也沒有什麼能力，可這個人能夠通天。於是他馬上笑了笑說道：「曹書記，值得你發這麼大的火嗎？不就是個紮西東珠嘛。」

「你知道他是什麼人嗎？他可是我們紅軍的大救星，是共產黨在這裡工作的靠山呀。過去我們沒了吃的，卡加部落人給了我們那麼大的幫助，今日裡人家沒了吃的，我們不但不給以解決，還要抓人。這成了什麼體統，先把人放了。」

曹文尉領著劉俊到了關紮西東珠的房間。他讓民兵打開了房門，他親手過去解開了捆在紮西東珠胳膊上的繩索，說道：「頭人誤會了。」

紮西東珠沒有吭聲，他記得曹文尉在他小的時候就住在他們家裡。

劉俊此時也拍拍紮西東珠的肩膀，說道：「都是我的不是，讓頭人受委屈了。國有國法，家有家規，什麼事情都有個原則，國家統購統銷的糧食政策是不能違背的，我們只有在現有政策的框框裡，看能不能給卡加部落解決一些糧食。現在整個國家都有困難，我們縣上儘量給你們想辦法。今天讓頭人受委屈了，我向你表示道歉。」劉俊說話滴水不漏，表面上他在給紮西東珠賠禮道歉，實際上他還是把過錯推到了紮西東珠的身上。

紮西東珠看了一眼曹文尉，他點了一下頭走出房屋將自己的白馬宮保占都從木樁上解開就從縣委大院走了出去。紮西東珠繼續往前走，他聽到了孔雀河水嘩嘩流淌的聲音，看到河對岸籠罩著一層靜止不動的鐵青色的煙嵐，煙嵐深處隱隱約約有一些緩慢行走的犛牛。

紮西東珠牽著馬走在紮曲縣城的大街上，過去這裡每逢趕集，有背著山柴到這裡賣柴的女人，有牽著馬和牛羊到這裡出售的男人，也有從草原上拿來酥油在這裡換糧食和茶葉的牧民。可是，今日裡這裡空空蕩蕩到處是一片破敗的景象。他看到幾隻野狗撕扯著一具人的屍體，一隻黑狗嘴裡還叼著一個人頭向遠處跑去。野狗們互相爭搶著，尖利的前爪和牙齒撕開了那具屍體的肚腹。他看到人的腸子被狗拽了出來，拖在地上血糊糊的。這時，他突然看到一個女人躺在野狗們打鬥不遠的一個樹窩子裡輕輕地呻喚著，女人的旁邊有一個瘦弱的孩子趴伏在女人乾癟的乳房上噙著乳頭吮吸著。幾隻野狗流著口水正貪婪地盯著女人身上的孩子。他走了過去，從懷裡掏出剩餘的半斤炒麵給了這個女人，並且將身上帶的羊皮囊裡的水讓女人喝了一口。

女人朦朧著雙眼將炒麵在嘴裡用唾沫攪拌了一會趕快給孩子喂去，可是此時的孩子已經不能自己吃食了。

紮西東珠蹲了下去，他將女人手裡的羊皮囊拿了過來，給孩子嘴裡將水慢慢倒了進去。孩子喝了水慢慢地睜開了眼睛。他又將炒麵在手裡拌了一點給孩子喂了一口。此時他看見女人朝他笑了一下。於是他又將羊皮囊給了女人，女人則將水給了孩子。他看見孩子和女人互相推讓著，他的眼裡一陣酸楚，他想這是多麼好的一對母子呀，到了這個時候還是想著對方。

紮西東珠趕快讓這對母子將炒麵吃了下去，因為他看到周圍的饑民們紛紛朝他跑了過來，他趕快跳上馬背向卡加部落走去。他知道再不能在這裡糾纏，劉俊的眼睛肯定此時就盯著自己。

他看見路上到處都是人的屍體，這裡有藏民，也有漢民，但更多的是從外鄉裡逃難來的漢族百姓。他想，怎麼把人都餓成了這個樣子。過去的紮曲縣是方圓幾百里地最富裕的地方，不論誰到了這裡，要吃要喝不用自己說，哪一個氈房裡都會對他熱情地款待，吃飽喝醉還讓其住在自己的氈房裡。

在孔雀河邊人們主要吃喝的就是酥油茶和糌粑。打酥油茶用的是新鮮的金黃的犛牛奶酥油，茶葉用雅安壓制的磚茶或雲南出產的沱茶。茶葉熬煮到適當程度，放一點堿催茶色，再倒進茶桶，放入晶鹽，添一些牛奶，打進一個雞蛋，上下提拉一百次左右，然後打出清香溫潤可口的酥油茶。糌粑也是選用新鮮潔白的上品。紮西東珠記得，每次來了客人，他給客人先在碗裡或稱為唐古的小羊皮袋裡倒進熱茶，放一兩片酥油和細碎奶渣、適量的白糖，再放進糌粑，左手托住碗底，右手的食指和中指按順時針方向轉動，使上面的糌粑面和下面的茶水互相摻和，直至成為泥巴狀，捏成一個個小食團送進嘴裡。

紮西東珠想，到底是怎麼了？辦合作社的時候工作組告訴人們，這裡的生活會越來越好，到了人民公社說快要進入了天堂，可為什麼沒有多少日子卻是人們大量的餓死，已經連一口飯也吃不上了。

紮西東珠的馬被攔截在了半道上，人們吼著：「把馬放下，讓我們殺了吃。」正在擁擠著喧鬧著的時候，幾個人舉著鞭子跑了過來，他們也是看到這匹馬而跑過來搶奪的。白馬宮保占都乘機改變了方向，紮西東珠跳到馬背上順著孔雀河瘋狂地往卡加部落跑去。後面的喊聲更大了，紮西東珠吆喝了一聲，雙腿猛然一夾，馬就開始揚蹄奔馳了。宮保占都是孔雀河邊的神駒，紮西東珠是草原上最好的騎手。剛才是為了不將人踩踏上，他與那些人糾纏了一會，此時在曠野上馬像箭一樣向遠方奔去。

紮西東珠來到山腳下的陰坡上面，看到黑油油牧草瘋狂地生長著，可這裡沒有一頭牛羊，他知道他已經離開了縣城進入了草原。他想到了那一對母子喝水吃炒麵的情景，多麼好的一個女人和孩子，他們能夠再有一口吃的嗎？多少年來，漢地不論發生多麼嚴重的災荒，可是在草原在牧地人們起碼可以喝上一杯奶茶，或者擠上一碗鮮奶，從來沒有發生過餓死人的事情。牧民們可以打獵，可以宰殺一些牛羊進行填補，只要草原上有跑動的生靈，人們就可以抵禦一切天災人禍。然而自從合作化以後，打獵不讓打，牛養成了集體的，牧民們什麼也沒有了，連喝一碗奶子都要向隊上討要，他突然感到這世界怎麼變得這樣的可怕。

他早就聽漢地逃荒來的人們說過人吃人的事情，但他對這些將信將疑，難道政府就不管這些人了？難道農民們就沒有自己的一點存糧？沒有了吃的可以跑嗎？世界之大難道連一口飯都討要不到？可他今天在縣城裡看到的一切，他對人們說的話相信了，老百姓可憐呀！他感到這樣可怕的事情已經向卡加部落逼近了，一個可怕的手正在扼住人們的咽喉。他想到這些有些後怕，自己竟然對外面發生的事情一點不瞭解，他想在此時我能夠為卡加部落做些什麼。他決定把自己的牛羊宰殺了讓卡加部落的人們去充饑，只要每天殺一隻羊，熬成湯也可救濟一些人，還不至於讓他們這樣眼睜睜的餓死。

紮西東珠先是讓舟塔給殺了一頭犛牛。他將這頭犛牛肉按人頭分給了各家各戶，然後將牛骨頭熬成湯盛在大鐵鍋裡讓人們隨意舀取。

大鐵鍋就擺在他院堡望樓的下麵。人們懷裡揣著木碗過來讓舟塔給舀上牛肉湯，然後低著頭搖搖晃晃往各自家裡走去。雖然人們已經飢餓難耐，他們每人只是舀上一碗湯就走了，沒有一個人過來去搶去爭，也沒有一個人重複去多喝上一碗香氣四溢的牛肉湯。

舟塔就坐在大鐵鍋的旁邊，他手裡撚動著佛珠子，閉著眼睛嘴裡咕嚕嚕地為卡加部落的人們祈願著。這佛珠是被嘉倉活佛加持過的，給他曾經帶來過福氣、運氣和精神。他知道任何事情都有個定數，他不怨天，不怨地，他想這一次黑頭藏人挨餓受饑也是天註定的。孔雀河邊的人們過五百年就有這麼一次大的劫難，他想若是沒有人死哪來的那麼多的牛羊，若是沒有生哪來那麼多的死亡，投胎轉世有了死才會有生，有了生就會有死，這是世道輪回的必然，不然這世界能裝下這麼多吃糌粑穿羊皮的黑頭藏人嘛。舟塔的這個想法對人們說過，可沒有一個人說他說的是對的，人們聽了他的這個話只是故意冒出怪聲，或是將他的話岔開，可他仍然要和別人論個是是非非，他不明白人們怎麼就連這麼簡單的道理都搞不清楚呢？

第十二章

舟塔一連幾個晚上都來到卡加牧業大隊羊圈旁邊的草地上，自從尼瑪鄉搖身一變成了尼瑪人民公社後，原來這裡的六個合作社聯合在一起成立了卡加牧業大隊。然而，天還是那片天，地還是那塊地，羊群還是關在那個大羊圈裡。他趴在地上想瞅個機會了去看他的五十只羊和他的草驢拉姆草，可是為了防範飢餓的人們偷盜，羊圈旁邊已經加強了警戒，大羊圈的周圍還有民兵來來回回的巡邏，讓他一直沒有一個進到羊圈裡的機會。於是，他每天都靜靜地爬在草地上，他望著明明滅滅的星空，他不明白世道怎麼變成了這個樣子。過去的卡加部落人們有自己的牛羊和馬匹，他們只要會走路就會跳舞，只要會說話就會唱歌，那時候的人們自由地放牧，盡情地歌舞，大碗喝酒，大塊吃肉，到了晚上他們就到別人的帳篷裡去打狗，女人們都會和男人們盡情地享受自由自在的生活，而且每個人都有佛的保佑和念想。在合作社時人們見了自己的牛羊馬匹還能說這是自己的，可到了人民公社家家戶戶的馬牛羊都成了集體財產，連自己的羊都沒有看的權利了。可舟塔不相信上天就這麼不長眼睛，它難道就能眼睜睜地看著這些人明目張膽變著花樣搶了家家戶戶的財產。果然老天不負有心人，他終於等來了一個千載難逢的機會。這天晚上舟塔到了羊圈旁邊的草地上，羊圈外面不似往常，竟然沒有一個民兵來把守，也沒有一個民兵在外面遊動。他感到有些不對勁，這會不會是一個圈套？因為卡加部落的人再不似以前一樣去相信任何人了，工作組經常設了套子來讓人說話，挖了陷阱來抓像他這樣的一些人。

舟塔望了望深不見底的天，天空還是那麼清明寧靜，一個一個的星星在天宇上閃爍著耀眼的光輝。月亮升上來了，它是那麼圓那麼明亮，把一層牛奶一樣的光輝潑灑在了羊圈的周圍，羊圈周圍隱隱綽綽好似蕩漾著散發著誘人香甜的乳香。

大約過了十二點，在卡加部落已是深夜，人們都已進入夢鄉了。舟塔再也顧不得那麼多了，他要利用這個千載難逢的機會看看他的那些心肝寶貝疙瘩。他將羊皮襖反穿披在了自己的身上，裝扮成了一個綿羊悄悄地向羊圈爬去。

他先進了驢圈去看了他的草驢拉姆草。沒想到一個月不見，拉姆草的肚腹上已經顯露出了根根的肋條，脊樑骨像高高隆起的刀背，身上不知是糞尿還是污泥，發出陣陣刺鼻的臭氣。拉姆草耷拉著它的腦袋，見他進來只是略微抬了一下頭，已經不似往日一樣沒了半點的神氣。舟塔摸著拉姆草長長的驢臉，他看到拉姆草的眼眶裡流出了晶瑩的兩滴淚珠。

他說：「我……我……的……的拉……姆……姆……草——」說著他就抱住拉姆草的頭抽泣了起來。

正當他抽搐著身體輕輕哭的時候，舟塔突然聽到羊圈裡一陣躁動。他想，這好像不是人的聲音，是不是進來狼了？可他聽了一會兒，聲音又慢慢靜了下來。他屏住呼吸，伸著耳朵又聽了一會，聲音沒有了，他正想直起身子伸一下腰，可是躁動的聲音又起來了，而且比上一次更加劇烈。

他想，不行我得過去看一看。

他把反穿的羊皮襖往身上緊了緊，讓自己完全變成了一隻綿羊，他輕輕地往羊圈移了過去。他進到了羊圈裡，爬在地上與羊混在了一起。他突然看到一個高大的男人光膀子上披著一件皮襖叉著雙腿立在一隻羊的身後。這個男人身體晃動著，就像他們家的公羊黑鼻樑一樣在母羊的身上播撒著種子。他不敢相信自己的眼睛，這難道是真的嗎？是不是自己在做夢。他狠狠地掐了一下自己的腿，他覺得這是真的，這個男人身下的母羊呻吟著掙紮著。可是，這個男人似乎很有力氣，他雙手緊緊抓著母羊的頭，身體往前傾著，晃動的頻率越來越激烈。

舟塔有些害怕，這是不是魔鬼到了這裡來糟蹋這些生靈來了。他在小時候就聽說過，魔鬼到了晚上不論是人是馬是牛是驢是羊，魔鬼都會欺侮這些幼小生靈的。

可是，這個魔鬼似乎性欲強烈，不滿足一個羊的癲狂，他瘋狂地幹了一隻羊後，迅速地又抓住另一個羊幹了起來。

舟塔的身子抖了起來，而且抖得越來越厲害了，他是那樣的害怕。他感覺他的下面也有點尿慾，他想這個魔鬼怎麼有這麼大的性欲。他聽到魔鬼身下母羊發出的聲音就是他的黃眼圈。不知是因為對弱者的保護還是他征服邪惡的本能，他從腰間的牛皮刀鞘裡一下抽出了藏刀。這是一把七寸長的刀子，刀把是銅制的，上面鐫刻著一朵蓮花，刀刃是上好的鋼打磨的。刀刃像一條白魚從鞘間跳出後，在月光的映照下發出令人心悸的寒光。

他越看越氣，越看越急，這個魔鬼是不是每天晚上都到羊圈裡來糟蹋他的黃眼圈。就在這個時候，他聽到魔鬼長長地舒了一口氣，然後使出全身的力氣舞動著。這聲音是那樣的遙遠又是這麼的熟悉，他忽然聽清楚了這不是丹增的聲音嗎？他的身體打起了擺擺，牙齒上下敲動，他覺得眼前黑乎乎的魔鬼是那樣的可怕。他忽然明白了，這傢伙今晚將民兵打發走，原來他在這裡幹這種事情。

舟塔往丹增跟前爬了過去。丹增完全陶醉了，他這個人自從當了民兵連長，他根本不愁玩不上女人，可他從小沒有阿爸和阿媽在草原上野慣了，他就喜歡與驢與牛，尤其愛和羊來幹這種事情。他的這種嗜好早在他成了流浪孤兒時就已經習以為常了。那個時候，他與其他流浪兒一起在草地上去看母羊，看准了他們就將這只母羊拉到土坎下面輪流去奸。到了卡加部落後，他因為姦污母羊被人們抓住而被嘉倉活佛數落過，他也因此有了一段時間的收斂。可是，自從合作化、人民公社以後，家家的牛羊驢都進了牧業大隊，而且他就是這裡的民兵連長，工作的便利讓他的欲望一發而不可收拾了。因為到了這裡他可以為所欲為了，他可以由著性子去挑選最好的母羊來進行發洩。於是他每過三天就給民兵們放一天假，讓他們回家休息，而就在民兵休息的這天晚上他就會來到羊圈和驢圈來盡情地發洩一個晚上。

丹增在和這些動物幹的時候，他覺得省了許多的前期節奏，不似與人幹這事會有那麼多的麻煩。和人幹這事的時候，女人們會對他說三道四，有時候還有那麼多的鼻涕和眼淚，可是這些動物只是默默地忍受著，讓他覺得他是孔雀河草原最強大的男人，就像他拿著槍打死一個敢於挑戰他權威的人一樣的快慰。

舟塔慢慢地往前移去，幾隻羊將他擠在中間他必須選擇一個最佳的時機。

舟塔將藏刀緊緊握在手裡。他聽到丹增還在呼呼地喘著粗氣。而丹增根本想不到竟然有一個人會在這種時候壞了他的好事。民兵連裡的民兵都知道丹增的這個嗜好，他們不明白有那麼多花兒一樣的女人，可連長為什麼就喜歡這些動物。可誰也不敢吭聲，因為他們見過丹增把頂撞工作組的人拉到孔雀河邊活活打死的情景。

舟塔握著藏刀的手抖得越來越厲害了，眼前的這個人是雙手抓住犛牛角能扳倒犛牛的丹增。舟塔懸著的手一直打著哆嗦，他覺得他身上軟塌塌的好似沒了一點力氣。

這時丹增停了下來，突然轉身朝他走了過來，丹增又去抓另外一隻母羊，可是這只母羊狂跳到了房子的另外一邊，於是丹增又回過身來抓住了他的黃眼圈，而且熟練地進入了母羊黃眼圈的身體。丹增的皮襖敞開著，他高大的身體在黃眼圈的後面腿子略微有點彎曲。

這時他聽見黃眼圈在丹增的身下叫了一聲，這撕心裂肺的聲音像一把刀子捅在了他的心上。舟塔站了起來他將藏刀舉起對準了丹增的後脊樑。這時他的腦子裡一片空白，身體也不再顫抖。他的刀子很穩，鋒利的刀尖上白光閃了一下，他用盡全身力氣將刀子不偏不倚插進了丹增的脊樑骨。丹增鬆開了手，回過頭來朝舟塔看了一眼，他身下的黃眼圈不失時機立即從他的胯下跑了出去。

就在這時一股鮮紅的血從舟塔拔出的刀孔裡噴湧而出，舟塔的身上和臉上都被血濺滿了。於是他眯著眼睛朝丹增身上瘋狂地戳去。他覺得他是那麼的痛快，白刀子進去，紅刀子出來，白刀子進去，紅刀子出來，他已經好長時間沒有這種感覺了。他聽到丹增像一堵牆一樣倒在了他的腳下。

舟塔一搖一晃地從羊圈裡走了出去。他的腦海像大海泛著波浪，他徑直往央金娜姆的氈房走去。舟塔的步子很慢，他覺得他已經用完了全身的力氣。

滿臉血污的舟塔讓央金娜姆大吃一驚，她不知道父親怎麼成了這個樣子。

「我……我……把……把……丹……丹增……殺……殺了。」

「什麼？你殺了丹增！」央金娜姆根本不相信父親這個一米六幾的人能殺了丹增那個一米八的漢子。

舟塔坐在了氈房的地上，點了一下頭。

「丹……增……增被……被……我……我殺……了。」

「你胡說的什麼？你瘋了嗎？」

舟塔躺在地上閉上了眼睛。

央金娜姆看到舟塔渾身的血和那把滴著血的藏刀，她相信了。她想起了父親繩殺犛牛時光著膀子的情景，胸前隆起的兩疙瘩肉像兩坨犛牛腱子。

「趕快脫了衣裳，往山上跑。」

「我……我……不……走，我要……要告……訴……工……作……作組，丹……增……他……他……不……不是……是……人。」

「他不是人，你也不能把他殺了，殺人要償命的。」

「丹……增……他……他……不……是……是……人。」

「快點進山。等天亮就不好走了。」

「我不……不……走。我……要……要……告……訴……工……工……作……作組，丹……增他……不是……人。」

「再不要耽擱了，快點進山躲起來。」央金娜姆拿出一件乾淨衣裳和皮襖讓舟塔趕快換上了跑。

可是，舟塔他太困乏了，他平展展地躺在了地上。

央金娜姆說道：「爸啦，再不敢耽擱了，他們會找上門來的。」

舟塔目光呆滯，望著這黑白顛倒的世界。

「丹……增……他……他不……不……是……人。」

「不是人就不是人，這世界有幾個是人。你殺了人，人家要送你進監獄吃槍子兒的。」

舟塔長長地出了一口氣，他感覺他的眼睛已經睜不開了。「我……太……困……困……了，我……我……想……睡……覺。」

「到山上去睡。」央金娜姆抱著羊皮襖，拉著舟塔走出了氈房。

才旺南傑在前面引著路，他們一路小跑匆匆往山的方向走去。

舟塔說：「央金……娜……姆……你回……回去……吧，我……一個……人……進……山。」

「那你把才旺南傑帶上，不然你一個人在山上遇到狼怎麼辦？」

「那……你……一個……人……要……小心。那……那……些……人……人……都……是披……著……人……皮……的狼，他……們……都……都……不……是人。」

「爸啦，我知道了，你把這些炒麵和酥油帶上。吃完了我再給你送。」

舟塔朝央金娜姆看了一眼。他想，我怎麼有了這麼一個聰敏伶俐貌似天仙般的孝順姑娘。不似舟塔家族的人，幾輩裡沒一個俊俏麻利的女人。

舟塔記得央金娜姆的阿媽生她的時候大出血去世了，央金娜姆是他一手帶大的。小時候的央金娜姆最喜歡吃他用手給捏得酥油拌炒麵的糌粑。那時候他將糌粑捏成各種形狀，有像黑色犛牛的，有像草地上的綿羊的，也有像奔跑的野馬的。每次他捏好了糌粑，央金娜姆就放在自己的眼前，捨不得把它吃進嘴裡。他那時就說：「吃……吃……吧，央……央……金娜……娜……姆。吃完……完了……了……爸……爸……啦……再給……給你捏……一……一個。」可是，那時候的央金娜姆就是捨不得吃，每次都是他再給捏一個她才將糌粑吃進嘴裡。

央金娜姆把才旺南傑交給爸啦後她還是不放心，她看到舟塔太虛弱了，她攙扶著舟塔一同走到了山上。

央金娜姆和舟塔進了一個山洞裡，這個山洞舟塔每次上山都要在這裡歇一歇。這個山洞跟前有一個泉眼，當年紅軍來這裡，二十九個傷病員就藏在這裡，舟塔給他們送過飯，他對這裡的一切非常熟悉。舟塔進到洞裡就迷糊著睡著了，央金娜姆將他扶著躺在了洞裡的乾草上。

央金娜姆將舟塔送到山洞裡，讓才旺南傑和爸啦呆在一起，而自己又慢慢走了回來。她知道只要才旺南傑和爸啦在一起，他們就將爸啦沒有辦法。

天還沒有亮。晚風從草原吹過，枯黃的牧草颯颯的，發出令人心悸的聲音。天一半青一半白，東邊的天空裡已有了光亮。進了卡加部落，央金娜姆覺得整個部落靜悄悄的，四周闃無一人，而且死了一般的寧靜。央金娜姆大步行走，越走越快，她覺得這裡到處都潛伏著一種危險，她必須趕快到自己的氈房裡去。「嘎——」，身後傳來一聲夜鳥難聽的啼鳴。她不禁打了一個寒顫，她朝後面望了一眼，到處是黑色鬼的眼睛。她於是跑了起來，不時地回頭張望，她聽到後面追她的聲音離她越來越近。

央金娜姆的腳步聲被狗的吠叫淹沒了，她是沖進了自己溫暖的氈房。她解下氈房上掛得皮囊，往嘴裡倒了一口清涼的泉水，她這時才感到心裡平靜了。她從一個皮袋裡取出一個用紅綢子裹著的達賴和班禪的佛像，端端正正地擺放在了眼前。這是十四世達賴和十世班禪兩位尊者，她不敢看這兩位尊者的眼睛。她跪在了地上，磕頭，磕頭，再磕頭。她好像完成了一件神聖的事業之後，才開始輕鬆的呼吸。

她這時什麼也不怕了，她只是想她的紮西東珠，他現在哪裡？她想把這件事情趕快告訴他，因為她腦子裡混沌一片，她知道這時只有他才能給她點破迷津指明前進的方向。她覺得她突然長大了，雖然她還是一個剛過十六歲的女子，可她自從和紮西東珠有了那個第一次的時候，她就有了這種感覺。

數不清有多少回了，每當她遇到不順心的事情，或是遇到困難孤立無助的時候她就會想起紮西東珠，她知道紮西東珠已經成了她的全部，不論是睡下還是睜開眼睛她的世界裡到處都是他的身影。

第十三章

卡加牧業大隊的民兵連長丹增的被殺，在整個尼瑪公社掀起了軒然大波。省上領導對此非常重視，要求紮曲縣公安局調動一切力量儘快破案。上面作出指示，這是一個明顯的預兆，說明敵人已經走到我們前面去了，為了防患於未然，該抓的必須要抓，有疑問不該抓的也要抓，各級黨組織要爭取主動，將那些危險的有號召力的頭人、活佛先抓起來再說，不能讓敵人打亂了我們的陣腳。另外，針對當前一些地區發生了藏族、回族、撒拉族、東鄉族等叛亂的事情，各個地區發出「先理後兵，先發制敵，把反革命叛亂消滅在預謀的萌芽階段」方針，並由地委、軍分區和公安處領導親臨指揮、逮捕，定為叛亂分子。

上面指示一下來，卡加部落立即實行了大逮捕，凡是對合作化和人民公社運動有過抵觸情緒的，或是公開和暗地裡反對反封建反迷信的統統都被抓了起來。本來按照省上的指示，紮西東珠也屬於被抓要關押的人選，然而上面對紮西東珠有過專門的交代，加上紮曲縣縣委書記曹文尉堅決不讓動紮西東珠，他說抓誰也不能抓紮西東珠，這是我們的依靠對象，紮西家族永遠是我們共產黨的恩人。這樣卡加部落只將嘉倉活佛抓了起來。

剛開始抓的人被送往縣看守所，看守所關不下後又將抓得人全部關押在了朗布寺的大經堂裡。

朗布寺巍然聳立的碉樓，那密如蛛網的巷道，那逐層升高的僧舍、經堂和佛殿，那輝煌瑰麗的金頂、彩幡和鎦金寶幢，隨山勢鋪展，順溝穀延伸。既是那樣分散，又是那樣集中；既是那樣隨心所欲，又是那樣結構嚴謹；既是那樣樸素平和，又是那樣氣勢磅礴。在上萬平方米的建築面積裡，曾經生活著多達二千多名喇嘛和尼姑。他們陪伴著千千萬萬盞日夜長明的酥油佛燈，他們面對著千百座慈祥的、威猛的、風趣的、恐怖的神像，在這裡剃度受戒，在這裡讀經禮佛，在這裡修習顯宗和密法，在這裡度過天真爛漫的童年，如幻如夢的少年，熱血沸騰的青年，穩健成熟的中年，直到悄悄地老死在佛號經聲中。他們在幽暗的密室靜修，在燈光閃爍的經堂大聲祈禱，在石頭鋪墊的法苑無休無止的辯經。可是，今日這裡成了儲藏尼瑪人民公社最大的肉食倉庫和屠宰基地，成了關押犯人的臨時看守所。

逃跑了的舟塔因為是重點懷疑對象，所以將央金娜姆和央金娜姆的阿哥才旦也抓進了朗布寺，他們就被關在大經堂裡。

然而人們還是發生了懷疑。劉俊說：「丹增這麼大的個子，壯得像個牛，舟塔他不要說是殺，就是放開了讓他到丹增的跟前，他一個人能夠打過丹增嗎？事情沒有這麼簡單，這是一個不能小視的大案，後面肯定還有人，而且是個不一般的大人物，不能夠就這麼隨隨便便放了過去。」

怒不可遏的民兵們用繩子吊起了央金娜姆的阿哥才旦，他們將才旦的衣裳扒光，用抽打馬的鞭子沾了水在他的光身子上抽了起來。

「丹增連長是不是你殺的。」

「我沒有殺他。我們出家人是不會殺生的。」

「你妹妹央金娜姆都已經交代了，人是你殺的，你阿爸跑是為了頂你的罪。」

「我說了，我們出家人是不會殺生的。」

「那麼是誰殺的？」

「我不知道。」

「看你說不說實話。」說著民兵們又用鞭子在才旦的身上抽打了起來。

「人不是我殺的，我說的全是實話。」

「是不是那個老東西嘉倉讓你殺的。」

「不是。嘉倉活佛慈悲為懷絕不會教我們去做殺生害命的事情。」民兵們看才旦的臉上全是血，就將他的頭塞進水桶裡。

「你說不說實話。」

「我說的全是實話，人不是我殺的。」

「那是誰殺的？」

「我不知道。」

「打，往死裡打！」

民兵們又沾著水用鞭子沒頭沒臉地往才旦的身上和頭上抽去。一個民兵走過來揪住才旦的耳朵，向牆上碰去。

才旦沒有了聲息，他又昏死了過去。

下午的太陽在寒風的哄誘下，又回到了晚霞的矚望中。天邊是無數雲翳的洞隙，是無數血紅的眼睛。劉俊的眼睛也是血紅的，紅得染透了他目光所能看到的所有物體。他感到渾身乏力，氣息短促，他想儘量穩住神，這一切到底是誰在後面指示。他想，一個老實巴交的舟塔他沒有殺人的本事，何況殺得是那麼強悍的丹增。他想到了紮西東珠，這件事與這個人有沒有關係？

這個時候整個卡加部落都在挨餓，抓進朗布寺看守所裡的人每天只吃著一碗稀麵糊糊。嘉倉活佛被關在一個單獨的小房間裡，他的眼睛陷了進去，他知道佛的世界裡五百年必有一次大劫，這一次劫難不知道何日才能停息。他深深地吸了一口氣，他已經是三天沒有吃東西了。這三天對他來說是那樣的漫長，尤其對卡加部落的牧民們那可是不容易熬過去的。他想這世界到底怎麼了？朗布寺被占以前，漢地裡就開始往這裡逃來饑民，朗布寺當時抬出大鍋進行救助，沒想到轉眼間又輪到了卡加部落。藏民都是些吃慣了肉食的肉肚子，他們這時只吃些稀麵糊糊湯湯，肯定會很快倒下去的。過去的日子裡，人老幾輩黑頭藏人什麼時候聽說過餓肚子，沒了麵食吃肉食，沒了肉食有酥油，就是到了山窮水盡起碼還有一碗奶子喝。

合作化以前家家戶戶儲備有風乾肉，這是冬春季節傳統肉食。因羊只肉少，風乾後沒有多少肉可食，所以風乾肉主要是牛肉。那時候講究一點的人家，多將牛肉切成條狀，裝入柳簍裡。較大的柳簍，可裝四五百斤牛肉。既便於風乾，又可減少污染。卡加部落大多數牧人則把牛肉掛於帳篷前的繩子上。帳篷前有掛一隻的，也有掛數隻的。他們加工風乾肉，既不用水煮，也不用鹽醃，只是鮮生肉。這些風乾肉一直可以吃到來年的夏天，在牛羊復壯前，幫助牧人度過青黃不接的季節。卡加部落牧人加工的風乾肉，由於長時間的風吹、日曬、冷凍，非常酥。他們吃時掰下一塊，一點一點地撕著吃。越嚼味越濃，越嚼味越香。嘉倉活佛想，合作化以後牛羊都進了合作社，人們儲備的風乾肉由於大吃大喝早已沒有了。到了人民公社後人們整個兒瘋狂了，不是修水渠，就是修公路，人沒有一天休息的時間，人們只能喝些包穀面爛菜葉的糊糊湯，再也吃不上風乾肉了。嘉倉活佛對這一切看得非常淡然，他知道世道輪回，世事變遷，藏家人這一劫是避不掉的。

對殺了丹增這件事只有央金娜姆知道，可她總是不明白父親怎麼就能夠殺了卡加部落像頭野犛牛最有力氣最兇狠的丹增？

劉俊一方面讓民兵嚴刑拷打才旦，一方面將央金娜姆叫過來侍候才旦。劉俊知道才旦這人就是被打死，也不會招出半點實情的。可是央金娜姆與才旦這對兄妹感情深，她是看不下去才旦被拷打的。於是他故意讓央金娜姆到才旦跟前來，就是要看看央金娜姆在她哥哥才旦跟前怎麼說，說些什麼。當然劉俊也非常清楚舟塔是將兒子才旦作為自己驕傲的，他肯定不會看著民兵將他的兒子活活打死的。

央金娜姆抱住被打得渾身是血的阿哥，哭得昏了過去。才旦面無表情緊緊地閉著眼睛，央金娜姆覺得阿哥才旦要死了，他要死在這幫沒人性的民兵手裡了。她對那些民兵說：「你們也是黑頭藏人，你們也有兄弟姐妹，你們為啥要做這樣缺德的事情呢？」那些民兵聽了她的話笑了笑，他們笑她的年幼無知，笑她的不識時務。他們說，讓你阿哥承認了，這件事情不就解決了嗎？

劉俊將央金娜姆放了出去，他要讓央金娜姆將才旦被打的事情告訴躲在暗處的舟塔。

央金娜姆從朗布寺出來就往自己的氈房走去，她感到藏家人已經沒活的路了。她想到往日裡卡加部落人各幹各的事，每日裡放牛蕩羊、擠奶喝茶，哪裡有這麼多烏七八糟的事情。她不想讓父親知道阿哥被打的情景。她知道阿哥只要不知道殺死丹增的事情內幕，阿哥就是被打死什麼也不會說的，那麼那些人瘋狂過後，阿哥還會回來的。假若父親知道阿哥被打的情景，父親就會自投羅網，因為父親的心裡阿哥是比天還要大的，到那時阿哥、父親都會被這些人活活折磨死的。

民兵們放出央金娜姆後他們就一直在她氈房跟前一個帳篷裡埋伏著。他們要等著舟塔自投羅網，可一連三天這裡沒有一點動靜。因為央金娜姆早料到這些人會幹這種把戲，她想父親山洞裡的吃食足夠讓他過上十天半月，只要我不動他們永遠不知道父親的蹤影。

可是舟塔卻沒有那個城府，他在一個靜悄悄的夜晚領著才旺南傑到了央金娜姆的氈房。

央金娜姆在睡夢中突然嗅到才旺南傑的氣息，她睜開了眼睛。她看到舟塔就坐在氈房的門口，她一下坐了起來。

「你怎麼來了？」

「我，我……」

「我什麼我，你不要命了。你不要命，你還會害死阿哥的——」

舟塔不知說什麼好。

央金娜姆站了起來說道：「你怎麼這麼傻呀。你藏在山裡，工作組把你作為嫌疑對象，我和阿哥只是他們懷疑的對象，殺人的事他扣不到我們頭上。你若是到了他們手裡，不但你活不了，我和阿哥都活不了。這些人狠著呢。」

「那……那……你說……怎……怎……麼……辦？」

「你趕快回去。」

舟塔讓央金娜姆這樣一說，心裡清醒了許多。這樣的事情在卡加部落發生的多了，只要被他們抓住現行，過不了三天都要被拉出去槍斃的。就在組織合作社的時候，平措不願意讓他的羊進合作社，帶頭殺了自己的三隻羊，第二天卡加部落就召開大會被丹增給送到縣上大獄裡了。他知道丹增是執行工作組的命令這麼做的。他想，央金娜姆說得沒錯，他們若要抓住殺人犯的我，過不了三天卡加部落就要召開公判大會，我們一家人一個也活不了。

舟塔於是和才旺南傑又進了岡紮拉山。

舟塔掀起袍子拿出了他的毛口袋，他伸進手去摸裡面的東西。這一次他摸到了一個羊骨頭，羊骨頭的邊上是鋒利的茬口。他知道那天殺了丹增的晚上出去時摸出的也是這根羊骨頭。可那天晚上骨頭的茬口割破了他的手，鮮紅的血流出讓他覺得這是一個兇險的卦象。然而今天他的手上沒有流血，但他還是認為抽出的這個卦不好，可他不知道到底不好在哪裡？

舟塔想起了央金娜姆的母親，她也是一個像央金娜姆一樣聰敏善良的女人。他記得他和央金娜姆的母親認識是他到卡加部落第二個年頭的一個早上。那天，他從皮襖裡鑽出來，就往孔雀河邊走去，這時的孔雀河陽光灑在上面跳躍著無數的金鱗，央金娜姆的母親身上背著拾牛糞的背簍在紅霞映照的遠處走來，她的身上晃動著裝飾的貝殼，細細的髮辮上插著一朵美麗的格桑花。他看到這一切驚呆了，這是天上的仙女下凡了，還是他在夢中。他像一尊佛塔立在那裡，眼睛緊緊盯著緩緩而來的女人。

這時央金娜姆的母親也看見了他，她朝他抿著嘴笑了一下。

他眼睛一眨不眨地說道：「你……是……是……天上……上的……的……仙……女……

女……下……凡……還……是……是水……中……中……的……龍……女……女……升……天……天。」

「你就是舟塔家的那個寶貝兒子吧。」

「是……是我。你……你……是……誰……誰家……家……的?」

「我就在卡加部落。」

舟塔後來打聽到這個女人是紮西東珠家的一個侍女。

舟塔回去後就向紮西東珠的父親要這個女人。

紮西東珠的父親笑了，他知道舟塔家族上千畝的草場都成了紮西家的財產，他要這麼一個女人也理所應當。

舟塔娶央金娜姆母親的那天，紮西東珠的父親給他們送去了兩匹馬，十頭牛，還有兩百隻鮮活的綿羊。那天晚上舟塔就摟上了自己心愛的女人，女人香噴噴的溫馨撲鼻貫肺。他想，女人真好。他用雙手捂住央金娜姆母親的乳房就像捏著兩坨酥油疙瘩，用胸脯貼緊她的後背。可以說，這是他一生中最兇猛的一次，那晚上上下下整整十多個來回折騰了一個晚上。可是，央金娜姆的母親卻在生下央金娜姆的時候，大出血沒有活過來看一眼自己的女兒。

舟塔每次想到這裡他就想哭。歲月一晃眼的功夫就是十八個年頭。月落日出，鬥轉星移，他知道男女之間骨髓和血液融為一體，就是漂浮的靈魂找到了歸附。他不知道央金娜姆的前世是什麼，可他感受到了轉世在他們舟塔家的央金娜姆是個既有孝心又有慈悲心的女人。

舟塔想自從共產黨到了卡加部落這裡怎麼發生了這麼多的事情。過去的卡加部落人們放牛蕩羊、騎馬打獵、念經拜佛、捉鬼消災各忙各的事情，人們自由地跳舞唱歌，歡樂地喝酒吃茶，雖然日子過得沒有今日裡緊張，可是不論是岡紮拉山上還是孔雀河畔人們到處都有說不完的歡樂。

舟塔最愛喝的是酥油茶。合作化以前不論你走到卡加部落任何一家，人們都會給你敬上一杯香甜的酥油茶。這裡的酥油茶色澤淡黃，味道鮮美，香氣撲鼻，既能止渴，又能充饑，還能暖身。舟塔家裡每次來了人，他就將磚茶或沱茶搗碎放入鐵鍋，摻上水進行熬煮，幾度開沸後，撒上些土堿，催出茶色。然後他將沸開的茶葉水倒進碗口粗、半人高的圓筒，放進一些酥油，少許鹽巴，抓住筒中的木杵，上下攪動，輕提、重壓，反復數十次，使茶葉、油脂和水充分融合，便成了色、香、味俱全的酥油茶了。每當客人到家，舟塔每次還在打制酥油茶時給客人加進核桃仁、牛奶、雞蛋、葡萄乾，酥油茶因此更加柔潤清爽，余香滿口。

除了酥油茶，甜茶恰安莫也是舟塔款待客人的飲料。他將適量紅茶放進鍋裡，添水熬煮，色澤金黃時，放進牛奶、白糖。每當寺院裡念經和草原上賽馬時，舟塔就將做好的甜茶給喇嘛和牧人們送去，所以說舟塔人長得雖然猥瑣可他在卡加部落的人緣特別好，人們都喜歡與他來往，人們知道舟塔是最願意幫助人的。

舟塔覺得口渴肚子餓，肚子咕咕響，嘴裡要冒煙了，他朝坡上一頭遊蕩的犛牛走去。這是一頭從牧業大隊逃出來的犛牛，舟塔走到這頭犛牛跟前，突然用一隻胳膊將犛牛的頭夾住，從腰裡拔出刀來。犛牛身子往後拼命地掙紮，舟塔雙腳蹬地，一步一步往下挪，脖子上的青筋鼓了起來，他和犛牛一起從坡上到了坡底，又從坡底到了坡上，舟塔迅速地將鋒利的藏刀插入這頭犛牛的脖子，然後拔出刀來將碗接了上去。犛牛還是死命地掙紮，舟塔接了滿滿一碗血，這些血冒著泡泡，他急不可耐地將嘴搭了上去，咕嘟咕嘟地喝了起來。喝了犛牛血舟塔覺得嗓子好受多了，他用手指將碗裡的血刮了刮，然後將沾滿血漿的手貪婪地吮吸了起來。他用袖子擦了一下嘴，然后抬起頭來望了一下天，這時他覺得渾身的毛孔似乎都張了開來，身上一下有了力氣。

舟塔和才旺南傑進了山洞，他將皮襖鋪好舒展地躺在上面，他知道只要才旺南傑在這裡，就是進來十個民兵他們也不會沾上便宜。

舟塔感到自己很困，過去他只要頭放到枕頭上就會進入夢鄉，可是現在一整天都睡不著。他不知道他的才旦現在怎麼樣？才旦和央金娜姆都是聰敏孝順的孩子，可他覺得才旦更重人情。寺院裡的才旦也喜歡幫助人，不論年老的還是年少的，才旦都儘量滿足他們的要求。才旦比央金娜姆更喜歡學習，才旦每天從半夜兩三點就開始學習，不論冬夏，年復一年地坐在冰冷的卡墊上苦苦修煉。才旦擔任過一年的執法僧格貴，擔任過四年的總管強佐，也擔任過三年的領經僧翁則。才旦重學習更重辯論，在辯論中精通經書，訓練思維，培養演說的能力。舟塔不知道工作組會將他的兒子才旦怎麼樣，他的心裡感到很內疚，他想我是一把老骨頭的人了，自己做事應該自己當，為什麼還要這樣東躲西藏，讓兩個孩子為他受了這麼大的磨難。

舟塔從山洞中出來朝山下望去，整個卡加部落全部在他的眼皮子底下。在這裡他可以看到卡加牧業大隊人們的出出進進，就是一隻狗在草地上的走動他都能看得清清楚楚，可是人們是看不到他的，因為這裡除了遮天蔽日的森林之外，主要是光線的反射，人們在卡加部落看到的只是滿目的鬱鬱蔥蔥。

才旺南傑靜靜地臥在舟塔的身旁。它已經感覺到了這裡發生了重大的事情，所以不論白天黑夜它都和主人在一起寸步不離，而且它屏住呼吸悄悄地觀察著山上山下的風吹草動。舟塔知道只要才旺南傑在他的身旁，他不愁吃不愁喝，才旺南傑都會為他操心的。當他睡在洞中時，才旺南傑在周圍為他站崗放哨。當他口渴時，才旺南傑嘴裡叼著木桶為他將水打來。當他肚子餓時，才旺南傑會給他抓來野兔、野雞。他想，才旺南傑是上蒼為他們舟塔家派來的最好的使者。所以，在民兵搜山時，才旺南傑領著他與這些人周旋，讓民兵看不到一點蛛絲馬跡。這些日子裡，他在山上睡得安穩，吃得香甜，他就是放心不下他的兒子才旦和女兒央金娜姆。

第十四章

卡加部落這天和往常一樣平靜，空曠的原野上悄無聲息，然而卡加部落經過一夜撕心裂肺的陣痛之後，東面天空先是一片血紅，而後跳出了一個鮮活活紅彤彤的太陽。太陽冉冉升起，天上先是由紅轉為黃，接下來紅黃兩色由輕到重逐漸擴展將東邊的天空塗抹成了金黃的畫布。那一條條金光從天而落似黃色、紅色和白色的一條條哈達掛在天宇上面。一輪鮮紅的太陽被天空大地孕育出來了，它是那樣光潔，那樣明亮，好像一個剛剛出生身上還帶有母體鮮血的嬰兒，發出響亮的啼鳴。

劉俊和紮曲縣公安局長達娃旺旭就是這個時候進了紮西東珠院堡門的。劉俊進門時要讓警衛員一同進去的，達娃旺旭告訴他，紮西東珠和他是多年的朋友，他每次到卡加部落辦事就住在紮西東珠的家裡，就讓警衛員先在外面呆著，帶上警衛員反倒顯得有了生分。

達娃旺旭生著一個黑臉，八字眉，圓眼睛，一米八五的個頭。由於常食酥油糌粑和肥肥的羊肉，人就顯得很胖，小肚子高高隆起吊了下來。這人曾經跟著勒巴佛在解放前造過反，後來去了延安入了共產黨，再加上是個藏族，雖然沒有什麼文化可他卻掌控著方圓幾百里地人們的生殺予奪的大權。這人因和紮西東珠家裡的一個擠奶姑娘拉毛草相好，他也就成了紮西東珠家裡的常客。

劉俊和達娃旺旭坐了下來，拉毛草將剛剛煮好的酥油奶茶給每人端了一碗。拉毛草是紮西東珠家裡合作化後留下的惟一侍女，這裡除了一些給他餵養牲口的，原來經堂裡打雜的男男女女都被紮西東珠打發回了家。

劉俊和達娃旺旭剛一開口，紮西東珠說道：「先不談公事，喝上一碗酥油茶了再說。」

劉俊端起碗抿了一口酥油奶茶，看著紮西東珠說道：「頭人的酥油茶做得不錯。」

紮西東珠沒有吭聲，他只是望著這個人笑了一下。這笑讓劉俊頭髮根子一麻，他從來沒有見過紮西東珠會有這樣的笑，他從紮西東珠的眼神裡感覺到了一種從來沒有過的殺氣。

劉俊感到空氣有些沉悶，紮西東珠板著臉什麼也不說。他覺得這裡的空氣不太對勁，他後悔怎麼沒讓警衛員一同進來。他將身上的槍摸了一下。可他知道現在自己在紮西東珠的房間裡，必須先冷靜一下。

房間裡短暫的寂靜之後，紮西東珠開了口說道：「死了一個民兵連長，你在卡加部落老老小小抓了上百號人。」

不待達娃旺旭說話，劉俊接上說道：「今天先不說這事，我們是來和頭人商量收繳家家戶戶的槍支的，你是頭人帶個頭我們的工作就好做了。」

「你也知道藏家人離不開馬和槍，沒了槍他們在這孔雀河畔和岡紮拉山怎麼生存？不要說別的，這裡到處是狼蟲虎豹和瞎熊，沒有槍人們到林棵裡都不敢去。前些日子群狼禍害卡加部落你們也看到了，呼啦啦一來就是上百頭狼，藏家人沒有槍能行嗎？」

「共產黨的政策是個人手裡不能有槍，打狼打獵有民兵組織，我們可以在牧業大隊組織帶領下集體進山去打獵嘛。」

「剛才我已經說了，藏家人多少年來進山打獵離不開槍，我們不交。」紮西東珠的聲音低沉，但回答的語氣卻是那麼堅定。

「不行！一條槍也不能留，全部要上繳！」達娃旺旭是個粗人，他沒有看到今天的情景與以往的不同。他沖著紮西東珠吼道，說著「啪」地一下將手槍放到了桌上。

紮西東珠看到這張臉愣了片刻，過去的達娃旺旭和他無話不說，風趣幽默。達娃旺旭每次到了卡加部落就住在他的家裡。國民黨統治的時候，上面通緝達娃旺旭，達娃旺旭在他家裡吃，在他家裡住，姑娘拉毛草天天晚上去侍候他，今日裡這人怎麼說變臉就變臉了。

劉俊看雙方僵持了起來，趕快插話說道：「頭人，槍是一定要交的。縣上已經做了決定，每家每戶的槍支都必須要上繳，一條也不能留。」

「假如我們不交呢？」

「看你有沒有這個膽子？」達娃旺旭滿臉凶光，將手槍又往桌子上拍了一下。

「局長這事回頭再說，慢慢商量。」劉俊看了一眼達娃旺旭說著站了起來準備要走。

可是，這時紮西東珠已經走出了房門，他知道藏家人已經沒法活了。紮西東珠出去時隨手將門關了起來。他揮了一下手，幾個人和他一起上了樓頂。樓頂有一個天窗，他用槍對著劉俊和達娃旺旭喊道：「劉縣長，局長大人，你們給我聽著，你們鬥活佛、撤寺院、搶牲口、打人、抓人、隨便殺人，逼著喇嘛和尼姑成親，卡加部落的人現在連口飯都吃不上了，你們還要拿走他們惟一可以生存打獵的槍支。你們是不是做得太過分了。你們不讓藏家人活，今日裡我就和你們拼了！」

達娃旺旭不待紮西東珠說完，一揮手槍子兒從紮西東珠眼前飛過。達娃旺旭拉著劉俊一下躲到了房柱的後面，這時子彈同時從天窗打了進去。

達娃旺旭和劉俊趕快去拉門栓，可門早已被紮西東珠從外面反鎖了。

紮西東珠讓人們將清油從天窗裡潑了進去，然後扔進了火把，他已經是破釜沉舟了。

只聽「轟」的一聲，大火沖天而起，熊熊的大火霎時在卡加部落頭人的院堡中央燃起，劈裡啪啦一陣爆響之後迅速向四周蔓延開來。卡加部落的人們早已是一把乾柴，他們看見紮西東珠終於動手了，紛紛從氈房出來點燃了自己的房屋。火燒起來了，騰空而起，火焰在空中跳躍著，歡呼著，它將壓抑了太久太久的怒氣同時爆發了出來。這時一陣疾風吹來，風助火勢，火伸著長長的舌頭舔吐著。男人們都騎著馬背著槍，女人們驚慌的喊叫夾雜在槍聲喊聲和火焰瘋狂的嘯叫聲中。

「啊嘿嘿——，啊嘿嘿——。」人們一面燒著自己帶不走的房屋，一面打著呼哨狂吼著。

紮西東珠今天腳上蹬著卷鼻牛皮軟底的氆氌高腰靴子，身上斜挎鋼槍，腰插藏刀，帶著幾個人從部落南端朗布寺看守所救出了餓成了一把骨頭的嘉倉活佛，和被關押在這裡所有的人們。他回過頭望了一眼被大火吞噬的卡加部落，看著被熊熊烈焰燃燒的望樓，他知道這一槍終於打響，它意味著卡加部落又要經歷一次從來沒有過的血劫了。

父親告訴他，他的阿媽啦是蘭州城裡一個大戶人家的小姐，那年父親到蘭州用酥油去換茶葉，就住在這個大戶人家裡。不知是阿媽啦看上了這個英俊瀟灑的藏族頭人，還是這個藏族頭人施展手段勾引了這個大戶人家的小姐，總之，臨走時他的阿媽啦頂著家人的反對義無反顧地跟了這個藏族頭人。

多少年來他的阿媽啦像其他藏族女人一樣侍候著父親，父親則用他的勇武和堅強包容著阿媽啦的任性和豁達。卡加部落也因為有了阿媽啦這麼一個漢家女子，才有了包容天地的肚量，容忍了無數的委屈，用自己的勤勞和智慧發展壯大，成了今天這個樣子。

父親說，人不能太要強，強中更有強中手，不要說老虎瞎熊獅子之間的爭鬥，就是一個部落裡都有比你強的人大有人在。柔能克剛，水能覆舟，卡加部落永遠要像水一樣能屈能伸。可是，工作組步步緊逼，反封建反迷信不讓人們有自己的信仰，合作化、人民公社搶牛羊，奪草原，藏家人連吃一口糌粑都要看工作組的眼色。人們每天餓著肚子去幹最重的活計，就連打獵放牧時人們隨身帶的獵槍也要被收繳了去。他今日裡終於忍不住了，一個接一個的運動把藏家人逼到了死角，逼得藏家人沒有活的路了。

紮西東珠上了一道高坎，他的皮襖上紮著一條寬寬的綢子腰帶，他從頭上摘下了狐皮帽子，然後彎下腰給卡加部落的人們鞠了三個躬，他知道卡加部落從今日起要毀到他的手裡了。

他勸部落裡的人們不要跟著他，一人做事一人當，可人們燒了自己的房子，他們義無反顧地說道，要死也要和頭人死在一起。他哭了。阿媽啦說漢藏一家人，永遠不要和政府對抗，從古到今和政府對抗的人都沒有好下場，他就是聽了阿媽啦的話事事處處維護政府的威信。可事情並沒有他想得那麼簡單，民主改革，反對迷信，合作化、人民公社，藏家人失去了牛羊不說，他們連自己對來世的希望和寄託統統都被所謂的社會主義運動剝奪得淨淨光光了。

紮西東珠從馬上下來跪在了地上。全卡加部落的人們都跪在了地上。蒼天在上，萬物生靈，他們對著火光沖天的卡加部落抱頭大哭。紮西東珠頭觸著綠茸茸的青草地，他聞著日紮草的香味和格桑花的芬芳，他跨上了他最心愛的白馬貢保占都，帶著全部落的人們進了林木蔥郁的岡紮拉山，而才旦和放出來的百十個喇嘛則進了朗布寺。

才旦和這些喇嘛他們是要和朗布寺共存亡的。才旦記得嘉倉活佛在工作組剛到卡加部落時就說過：「共產黨說我們是唯心主義，他們是唯物主義者，總有一天是放不過宗教的。」事情果然是這樣，他知道朗布寺將要面對更大的劫難了，這裡的每一尊佛像，每一個佛殿都有他割捨不掉的留戀，人生一世生生死死，死死生生，到了此時哪怕自己與心愛的寺院一同化為灰燼他也是心甘情願的。

岡紮拉山是一座神山，山勢陡峻挺拔，怪石嶙峋，山體被原始森林覆蓋，山頂上有一個堰塞湖叫孟查湖，湖水清澈碧綠，微風吹來水波蕩漾，激起層層漣漪。卡加部落的人們將孟查湖當神湖來祭拜，到了藏曆新年，人們成群結隊到了這裡供上最好的供品，繞著神湖磕著等身長頭。並在月亮升上來的時候在湖中沐浴，洗刷盡身上的污垢和不吉利，帶著喜慶和企盼去迎接幸福的明天。

紮西東珠騎著馬順著山溝往山上走去，他看見山坡上倒掛著一株松樹，松樹的根紮在山岩裡，樹身由上往下掛著，從中間將頭高高地揚起。他知道這棵樹長得不容易，可他不知道這顆松樹種子為什麼偏偏又會在這裡生根發芽，它的根怎麼紮進了這麼硬的石山岩，又能夠在這裡蓬蓬勃勃保持這麼旺盛的生命。

阿媽啦活著的時候經常對他說，不要因為你是頭人或有幾個臭錢就去欺侮別人，天下的人都是一樣的，今生來世誰也不知道自己的歸屬，誰也比誰高貴不了多少，你絕不能欺侮別人，但你也絕不能受別人的欺侮。阿媽啦的話像金子一樣在自己的腦海裡蕩漾，所以他事事為人低調，處處謹慎小心。自從工作組來到卡加部落，他也像父親一樣幫助共產黨。上面的幹部告訴他，我們不強迫你們施行土地改革，不強迫你們辦合作社，完全按照你們藏族人的意願去做一切。可這話沒說幾天，上面的政策就變了，而且越來越左，強迫利誘人們加入合作社，到了人民公社時更讓藏家人沒有了一點自由。打麻雀，修水渠，收集資金，統購統銷，不准買賣牲畜草地，還不讓人們梳辮子。像一些富戶人家上面攤派一兩千元還拿得起，可是沒錢的人家牛羊都進了合作社，他們已經一無所有了，這些人就是將家中全部家當賣光也交不起攤派的資款。天寒地凍時天天攤工挖水渠，但挖了這些水渠又不知道這些水到底通往哪裡？到底要幹啥？累死累活幹了一天活的人們，晚上又要上文化課，人累得要死連喘口氣的功夫都沒有。到頭來家家戶戶連一口炒麵都吃不上了。

紮西東珠越來越感覺到，工作組實行的就是疲勞戰，他們就是要讓卡加部落的人們疲勞不堪讓你再想做任何事情也做不成。人們沒有了跳舞與歌唱，人們沒有了自由和愛情，人們也沒有了念經和拜佛，不論今生和來世人們什麼都沒有了。

紮西東珠萬萬沒有想到，他的舉動會得到全部落男女老少所有人的回應。部落裡的人們從牧業大隊趕出自己的牛羊馬匹和犛牛興奮地要跟他走了。他告訴人們，他走的是一條不歸路，跟上他造反是要被殺頭的。可人們說，死了比活著好，肉也吃不上，奶子也喝不上，糌粑也吃不上，不讓念經拜佛活著有什麼意思。他說，我不能讓你們死，男人們跟著我走，女人尕娃們就住在氈房裡。可他的話沒有一個人聽，全部落除了才旦那些百十個喇嘛去了郎布寺竟然沒有一個人留了下來。他看見犛牛馱著帳篷、鍋灶和乾糧，都跟在他的後面，男人女人老人尕娃整整走了一個山溝溝。

他哭了！這些人把生命都交給了自己，我能讓他們再走出這山溝嗎？他想，先將人們安頓到山裡住下再說。

他記得父親告訴他，紅軍那年離開卡加部落後，國民黨的部隊就趕來了。國民黨的一個軍官問父親，卡加部落和紅軍有過什麼交往，父親沒有告訴這個軍官給了紅軍糧食和酥油的事情，也沒有透露有二十九個紅軍傷病員就住在了這裡。但是那個軍官不相信他的話，他們搜查了這裡的一些倉庫，也查看了部落裡的一些房屋。這裡人沒有一個人給國民黨部隊透露實情，國民黨部隊只好留了少部分的一些人後就離了開來。國民黨部隊走後，紅軍的二十九個傷病員就住進了岡棨拉山。他們是卡加部落人用生命將他們保護和養好傷病的。那時候這些紅軍除了在岡棨拉山還住在寺院裡，卡加部落的人們把他們當作最尊貴的客人一樣，從來沒有一個人說這些人是漢人而對他們有半點生分。

人們繼續往山上爬去。只見一團黑雲刮了過來，還沒等人們找個地方躲避，山上就下起了瓢潑的大雨。雨淋澆著往山頂攀爬的男女老少，沖刷著在雨水裡往上登攀的馬驢羊和黑色犛牛。這裡的牲口早已熟悉了雨水的澆灌，儘管雷聲山崩地裂，雨水嘩嘩瓢潑直下，可它們好像什麼也沒有發生，還保持著與家人團聚的興奮，因為它們自由了，它們無拘無束了，它們再不需要呆在那暗無天日的圈棚裡了。

才旺南傑從山上跑了下來，它和上了山的牧羊犬們在山上跑上跑下，大聲地吠叫著，幫著人們將牲口往山上趕去。

紮西東珠騎著他的宮保占都，央金娜姆還是騎著她的小紅馬。宮保占都不但在草原上奔跑如飛，到了這山裡依然昂著頭往山上走去。他們將那些走在後面的女人和孩子扶到他們的馬上，順著山溝往上走去。

紮西東珠看了一眼央金娜姆，她是那樣的端莊秀麗，就像草原上含苞待放的一朵格桑花。他想，上了山就將央金娜姆娶過來，讓全卡加部落的人們都知道央金娜姆是我紮西東珠的妻子，不然這樣不明不白對央金娜姆也是一種不公平。

紮西東珠記得父親從小就給他講格薩爾王的故事。在很久很久以前，天災人禍遍及藏區，妖魔鬼怪橫行，黎民百姓遭受荼毒。大慈大悲的觀世音菩薩為了普渡眾生出苦海，向阿彌陀佛請求派天神之子下凡降魔。神子推巴噶瓦發願到藏區，做黑頭髮藏人的君王格薩爾王。格薩爾王是神、龍、念三者合一的半人半神的英雄。父親說，格薩爾降臨人間後，多次遭到陷害，但由於他本身的力量和諸天神的保護，不僅未遭毒手，反而將害人的妖魔和鬼怪殺死。格薩爾從誕生之日起，就開始為民除害，造福百姓。五歲時，格薩爾與母親移居黃河之畔，八歲時，嶺部落也遷移至此。十二歲上，格薩爾在部落的賽馬大會上取得勝利，並獲得王位，同時娶森姜珠牡為妃。從此，格薩爾開始施展天威，東討西伐，南征北戰，降伏了入侵嶺國的北方妖魔，戰勝了霍爾國的白帳王、姜國的薩丹王、門域的辛赤王、大食的諾爾王、卡切松耳石的赤丹王、祝古的托桂王等。先後降伏了幾十個「宗」，在降伏了人間妖魔之後，格薩爾功德圓滿，與母親郭姆、王妃森姜珠牡等一同返回天界。父親說，格薩爾王相傳是蓮花生大師的化身，一生戎馬，揚善抑惡，宏揚佛法，傳播文化，充滿著與邪惡勢力鬥爭的驚濤駭浪，為了剷除人間的禍患和弱肉強食的不合理現象，他受命降臨凡界，鎮伏了食人的妖魔，驅逐了擄掠百姓的侵略者，並和他叛國投敵的叔父晁同展開毫不妥協的鬥爭，贏得了部落的自由和平與幸福。紮西東珠記得父親在講格薩爾王故事時，用沉重蒼涼的聲音唱道：

即使有那麼一天，
飛奔的野馬變成枯木，
潔白的羊群變成石頭，
雪山消失得無影無蹤，
大江大河不再流淌，
天上的星星不再閃爍，

燦爛的太陽失去光輝，
雄獅大王格薩爾王的故事，
也會世代相傳……

這時天上飛過來了一架飛機，飛機盤旋擦著山頭飛翔。紮西東珠知道這是飛來偵察的飛機。果然飛機繞著岡紮拉山飛了七八個來回之後，飛走了。

快到山頂時路越來越難走，央金娜姆牽著她的小紅馬，上面趴著卡加部落年紀最大的一個老阿奶。

老阿奶一隻手抓著韁繩，一隻手還是不停地搓動著她的念珠。她要保佑卡加部落，保佑這裡的每一個人，讓這裡所有的人和牲畜都從這次劫難中平平安安。老阿奶知道，藏家人經過的劫難太多太多了，每一次劫難都讓這裡的人們流那麼多的血，死那麼多的人，她不清楚這一次劫難這裡的人們能夠挺過去嗎？她想，藏家人太苦了，世世代代誰都想從藏家人這裡奪去騾馬和牛羊，誰都要砍伐這裡的樹木和森林，誰都想采這裡的藥材和寶藏。可是，誰為藏家人想過，誰能夠理解藏家人天生的自由浪漫和好客樂觀。

記得尕司令馬仲英和馬廷賢那一年血洗了卡加部落，紮西東珠的父親就將部落裡的人帶進了岡紮拉山。那時候馬仲英他們也向岡紮拉山發起了進攻，可卡加部落人最後將馬仲英打得在岡紮拉山屍橫遍野。

老阿奶知道藏家人的性子是一團火，他們是那樣的剛烈，那樣的桀驁不馴。他們絕不逆來順受，又不受別人的打罵和欺淩。國民黨沒有壓服藏家人，馬步芳沒有打垮藏家人，馬仲英沒有征服藏家人。今日裡共產黨能斬盡殺絕藏家人嗎？她知道藏家人絕不欺侮其他人，他們寧可犧牲自己的生命，也絕不隨便殺生的。但是，藏家人都是頂天立地的男子漢。他們雖然信仰的是佛教，遇事多多謙讓，可是他們的忍耐是有限度的，誰要想欺侮他們，他們就會用他們的鮮血和生命保衛他們自己的尊嚴。老阿奶此時就將一把藏刀別在了自己的身上。她想，這一次藏家人走進了這條山溝，共產黨的軍隊過不了多長時間就會殺過來的。可她已經做好了準備，只要她有一口氣，就絕不向那些壓迫他們的人低頭，她會用這把藏刀最後結束自己的生命。可她還是不願意往那麼壞想，她嘴裡一直念著六字真言，她要保佑頭人紮西東珠，保佑卡加部落，保佑這裡的馬牛羊狗和一切生靈。

嘉倉活佛被幾個年輕後生扶著爬到了馬的脊背上。他覺得他就像一陣風，他的靈魂此時就在他的身旁遊蕩，他的嘴裡和鼻孔裡有草的芳香。嘉倉活佛擠不出多餘的力氣跟自己說什麼。他的上身在高低不平的山路上搖擺不停，他的下身麻木的不知去向。這些日子他覺得對於他的生命已經不多了，他每天控制著呼吸，讓幽魂儘量不要那麼快離開自己的身體。今天早上他睜開眼睛奇怪自己還活在人間。多少天來他沒有再吃上飯食了，看守所裡雖然每天早晚各有一碗稀麵糊糊湯，裡面漂浮著野菜和樹葉。松樹的氣味若有若無，混雜著泥土的芳香。他感到這裡的空氣怎麼這麼香甜，多少個日子裡他再也沒有這麼無拘無束了。當一個年輕人把他從看守所的草堆上抱起的時候，他身上已擠不出一點力氣，他只是望著這個年輕人點了點頭，他覺得他的思維還是那麼的清晰。年輕人給他的嘴裡灌進了一些牛奶，讓他的靈魂一下附在了他的肉體上。林間傳來馬蹄的聲響，長長的人流嫋騰著粗重的呼吸。嘉倉活佛見了紮西東珠後，眼淚模糊了他的視野，他知道紮西東珠終於讓藏家人挺立起了腰杆。他給紮西東珠豎起了自己的大拇指頭，這時他看見一道閃電在黑色的天宇上發出強烈的光芒。

第十五章

卡加部落的結婚儀式是在全部落人上了岡紮拉山的第二天晚上舉行的。這晚岡紮拉山頂的星星格外明亮，閃閃爍爍在遼闊的天宇上互相眨著眼睛，一輪圓月像一個銀白色的玉盤掛在山上一棵彎曲的老榆樹上，被周圍的雲彩裹了一層薄薄的青紗。天上人間，孟查湖裡好似又多了一個月亮，它的周圍也有一個一個眨著眼睛的星星，微風過處這些星星和月亮搖曳著，迷人的景色很快把人們帶入了夢鄉。這時十多個膀大腰圓的漢子騎著馬在央金娜姆的氈房門前下了馬。他們將哈達綁在氈房的柱子上，舟塔將哈達收了起來，他們則抱著央金娜姆往前跑去。央金娜姆的父親舟塔和部落裡的其他人這時就大聲地喊叫了起來，讓抱著央金娜姆的人們在山頂圍著孟查湖轉著圈。幾百年來，卡加部落裡的藏人經常虔誠地來到孟查湖轉經。根據藏俗，羊年轉湖、馬年轉山、猴年轉森林是佛的旨意。這一活動在藏曆羊年的四月十五日達到高潮。而今日則是為了新人的美滿婚姻在這裡祝福。

孟查湖這個岡紮拉山頂的堰塞湖，其湖水主要來自源源不斷白雪皚皚雪山頂的融化。湖的周圍嘛呢堆上掛滿了五色經幡。放眼望去，只見一片藍色的汪洋鑲嵌在藍天白雲和蒼茫的群山之間，映襯著長長的紅黃藍綠白色的經幡。

迎親隊伍裡四個喇嘛高舉著唐卡佛像圖緩緩而行，身體虛弱的嘉倉活佛進了食物後已經能夠下地了，強打起精神在一塊大石頭上祈禱著，馬夫牽著懷駒的母馬，這是為新娘央金娜姆準備的坐騎。

央金娜姆今天穿著袖子很長的粉紅色襯衫，心裡像灌了蜂蜜般的香甜。她的藏袍上套一件氆氌上衣，耳朵上掛著紮西東珠給她送得綠寶石耳環，將她平時拖在身後的大辮子結成兩條均等的髮辮，辮梢裡編進各種顏色的絲線。她的胸前掛著金玉佛盒嘎烏，手臂上戴著白海螺手鐲東紮。這個白海螺手鐲將會伴她一生，見證她與紮西東珠永遠的愛情。

隨著迎親的隊伍人們走在孟查湖邊上跳著舞，拿出五色彩箭鄭重地插在央金娜姆的衣襟上，表示任何鬼神龍對其不得侵犯。手持吉祥箭的嘉倉活佛被兩個喇嘛扶著走向新娘央金娜姆，在新娘的頭上轉動了三圈吉祥箭，然後對著東方喊福氣：「東方白色土地白色房子裡居住的白色仙女覺比拉姆，請用能吐珠寶的神貓，賜給新娘福氣和財運。」人們聽到這祝福，唱起了一首美妙動聽的歌謠：

吉祥五色彩箭，

來自岡紮拉山雪穀，
彩箭每一竹節，
都有三寶加持。
釋迦佛祖用此箭，
調伏了空行神女；
侖布噶瓦用此箭，
迎來了文成公主。
紮西東珠頭人用此箭，
娶來美麗的央金娜姆；
我們舉著這把箭，
找到了無價之寶。
寶貝從此有了主。

新娘央金娜姆來到第一道酒站，歌手和酒女載歌載舞，獻哈達和青稞酒。央金娜姆用無名指蘸酒彈灑三次，祭祀龍、神和地祉。經過三道酒站，熱熱鬧鬧地來到了紮西東珠的石頭屋門前，新娘央金娜姆和她的同伴已微微地醉了。她踩著青稞、小麥、豌豆、油菜、蠶豆五種糧袋搭的下馬台下了馬。

門外壘著三個石頭堆，白石頭代表神的寶座，紅石頭代表地祉座，黑石頭代表魔鬼寶座。迎親隊伍在金色的太陽映照雪山升起時進入了紮西東珠的石頭屋裡。雖然山頂沒有草原的遼闊，但這一切都是按照山下的規矩做得。沿途擺著磚茶、沱茶、幹牛糞，還有各式各樣的衣服。石屋裡點起了九盞碗裝的酥油燈，中央一個臉盆一樣大的酥油大燈將整個石窟映得光輝燦爛。

紮西東珠舉起了手中的青稞酒先敬天，再敬地，然後敬拜自己的父母。

紮西東珠高高端起酒碗說道：「首先感謝各位前輩來參加我和央金娜姆的婚禮。雖然繼承先人的基業在卡加部落已有多個年頭了，可是由於自己年輕無知很多地方沒有照顧好父老鄉親。過去的日子裡，我們藏家人放開百靈鳥的歌喉就會唱歌，邁開公牛般的腿子就會跳舞，想吃糌粑堆成了山，想喝青稞酒流成了河，活著唱歌跳舞，死了靈魂轉世，都希望有個很好的去處。可是，工作組來後，搶走了我們的牛羊，奪去了我們的駿馬，佔領了我們的森林和草原，還要沒收了我們的獵槍。活的人沒有吃沒有穿一年四季沒有個清閒的日子，死了的人不讓升天埋在土裡生蛆也不讓轉世。活這樣的人有個什麼盼頭。今天，我紮西東珠把天戳了個窟窿，我和大家一樣沒有其它想法，就是要表明我們藏家人不是隨便讓人抓捏欺侮的，隨便讓人打罵呵斥的，我們要活就要活個人味，死了也要讓人們知道，我們藏家人是頂天立地的兒子娃。這一次我本來是一個人做事一個人當，沒想到大家都跟我來了。我對你們的心意，不知道用什麼來報答。一切都在這碗酒中，讓我們吃好，喝好，先將這一碗酒幹了。」

紫西東珠說到這裡哭了，他不知道怎麼去感激部落裡的人們。他知道今天他走出這一步，已沒有了任何退路，解放軍馬上就會殺來，整個卡加部落將會遭遇到幾百年來最大的一次劫難。

嘉倉活佛讓還了俗上了山的喇嘛今天都穿上了他們最喜歡的袈裟。絳紫色桃紅色紫紅色咖啡色的袈裟如孟查湖的湖水泛動著紅色的漣漪。他們端坐在草地上，大聲念起了為頭人紫西東珠祝福的佛經，保佑卡加部落永遠吉祥。

簡單舉行完婚禮儀式，紫西東珠馬上走出去巡查山上的佈防，他非常清楚這個時候不過是短暫的平靜，解放軍的部隊馬上就會打來的，一場激烈的戰鬥就要在這裡打響。

這時的紫西東珠以為大火已經燒死了劉俊和達娃旺旭。實際上在大火吞噬整個卡加部落院堡的時候，縣公安局長達娃旺旭被隱藏在暗處的拉毛草拽著鑽進了紫西東珠房間的暗道裡。達娃旺旭本來是可以跑掉的，可是他讓劉俊和拉毛草先走，自己則在後面將煙門堵住。沒想到他剛出去要拉煙門，一根大樑從天而落直接砸到了他的腦門上。拉毛草眼睜睜看著達娃旺旭被活活砸死，她則被一股熱浪沖著倒了下來。拉毛草爬起來瘋了般地去搬達娃旺旭身上的大樑，可她根本移不動，熊熊的大火燒得她掙紮著爬了起來。她在黑暗中拽著劉俊在暗道裡連滾帶爬將近一個時辰才從孔雀河邊的出口處爬了出來。

劉俊出來後揉了揉眼睛，遠遠地看見部落裡還有些人正往岡紮拉山頂攀爬，拉毛草對劉俊說道：「你走吧。」劉俊說：「怎麼？你不走。」拉毛草說：「我要跟著紮西東珠。」劉俊說：「紮西東珠成了叛匪，造反的人都會被打死的。」拉毛草說：「在你們的眼睛裡我們藏家人都是叛匪，你現在就把我殺了吧。」

劉俊聽到這個話愣了一下，拉毛草今天說了個大實話，在他的意識裡藏族人的骨子裡永遠和他們不會走到一起的。

「我要和紮西東珠死在一起。」拉毛草的眼睛裡飽含著淚水。

「你的手已經燒成了這個樣子。」

拉毛草輕蔑地朝劉俊看了一眼。

劉俊再沒有說什麼，他鼻子裡哼了一下自言自語地說道：「西番的犛牛只認下的一個氈房。」他跳到一條溝坎下麵，稍加休息後趕快向縣上奔去。

劉俊沒有進卡加部落，而是順著孔雀河沿往縣城走去。平坦的孔雀河畔出現了一個高高隆起的綠色草灘。草灘上除了綠色的日紮草之外還有稀稀拉拉的一些灌木。劉俊跳下高高隆起的綠色草灘，踉蹌幾步就摔倒在地。他爬起來走到了一處湧著水的泉眼。他爬在泉眼邊上汩汩汩地喝了起來。

他仍然不明白這些藏族人為什麼要跟著紮西東珠這麼一個叛匪頭子去死。他想，共產黨不應該遷就這些頭人牧主，應該一開始就像漢族地區一樣該殺的就殺，該判的就判，把那些頭人牧主活佛統統打倒了、鎮壓了，哪裡會有這種事情。他此時在心裡埋怨曹文尉，這個人在處理藏族地區的問題時犯了極其嚴重的右傾機會主義錯誤，不是他一再地對紮西東珠遷就讓步，若早早將紮西東珠關押起來怎麼會發生今天這麼大的事情？

劉俊稍微休息了一會就趕快起來往前走去。他原來是一個考入了大學外語系的大學生，在大學裡就入了共產黨，後來參加解放軍跟著部隊轉戰南北。解放後他先是搞共青團工作，後來到鄉下領導土地改革，因為他黨性強立場堅定，他自願申請被提拔到藏區領導這裡的合作化、人民公社和反封建反迷信運動。在漢族地區劉俊發動群眾將地主富衣的土地財產搶過來分給貧苦衣民，可到了這裡讓他沒有想到的是藏族人對宗教的迷信比他想像的嚴重不知要多少倍，他們不聽共產黨的宣傳，只按照他們的行事原則去做他們的事情。

劉俊是在第二天的早上九點過後才到了縣政府大院的。他對縣委書記曹文尉彙報說公安局長達娃旺旭已經被大樑砸中犧牲了，紮西東珠帶著部落裡的人們全都上了岡紮拉山。

曹文尉聽了劉俊的彙報，知道情況緊急，趕快又將劉俊用吉普車拉上到了軍區大院。

六連連長鄧志勇接到上級命令，已是紮西東珠上了岡紮拉山第四天中午十二點了。他聽到這個消息一陣興奮。每一次戰鬥前他都有這種心情。沒有戰鬥的時候他盼望著趕快打仗，當有了任務後又有一種說不出來的緊張。鄧志勇挎上自己最心愛的戰刀，提上衝鋒槍就跳上了馬背。鄧志勇的馬是一匹棕紅色的棗紅馬，從上到下一片棕紅，只有四個蹄子上邊是黑色的。這是一匹九歲的伊犁公馬，正是身強力壯的當年，不然像鄧志勇這樣一米七八的紅臉漢子，它是無法長距離奔跑馳騁的。

騎兵六連的戰士們都備好了馬，望著這個長著掃帚眉三角眼的連長，個個整裝待發等待著鄧志勇發佈命令。他們知道戰火就是命令，只要連長鄧志勇的蛤蟆嘴一張開，他們就會像上了膛的子彈往兵營外沖去。

自從安多地區、康巴地區和衛藏地區此起彼伏的牧民造反，鄧志勇思想上的弦天天繃得緊緊的。他知道藏民族好客善良，愛唱愛跳，但經過殘酷的戰鬥，他也感到這是一個有著血性的民族，這些人不怕死。記得有次他們攻進一個村莊，那裡的老人小孩都拿著武器和他們拼命，其中有個老太太看見他們打死了她的孫子，她手裡握著一把藏刀迎著他們的衝鋒槍就沖了上來。

六連趕到了卡加部落時，這裡已經成了一片焦土，到處是未燃盡的火光和嗆鼻的焦木氣味。鄧志勇震驚了！他還從來沒有見過一個部落這麼齊心。這些人燒了他們自己祖祖輩輩居住的房屋，斷了他們自己的退路，跟著紮西東珠上山去與共產黨政府對抗了。

過去的日子裡鄧志勇經常要到卡加部落來的，因為孔雀河邊上有最好的草原，有最香的草料，他們不論到這裡給軍馬割草，還是到草場上練習劈殺，騎兵連經常要到這裡來進行訓練和備料。尤其是卡加部落集體化後，這裡的草場都成了集體財產，他們部隊到了這裡無阻無攔，他們幾乎過一段時間就要到這裡拉練集訓。

過去他到了這裡，夏天就將馬撒開讓馬在草原上自由自在的吃草飲水，趁天黑前才將馬趕回營地。冬天他們在這裡訓練時，早上九點多給馬喂上黃豆玉米和曬乾的馬草，晚上七點多再喂一次。晚上還給馬加喂夜草。他們在這裡訓練馬立正，向右看齊，跨越障礙，鑽火圈，在草原上臥倒起立馳騁奔跑，而且揮著戰刀練習劈殺。在這個時候，卡加部落的人們就給他們送來香噴噴的酥油糌粑和甜美的酥油奶茶。有時候還是頭人紮西東珠親自帶著人來給他們送來吃的，因為在藏家人的眼裡誰到了卡加部落誰就是這裡最尊貴的上賓，他們會用最豐盛的美酒和最講究的禮儀招待他們的。

可是今天他們卻要追殺卡加部落的人們了，而且部隊的命令對於頑匪必須完全徹底進行消滅。

六連沒有去攻打朗布寺，而是直接去上山進行剿匪。

他們順著一條彎彎曲曲的山路往山上追去。他們看到兩架飛機低空盤旋，突然飛機上扔下一個一個的炸彈，槍聲爆炸聲夾雜著飛機的轟鳴聲響徹了整個山谷。

六連從馬上下來了，他們只能將馬匹放在山溝裡，因為這一條山道只有藏民可以牽著馬上去，別的人徒身攀爬都要膽戰心驚。

卡加部落大部分人都在石窟山洞裡，只有少數犛牛和牧人遊蕩在洞外的山坡上。飛機擦著山頭髮出轟隆隆的聲音，被扔下的炸彈和往下掃的機槍嘯叫著，一時間人嘶馬叫，血肉橫飛。紮西東珠沖了出去，他望著驚得四下裡狂奔的牲口，將幾個後面走的老人從硝煙中拉了進來，趕快躲進了山洞。這個山洞是卡加部落的一個應急倉庫，一夫當關萬夫莫開，想當年紮西東珠的父親在這裡藏了二十九個養病療傷的紅軍。而且山洞中有一條暗道直通後山，後山門則被一個瀑布掩映著，而這個祕密只有紮西東珠一個人知道。

鄧志勇上到半山腰就被密集的子彈趕下了山去，還未真正與藏人交火，已有七八個弟兄被明槍和暗槍給打死了。

為了節省子彈，紮西東珠讓人們將石塊碼在山頂上，只要有人往上沖，山石就會被推下山來。牛犢一樣大的山石在山坡上狂奔著，像野犛牛一樣橫沖直撞飛下山來，發出的轟鳴驚天動地。一時間山坡上樹林中到處是橫七豎八被石塊砸倒的軍人，有腦漿迸裂的，有血肉模糊的，也有被石頭砸成血漿肉泥的。

鄧志勇看到這些心急如焚，上面領導指示他們務必要在天黑前拿下岡紮拉山，可是到了這裡並不是他們想像的那麼簡單。岡紮拉山易守難攻，而且這裡的藏族人對山上的地形非常熟悉，他們利用有利地形讓解放軍不要說還手，就連立足之地都沒有了。

鄧志勇領著二十個各方面技能最好的戰士在樹林中慢慢往上爬去。因為在樹林裡，山石下來他們可以躲在大樹的背後，待石塊滾下了山他們又可以跳躍式地往上移動。

可是，藏族人是很聰敏的，他們躲在樹的後面，專門用綁在木杆上的藏刀襲擊往上進攻的解放軍。解放軍躲過了石頭卻被藏刀穿透了心臟，這樣就讓鄧志勇他們根本沒有辦法向山上進攻了。

初戰的勝利讓卡加部落的男女老少忘乎所以了，他們跳啊唱啊，盡情地在綠油油孟查湖邊草地上揮灑著他們的興奮。碧藍清澈的孟查湖此時沒有一絲波瀾，上面跳躍著無數的金鱗，給人一種神祕莫測的感覺。野鴨、斑頭雁、棕頭鷗啁啾爭鳴，飛起落下，在湖濱草叢裡築巢孵卵，然後成鳥帶領幼鳥學習飛翔覓食。此時的紮西東珠是清醒的，他知道更為殘酷的戰鬥還未真正拉開序幕。他一方面佈置人們準備好石頭，一方面在後山門處瞭望。

自從安多地區叛亂以來，鄧志勇帶領的騎兵六連在廣袤的草原上衝殺馳騁所向無敵，他們從來沒有遇到過這麼頑強的藏族牧民。這裡茂密的森林裡到處都有人影，根本無法與對方展開真正的戰鬥，層巒疊嶂的山上讓英雄無用武之地。鄧志勇想這樣下去六連只有被動的挨打，於是他立即命令六連趕快往山下撤去。然而上山容易下山難，他們往山上走時沒有顧及山上的危險，只想趕快沖到山頂，可是往下走時，藏民們從山上滾下石頭，或從後面沖來用藏刀刺殺落在後面的軍人。不上半個時辰六連百十來人有一半被石頭砸死或打倒在了地上。

頭破血流的戰士們躺在地上呻吟著，齜牙咧嘴的痛苦樣子讓鄧志勇心如刀絞。可他沒有辦法，這裡不是揚鞭催馬的草原，到處都有看不見的眼睛。正在這時藏民們又打著呼哨往下沖來，他看見戰士們有些頭被割了下來，有些被開腸剖肚腸子掛在了樹枝上。

鄧志勇抱著衝鋒槍瘋狂地掃射著，他連滾帶爬趁機從山上逃了下來。

打完了子彈的鄧志勇到了山下看到這裡的馬匹早已無影無蹤，他跌跌撞撞往前走從一戶牧民手裡搶了一匹馬。他騎著馬大約奔跑了半個時辰。他進了一個黑色犛牛氈房。

女主人見滿臉血污的鄧志勇進來先是愣了一下，她的手裡搖著嘛呢輪，嘴裡一直念著「唵嘛呢叭咪吽」。她過去用羊皮胎裡的水讓他洗了臉，接著到三石灶前抓了一把牛糞，她用山羊皮吹火筒吹了幾下，火苗兒很快著起來了。

男主人脫下禮帽讓鄧志勇坐在了氈房的上席裡。女主人親手給鄧志勇倒了一碗酥油茶。鄧志勇此時頭腦一片混亂，他見到這些一隻手在裡一隻手在外穿著藏袍的牧民，好似看到剛才提著杈子槍揮著藏刀往山下衝殺的那些藏民。

他用疑惑的眼光打量著這個氈房。自從反封建反迷信合作化藏民造反後，他感覺每一個藏民都是一個潛在的叛匪。這時他看見了氈房裡掛著的杈子槍，望見了進進出出這個男主人身上挎的腰刀，他好像又看見自己的戰友被割下了頭顱，被挖出了眼睛，被杈子槍和亂石砸開了腦袋，倒在血泊裡。

男主人望著鄧志勇蒼白的臉說道：「你怎麼了？」

「我的頭好痛。」

男主人將鄧志勇扶著躺了下來。他閉著眼睛躺了一會才覺得好受了點。他想必須爬起來，這樣才可以隨時看清眼前的一切。他掙紮著靠在氈房裡的一個木頭櫃子上，喝了幾口酥油茶。這裡已沒有了吃的，能喝上酥油茶是這家人盡其所能對進入氈房的貴賓最高的禮遇。可是鄧志勇以為這一家人不想給他吃的。

鄧志勇用藏語說道：「你們能給我一點吃的嗎？」

「沒有。」男主人冷冰冰的回答很簡潔。

鄧志勇聽到這話恨不得跳起來給這人一頓拳頭，可他身上已沒有了力氣。

「怎麼沒有吃的，那你們怎麼生活著？」鄧志勇是個喜歡尋根問底不太懂規矩的人。

「我們的糧食都讓鬼吃了。」

「那你們沒有牛羊嗎？你們再沒有吃肉？」

這話不說還好，一說讓這個男主人越發的生氣了。

「合作化好，人民公社好，人民公社讓我們肚子吃不飽。我們的牛羊都成了集體的財產，你進了我的氈房沒有看見嗎？」

鄧志勇還從來沒有聽說過合作化和人民公社不好的言論，他不明白這些牧民們到底為什麼連吃的都沒有了。

「合作化、人民公社把人們組織起來，人多力量大，好辦事嗎？」

男主人一下從腰裡拔出了藏刀，「你再說一聲合作化好，我宰了你這個漢人。」

他說漢人這兩個字時聲音壓得很重。

鄧志勇沒有吭聲。

那個男人突然蹲了下去，他將十指插進頭髮裡哽咽著說道：「我們現在什麼都沒有了。牛羊和馬匹都進了合作社，現在都成了人民公社的財產，我們再哪裡有一點吃的？這些酥油茶還是給我的尕娃存放著喝的。」

「對不起，我不知道。」

「你知道什麼。你們共產黨把我們藏家人什麼時候當成個人了。」

男主人說著又給鄧志勇舀了一碗酥油茶。

鄧志勇看著這一家人不知說什麼好。他想，我們每天吃著白麵饅頭紅燒肉，到了哪裡都能夠喝上藏家人給我們熬制的香甜酥油茶。報紙廣播裡每天都說哪裡哪裡造反了，叛匪殺了哪裡的領導幹部砸了工作組，可我們哪裡知道藏家人已經沒有了牛羊，沒有了草場，沒有了吃的，國家怎麼不給這些牧民進行救助呢？

這時女主人走了進來。她彎著腰朝鄧志勇笑了笑，她覺得這個解放軍藏話說得很好。

鄧志勇此時才看清了女主人的臉龐。她長著一個瓜子臉，彎彎的眉毛，高鼻樑，小嘴巴，黑裡透紅的臉上一對水靈靈的大眼睛是那樣的聰慧。

這晚他就住在了這個牧民的家裡。男主人很早就出去了，他讓女主人留在了這裡。鄧志勇等了半天男主人還不來，覺得他和女主人黑天半夜的呆在一起是那樣尷尬，就說：「你去叫你的男人去吧。」

女主人笑了笑，說道：「他把氈房留給了你，你不想要我。」

鄧志勇早就聽說過藏族人非常好客，只要是朋友到了家裡，不論是女兒還是妻子他都能慷慨地留給自己的朋友。

「這不行。如果這樣我就到外面去睡。」鄧志勇說著走出了氈房。可是，此時氈房外面正下著瓢潑大雨，嘩啦啦的雨聲和寒冷的夜風將他又趕進了氈房。

他坐了下來，不敢再看女主人。

女主人則一個人睡在了氈房的左面邊上，將右面的板炕留給了鄧志勇。

鄧志勇此時又困又乏，強睜著眼皮一會兒就進入了夢鄉。

鄧志勇是在晚上醒來的，醒來時他聞到了一股女人的馨香，他突然覺得一個溫柔的人兒光溜溜的睡在自己的懷裡。

他說：「不行。」

可那個女人緊緊摟著他的脖子，他好似要被窒息了。女人的大膽與瘋狂讓他也挺了起來。他不知道怎麼辦才好。

一股強大的氣流向他沖來，大浪滔天蕩滌著這裡的黑暗。他覺得他浮在一塊薄薄的玻璃上面，他透過玻璃看到了另外一個世界。

多少個夜晚他就想著有這樣的事情出現，想著有個美麗的女人和自己同枕共眠。可是他沒有想到這一切卻來得竟然這麼突然，來得這樣讓他措手不及。

他不知道這是夢中，還是到了另外一個世界，但他可以觸及到女人的肌膚，能夠嗅到女人的溫馨。第二天早上起來男主人原坐在昨天那個位置，女主人還是那麼笑著給他盛了一碗酥油茶，這裡好像根本沒有發生什麼事情。

他低著頭不敢看對方的身體和眼睛，他像做了賊一樣心裡「嘭嘭」直跳。他喝了酥油茶一骨碌翻了起來，匆匆跑了出去。他要趕快去找他的部隊，去找他的領導彙報這裡發生的一切。

第十六章

自從合作化後，嘉倉活佛與紮西東珠的矛盾越來越大，他覺得紮西東珠變了，變得越來越不顧藏家人的利益了。紮西東珠捐了林棵，讓共產黨得寸進尺將岡紮拉山上千畝地的森林全部成了國家的林場。當統購統銷買不到糧食時，工作組長對卡加部落的人說道：「你們如果走合作化道路，我就給你們批條子買糧。你們不走合作化道路，我就不批條子。」這時紮西東珠帶頭入了合作社，讓整個卡加部落的馬牛羊都成了合作社的財產。最讓嘉倉活佛想不通的是，紮西東珠這麼一個虔誠的佛教徒卻帶頭反封建反迷信，以至讓工作組開始胡作非為了，強迫朗布寺的尼姑和喇嘛都還了俗。嘉倉活佛曾經當著紮西東珠的面對他說道：「就像我在共產黨的眼裡始終是個唯心主義者一樣，他們是不會放過我和宗教的。對於你結果會和我一樣，別看你今天耍積極，上躥下跳那都是毫無意義的。你在共產黨的眼裡永遠也是個剝削階級，剝削階級就要被共產黨打倒，你現在的所作所為不過是禍害了整個卡加部落。」

嘉倉活佛年輕時聽師傅講過，自打佛祖釋迦牟尼時佛就遭受了數不清的磨難。佛祖本名喬答摩・悉達多，悉達多的含義是「成就者」。當他成道以後又常被簡稱為佛陀，意為「覺者」或「覺悟真理的人」。佛教的得名也便緣於此。悉達多生於一個帝王之家，他父親淨飯王是古印度一個叫迦毗羅衛的小國國王，母親摩耶夫人是鄰國國王的長公主。出生在這樣一個家庭裡應該是很幸福的了。儘管悉達多自己尚未意識到，但淨飯王卻已寄予他很大的希望，讓他從小就接受了婆羅門學者的正規教育，還讓他學習騎射，想讓他繼承自己的王位和社稷江山，做一個有文治武功的君主。如果悉達多按照父親的意願去做，或許這世界上僅僅多了一位轉輪王而缺失了一門宗教。年輕的悉達多善於沉思，並不願意走上淨飯王為他安排好的道路。他困惑於當時動盪不安的社會環境，感觸予人生的種種苦難，萌生了出家苦修的念頭，要去找尋一條解脫的道路。在當時的古印度北部，同時並存著十六個國家，此外還有四個小國依附於它們。邈毗羅衛就是一個奉僑薩羅為宗主國的小國，其處境危在旦夕。另外，在這些國家中則普遍建立起了印度特有的婆羅門、剎帝剩、吠舍和首陀羅四大種姓。這四大種姓的社會地位相當懸殊，此外還有更低級的、被排斥於四級種姓之外的不可接觸的「賤民」。這樣一種階等森然的社會，自然是不平等的。悉達多生於深宮之中，貴為人極，享盡奢華，即使在成年娶親後，有了一位美麗的妻子和活潑的兒女，居住在父王為他築構的「寒、暑、溫」三時宮殿裡，也未能消遁因社會不平而萌生的憂患意識。據傳說，悉達多苦思而不得其解，曾經出遊東南西北四個城門。第一次出遊，見到的是一位老人，第二次見到一個病人，第三次見到一個死人，第四次則遇到了一位苦行僧。這恰恰是人間一切苦難的象徵。悉達多心煩意亂，打馬回宮，似乎受到了啟示，覺得世事無常，人生如幻，堅定了他出家以追求最高真理、求得徹底的大覺大悟的決心。一天夜裡，二十九歲的悉達多拋妻別子，騎著一匹白馬悄然出宮，舍棄了俗世的榮華，走上了苦行的道路。他來到了一個森林中，脫下了王子的服裝，換上了粗布衣裳，剃去了鬚髮，終於成為一名修道者。在這以後的六年裡，悉達多到尼連禪河旁伽闍山的密林深處減食昔行，又曾到摩揭陀國去尋訪阿邏羅、迦羅摩和鬱陀迦・羅摩子修習禪定，然而均未獲真諦，以至被餓得形容枯槁、肋骨畢現，有如骷髏。上下求索而不得反招致了自己肌體和精神的饑渴這件事，促使悉達多不得不重新思考自己行為的可能性，他終於理智地覺悟到「如是等妙法，悉由飲食生。」不吃飯，妙法是尋求不到的，悉達多決心重新生活，於是來到尼連禪河裡去一洗六年的積垢，又接受了一位牧女供養的乳糜，這才恢復了元氣。他的這一行為被隨行的五位侍者所誤解，認為他為色、食所迷，放棄了苦修，都失望地離開了他。特立獨行的悉達多卻矢志不渝，他走到菩提伽耶附近的一棵菩提樹下，面對東方，結跏趺坐，發誓若不能證到無上大覺，寧可粉身碎骨也不起身。悉達多在樹下坐了七天七夜，根除一切雜念，澄思靜慮，思考人生得到解脫的真諦。七天的苦思其想，戰勝了來自各方面的煩惱魔障，最後終於豁然開朗，澈底覺悟成道。喬達摩・悉達多成了獲得無上大覺的佛陀釋迦牟尼。這一年，喬達摩・悉達多三十五歲。佛祖釋迦牟尼成佛後，來到波羅奈城的鹿野苑，尋找原先棄他而去的五位侍者，向他們宣講自己獲得徹悟的道理，提出了通往佛家最高境界「涅槃」的修行之路。五位侍者被他的說教所吸引。這五位侍者就是世界上第一批僧人阿若僑陳如、跤提、十力迦葉、摩訶男拘利和阿說示這五人，他們就是當年悉達多棄國出走後淨飯王派去跟隨的五位侍從；這樣，佛、法、僧三寶具備，佛教有了它的第一批信徒。這被稱為「初轉法輪」。這以後，釋迦牟尼率領弟子在中印度恒河流域各地說法。傳教達四十五年之久。直到他八十歲時因誤食毒物而圓寂於拘屍那逝城後，他的弟子們仍在游化四方、敷演佛法。這以後又有過弟子們的六次集結和阿育王、迦膩色迦王借助王權的大力提倡弘揚，終於使佛教的地位得以確立。如果去除佛經中和傳說裡的種種荒誕不經的說法而綜觀釋迦牟尼的一生，實際上他是一位以自己行為去實踐、去探索真理的智者、學者和思想家。釋迦牟尼在尼連禪河畔的菩提樹下沉思悟道的情景，似乎是一幅永恆的圖畫，時刻珍藏在嘉倉活佛和千千萬萬佛教聖徒的靈魂深處。

嘉倉活佛經常想，當神聖的雪域菩提在風雨嚴寒中茁壯成長，並最終蔭遮南贍部洲的廣大區域時，藏傳佛教的高僧大德們一如佛的教誡，在神聖的菩提樹下，遙望著晶瑩的雪峰，陷入深深的沉思之中。

沉思是一種精神境界，是一種感悟的方式。嘉倉活佛在沉思中感悟到人生的苦難和世界的無常，感悟到只有甚深的般若智慧，才能消除無明，才能消除諸種粗鄙業障。同時，他也感悟到只要遵循佛的教誡，在「六度」「八正道」上勤加功用，勵力精進，任何人都可以超凡入聖，成就正果。

嘉倉活佛在沉思中笑了，那種留在嘴角的深沉微笑，是內心深處自信和自豪的流露，因為他獲得了即身成佛的祕密之法，並以那無量無邊的慈悲之心，救渡眾生，使苦海眾生離苦得樂，最終走向涅槃彼岸……

嘉倉活佛曾對別人說紮西東珠有他父親的一半就好了，是什麼讓紮西東珠這麼鬼迷心竅，是什麼讓他這麼忘恩負義。嘉倉活佛經常告訴人們，紮西東珠的父親那可真是條漢子，想當年把馬步芳的隊伍打得在這裡都不敢隨意騷情，誰也不敢在孔雀河邊欺侮藏家人了。可是，紮西東珠這個窩囊廢卻處處讓著工作組，幫著工作組，讓工作組連哄帶騙把家家戶戶的牛羊統統趕進了合作社的圈房，到了人民公社時這些牛羊都成了集體的財產。讓人更想不通的是，紮西東珠支持工作組反封建反迷信，把人老幾輩人們對佛的信念和道德整個兒要進行摧毀。過去的藏家人自由地放牧，盡情地歌唱，安心地念經，只要你不胡作非為哪有這麼多的事情。可工作組到了卡加部落後沒有幹過一件像樣的事情，你紮西東珠怎麼能一天到晚幫著這些人去做違反常理的事情呢？共產黨能領你紮西東珠的情嗎？他們不過在利用著你，一旦你失去了利用的價值，他們也會像扔掉一泡臭狗屎一樣拋棄了你。嘉倉活佛想，你紮西東珠難道這麼淺顯的道理都不懂嗎？然而這樣做的結果卻將卡加部落的藏家人一步步地逼向了絕境。

嘉倉活佛知道藏家人善良、忠厚、熱情、開朗，他們崇尚的是膽量和勇氣，他萬萬沒有料想到就是這個讓他澈底心灰意冷的窩囊廢紮西東珠能夠像一個真正的藏家漢子般地立了起來，而且能夠燒了自己的院堡，燒了院堡裡面的碉房瑪巷，破釜沉舟挑起了造反的大旗。當紮西東珠打響第一槍後，嘉倉活佛有一種興奮，一種抑制不住的狂歡，但隨之就更有一種擔憂，他知道只要這槍一打響，開弓沒有回頭箭，卡加部落再也沒有退路了。可他想這也好，卡加部落的人們早就已經沒有活得路了，人們沒有了牛，沒有了羊，所有的財產都成了人民公社的，寺院成了公社的屠宰場和縣上關押犯人的看守所，喇嘛尼姑成了一家人，人們餓著肚子整日裡不是整修水渠，就是拉出去修路或進行學習，哪裡還有時間念經拜佛。

這些日子每當人們鬥爭他的時候，嘉倉活佛就把所有的埋怨和仇恨集中在了紮西東珠的身上。他想，這個人是我們藏家人嗎？怎麼做起事來這麼無情無義。他想，紮西東珠的父親活得時候，他們之間說話做事是那樣的投機。他的父親不僅帶頭捐款修建寺廟，而且給朗布寺劃了一大片森林、草原和幾百畝大水田地。所以說，寺院裡的喇嘛和尼姑不僅念經拜佛，而且放牧種田，僧人們不僅有吃的有喝的，還不斷用自己所有的能力救濟孔雀河邊的芸芸眾生。

嘉倉活佛不僅將紮西東珠與他的父親一同比較，還將紮西東珠與周圍草原上的頭人進行對比。自從合作化、人民公社和反封建反迷信以來，整個安多地區的人們都起來反抗對藏族人的剝削壓迫，都進行維護自己的宗教信仰。可是，卡加部落卻逆來順受。當寺院裡屠宰牛羊關押犯人，當人們沒了吃的以後，紮西東珠還和縣上領導、工作組的人們一起坐在主席臺上，這就讓他和其他的人們對紮西東珠越來越失望，越來越反感了。

嘉倉活佛有時想，自己的這種怨恨是要不得的，紮西東珠是不是有他自己的難處。過去的他經常與紮西東珠在一起，無話不說，可是自從合作化以後他不願意見到紮西東珠，他覺得這個人徹徹底底地變了，已經變得沒心沒肺沒肝了。過去的紮西東珠到了哪裡，哪裡的牧民們就歡呼雀躍，而這段時間的紮西東珠走進卡加部落，牧民們對他敷敷衍衍，就像躲著瘟神一樣。嘉倉活佛多少次想找紮西東珠談談，可是紮西東珠經常被一些心術不正的人包圍著，根本無法到了他的身邊。

嘉倉活佛現在才明白了，多少個日日夜夜裡自己的擔心是多餘的。紮西東珠為什麼要那樣做，因為紮西東珠看得比別人要遠，他的胸懷比任何人都要寬廣，他是為了卡加部落的長遠利益才忍辱負重那樣做的。

嘉倉活佛來到了紮西東珠的石頭屋。央金娜姆見了他趕快走了出去。央金娜姆自從還了俗後，她始終感到有一種羞愧，尤其見了嘉倉活佛就有一種說不出來的愧疚。

紮西東珠本來是休息的，他見臉色蒼白的嘉倉活佛來了趕快翻身坐了起來。

「活佛，你來了。」

「你的心真大，還能睡著覺。」

「不睡，怎麼辦。把天已經戳破了，再有什麼好怕的。這兩年為了卡加部落，我提心吊膽夾緊尾巴了做人，可落了個什麼結果。像你挺起腰杆子做人，光明磊落，頭抬得高高的，到頭來還不是這個樣。」

「我是來和你商量如何救治部落裡的那些傷病人的。」

「我早想好了，傷病員全交給你了，由你全權負責。」

「另外我想對你說，岡紮拉山假若守不住，我們怎麼辦？」

「我也在考慮這個問題。準備把你們叫來，商量商量做個全面安排。」

嘉倉活佛聽到這話站了起來，他放心了。他知道紮西東珠是個非常有心計的人，他不會盲目地去將一個部落的人帶上往石頭上去硬碰的，他是有他的打算的。

紮西東珠望著嘉倉活佛虛弱的背影心中感慨不已。他記得父親在世時與嘉倉活佛是最要好的朋友，在父親彌留之際就是嘉倉活佛送父親走向另外一個世界的。那天父親已經昏迷不醒，紮西東珠過去給父親嘴中放了一個叫「津丹」的藥丸，接著嘉倉活佛溫和平順的語調貼近父親的耳朵，不停地念誦說：「尊貴的頭人，不要讓您的心受到牽引……世間所謂的死亡，現在就要來到您的身上了，您要這樣認為並決定：哦，這是命終報盡之時。我決趁此機會，為利樂無量世界有情眾生而證圓滿佛道，以我的願力行使我的慈愛之心，以便所有一切眾生同證菩提，達到究竟圓滿之境。」嘉倉活佛反復誦念上述話語，讓昏睡過去的父親注意力及思考意念全吸引到了嘉倉活佛所指出的意境之中，安然地停止了呼吸，直到身上各種孔竅開始湧出了一種黃色液體為止。

紮西東珠想到這裡就有一種感動，他看到嘉倉活佛讓喇嘛們把受了傷的人們抬進了一個石頭窟中，將帶來的草藥塗抹在這些人的傷口上。

石頭窟中是陰冷的，可是到了洞外，天空到處一片晴朗，藍藍的天宇上沒有一絲雲彩。嘉倉活佛記得那是紅軍走了的第三天他就將二十九個紅軍傷病員送上了岡棨拉山。這二十九個人當時就住在這個石頭窟裡。可當時他的心卻沒有今天這麼紊亂，也沒有這麼多的擔心，因為國民黨的部隊絕不會到山上來抓紅軍的。不知為什麼這麼巧，天還是這片天，地還是這塊地，還是在這個石窟裡，卡加部落卻被逼到了如此險惡的境地。

紅軍在的那些日子裡，天空和今天完全一樣，早上起來岡棨拉山頂也是沒有一絲雲彩，藍藍的天上只有這黃燦燦的太陽。嘉倉活佛知道藏家人幾千年來一直在大漢民族的夾縫裡生存著，他們受盡了歧視和壓迫，被逼到環境最惡劣的地方居住，可他們的脊樑骨沒有被打斷，柔能克剛，是佛的恩惠讓藏家人有了包容天地的智慧和力量。

嘉倉活佛讓他的弟子們采了很多草藥，他的弟子們將這些草藥用石頭砸成醬泥，一個人一個人地塗抹在每一個傷病員的身上。嘉倉活佛記得紅軍傷病員裡現在的縣委書記曹文尉的槍傷最重，肚子上開了個窟窿，大腿上流著血膿。他先將傷口用鹽水慢慢地清洗，然後挑出一個一個的白蛆，有時他還用嘴來親自吮吸。

他記得曹文尉當時疼得大聲叫罵著，可他不懂漢話，當時不知道他叫罵著什麼，可這個人叫罵一會後就望著他大笑。他開始以為這個人是不是神經有問題，到後來他才知道這個人疼得太厲害了，他是用叫罵狂笑來舒緩自己疼痛的。

曹文尉的傷是最重的，可他卻是第一個被他治好的紅軍。治好傷後的曹文尉就開始山上山下的到處亂跑。他是一個從來不知疲倦的年輕人，他幫助嘉倉活佛到處采藥給其他的傷病員進行治療。他還在嘉倉活佛的跟前學習藏語，在寺院裡與其他鐵棒喇嘛一起守護寺院。沒過多少時間他還穿上喇嘛的袈裟，黑裡透紅的臉色使人們已經將他和這裡的人們分不出來了。

當時紮西東珠的父親想讓曹文尉在卡加部落裡安家，因為這裡有一個叫當治吉的姑娘愛上了他。可他一直不吐口，現在看來這個人是有志向的，他有他的理想和抱負，他想著他的大部隊。

曹文尉的樂觀鼓舞了其他幾個紅軍戰士，他們在嘉倉活佛的治療下傷口慢慢癒合了，都能夠在岡紮拉山上上下下來去自如了。

曹文尉雖然當時已經進了藏族姑娘當治吉的氈房，但他一直沒有答應她的成婚要求，這讓不知實情的嘉倉活佛很是欣慰，他以為他真的找到了一個無私無欲的佛門弟子。於是，他有事沒事就給曹文尉講一些佛教的知識，讓曹文尉感化，讓曹文尉動心，讓這個年輕人心甘情願地邁入佛門成為一個虔誠的佛家弟子。

嘉倉活佛還讓曹文尉和他睡在了一起，他是千方百計讓這個漢人小夥子入他們佛門的。

可曹文尉還是走了，而且這個人一走二十年，二十年後又來到了卡加部落，還成了這裡的縣委書記。嘉倉活佛想到這裡有些後怕，這個人知道這裡的事情太多了，而且對這裡的每一條路，每一塊石頭都是那麼清楚，這是不是卡加部落遺留下來的一個禍患。嘉倉活佛趕快去找犛西東珠，他讓犛西東珠不能有任何的鬆懈，因為曹文尉對這裡的一切太熟悉了。

實際上曹文尉聽了劉俊的彙報後就已經知道犛西東珠的去向，而且非常清楚這個易守難攻的岡犛拉山的全部內幕。

曹文尉是痛苦的，他知道只要他透露這裡的祕密，卡加部落一個人也跑不了，不上三天統統都會被消滅在大山之中。這是他最不願意看到的，也是他不敢想的。因為他知道，卡加部落是他的恩人，這裡每一個人都是世界上最善良的，他們與世無爭，無憂無慮，不過是想過上自由幸福的生活，他想不通為什麼要將這樣一些人逼上這麼險峻的絕路。

他想那個叫當治吉的姑娘一定也上了岡犛拉山。他當年在卡加部落時，當治吉多少次大膽地約他到她的氈房裡去，可他只去了一次就讓他的心裡留下了永遠的愧疚。每當想起這些他就有一種說不出來的難受，他當時也是那麼喜歡這個姑娘，為什麼就不留下來與她一起共同生活，使他過後一直在心裡放不下這段情緣。他在這裡當上縣委書記後，每次到卡加部落他都要打問當治吉的下落，可是人們告訴他，自從他走後當治吉生下了一個叫加松的小男孩，以後她再也沒有出嫁。

曹文尉想，這個叫加松的男孩已經有二十歲了吧，算起來這已經是個能夠騎馬打獵的漢子了。可是，他不敢去認這個孩子，因為紅四方面軍兵敗甘肅的河西走廊後，紅四方面軍成了共產黨後娘養的，他再也不敢犯任何錯誤了。

那次賽馬大會上，有一個叫加松的小夥子和紮西東珠一起代表卡加部落取得了馬上打槍射箭的名次。當時他就想，眼前這個黑臉魁梧的小夥子長得確實和自己很像，難道這就是自己的親生兒子。可他不敢想，也不敢說，更不敢認，因為他已經有了一個溫馨的家庭，他不願意再打破現在的寧靜引出許許多多的是是非非。

曹文尉聽到鄧志勇的騎兵連在岡紮拉山被紮西東珠幾乎全部消滅後，他不敢再說他知道這裡的祕密了，因為他知道共產黨的無限上綱，他更清楚共產黨內部的互相殘殺。

他想，說出岡紮拉山的祕密，卡加部落就會全部覆滅。保守岡紮拉山的祕密，解放軍就會遭受更大的挫折。兩者中只能選一項，他再沒有其他選擇的餘地。他知道卡加部落已到了絕境，他再不能落井下石。他想，我只是一個縣委書記，我只管好縣委書記該管的一切，其他的我什麼也不知道。

記得那年當治吉讓他到她的氈房裡去，他知道這是一個藏族姑娘喜歡上了自己心上人後的一種清楚表達。他當時不敢接受這個姑娘的情意。因為他知道他會走的，他必須要走出去找自己的紅軍，他不願意留下忘不了舍不掉的痛苦。可是，不知是生理的折磨還是他難以拒絕姑娘的深情，他去了，鬼使神差他走進了當治吉的白色氈房。

他去後當治吉高興的像一隻快活的小鳥，給他盛了滿滿的一碗酸奶子。他當時不知說什麼好，只是低著頭不敢看當治吉粉紅的笑臉。然而姑娘身上那種女人特有的酥油香味讓他難以抵禦，他抓住了當治吉靈巧的小手，並把手放進了自己的皮袍裡。

當治吉當時依偎在了他的懷抱裡，而且發出銀鈴似的笑聲，曹文尉再也把持不住自己了。他將當治吉的皮袍脫了下來，他看到了她胸前兩個躍躍欲飛的兩只小鵓鴿。他一下撲了上去，他不是用手抓而是用嘴含上了粉紅色的乳頭。他好像回到了幼年，幼年時他吮吸媽媽的乳頭經歷好像又到了身邊，他貪婪地不願鬆口，一股難忘的奶香味讓他久久不願放手。

當治吉被他吮吸得發出了輕輕的呻喚。於是他順著那條乳溝慢慢舔吐了下來，他看到了女人最隱秘也最令人心曠神怡的處女地。

這裡流著涓涓的細流，盈著藍格瑩瑩的清泉，它是在等著我嗎？曹文尉渾身顫抖著，他無師自通準確無誤地將他的勇猛和他的粗獷完全插了進去。

他好像騎上了一匹狂奔的駿馬，這匹光屁股馬與他配合默契飛馳在孔雀河邊遼闊的草原上。

這時的當治吉也是那麼激情澎湃，她呻吟著，喘息著，她將他顛得那麼高，起起伏伏迎合著他的節奏，唱響了人生中最美妙的一段音樂。

這段經歷過去了多少年，可是曹文尉覺得這一切就像發生在不遠的昨天。後來他娶了一個當小學教員的妻子，他做過多少次努力，可是再沒有了那刻骨銘心的記憶。

他在去了當治吉氈房的第十天，黨組織派人將他們二十九個人全部帶到了延安。走的時候他是不願意走的，可他是黨的人，黨的人一切都要交給黨，二十九個人一個人也不能少這是領他們人的任務。

到了延安他曾經想過跑回來找他的當治吉，他不像其他人有那麼遠大的理想抱負，可是那些年形勢變化得太快了。

抗戰勝利後，他還沒有回過神來，國民黨接著就垮臺了。他在老家打土豪分田地，辦互助組、合作社，有了些經驗後，黨組織又派他到了紮曲縣。

到了卡加部落他本以為當治吉早已嫁人了，沒想到她還是孤身一人拉扯著他們的孩子。聽到這一切他感到他是再也不能到這裡來了。可是，他想的太多餘了，卡加部落人根本不在乎孩子的父親是誰，他們只注重最後的結果在孩子母親的家裡。

當治吉也不是他想的在這裡苦苦等待他的到來，而是順其自然在過她自己平平靜靜的日子。他本想給她一筆錢，以報答自己沒有盡到一個父親的虧欠。可是，他去後她卻對他很感激，這裡的人們都對他是感激的，因為他給卡加部落留下了一個種，留下了一個頂天立地的男子漢。

曹文尉每次到了卡加部落，人們把他當作這裡的人一樣給他端來最好吃的，最好喝的，還拿出他們自己親手釀造的青稞酒來招待他。可是曹文尉的心裡總是覺得有什麼地方對不起卡加部落的父老鄉親，他要報答他們，可總沒有這樣一個機會。

卡加部落合作化、人民公社、反封建反迷信後，曹文尉到卡加部落的次數越來越多了，可他沒有辦法，一切都必須按照上級的指示步驟來辦事，這是國家統一的政策。他知道自由自在草原上生活了一輩子的人們，不願意把自己交給合作社和人民公社。可他相信毛主席和共產黨，他認為毛主席共產黨讓做的事永遠是正確的。草原上的人們由個體放牧到合作社、人民公社集體生產，集體化道路肯定比一個人能幹更多的事情，而且今後這裡放牧要走機械化、現代化，卡加部落社會主義的明天肯定會更加美好的。

第十七章

攻佔朗布寺的解放軍是比攻打岡紮拉山的鄧志勇們先到達卡加部落的。這些解放軍進入卡加部落時只見火光沖天，熊熊的火焰舔吐著卡加部落中央凸顯出來的院堡，撕裂著院堡裡面的碉房瑪巷。大火像一面旗幟順著風把整個卡加部落卷了起來，燒毀的房屋嗶嗶剝剝地響，濃煙滾滾讓人們在百米之外都能感到臉部發燙。

解放軍們看見和卡加部落隔著一條寬約百米水溝那面的朗布寺卻毫髮無損，於是他們迅速從朗布寺的正門沖了進去。進入朗布寺這裡雖然沒有起火，可是從卡加部落過來的濃煙彌漫在整個寺中。他們奇怪這裡竟然沒有一個人，只有措欽寶殿的大門緊緊關閉著。

一個解放軍爬上了措欽寶殿五米多高的院牆，可不待他站穩，裡面一個竹竿將他從牆上捅了下來。下面的解放軍扶起這位戰士，更多的解放軍從四面同時爬到了牆上。裡面的喇嘛看見提著槍的解放軍站在牆上，將事先準備好的皮兜子烏朵從懷裡掏了出來，他們將石塊放到烏朵這種拋石器中央的皮墊上，隨著甩動的聲音呼呼呼響後，解放軍一個個被打得頭破血流，從牆上連滾帶爬紛紛掉了下去。

解放軍中一個會說藏語的戰士走了出來，他拿著一個擴音喇叭對措欽寶殿中的喇嘛們進行喊話，這個喊話的解放軍一遍遍地喊道：「繳槍不殺！繳槍不殺！」

然而，這裡就沒有一支槍，百十個喇嘛用石塊和竹竿與手拿衝鋒槍和手榴彈的解放軍拉開了陣勢，他們都做好了必死的決心，決不讓解放軍進入他們神聖的殿堂。

解放軍的一個排從措欽寶殿后面躍入了寺院，他們是要偵察措欽寶殿裡面的動靜。當他們進到寺院裡面，裡面靜悄悄的沒有一點聲息。他們看到高高的兩邊牆裡只有窄窄的一個通道，於是解放軍魚貫而入往裡走去。可拐過窄窄的通道，一個排的士兵被埋伏在兩頭的陀陀喇嘛突然夾擊包圍在了一個狹窄的通道裡。這些士兵向兩邊巷道口射擊，可他們的前面就是自己的戰友。巷道兩邊身強力壯的陀陀喇嘛推著鐵板往裡衝擊，將這三四十人全部綁縛在了措欽寶殿裡。

牆上又跳下了士兵。「繳槍不殺！繳槍不殺！」的喊聲夾雜著清脆的槍聲。

一個陀陀喇嘛聽到這喊聲，用重達二三斤的生鐵鑰匙朝一個解放軍猛然砸去，他從腰間拔出藏刀，割下了這個士兵的頭顱從高牆上扔了出去。接著，第二個第三個第四個一連串的人頭都從高牆上被扔了出去。

這些陀陀喇嘛雖然已經還俗，可在以前好勇鬥狠，身上多少有點功夫，今日裡看到跳進來的解放軍如此猖狂，他們更是大開了殺戒。

牆外的解放軍於是向寺院裡扔進了手榴彈，一個接一個手榴彈的爆炸聲驚天動地，它掀起的波瀾讓才旦他們身上披了一層厚厚的塵土。才旦的耳朵嗡嗡直響，他看見大殿的前方被炸了一個深深的大坑。

遠方山巔太陽正在下沉，燃燒的霞霓映照得整個朗布寺一片紅光。才旦看到一抹紅雲像一把血染的鬼刀在將太陽劈成兩半。星火飛迸，紛紛揚揚灑落在措欽寶殿院子的中央。他和喇嘛們仍然像措欽寶殿中的強巴佛像一樣盤腿打坐在佛像下面的卡墊上。

才旦是九歲上到朗布寺院的。進了寺院嘉倉活佛將他安排在身邊，嘉倉活佛成了他形影不離的師傅。進入佛門以後，就算割斷了塵俗的親緣關係，他與父親妹妹雖然都在卡加部落，可他白天黑夜都與師傅生活在一起，再也沒有了與父親妹妹的親熱。嘉倉活佛是個嚴格又刻板的讀書人，才旦除了照料活佛的飲食起居以外，整日裡就是刻苦的讀書。雖然這裡有眾多的出家弟子，人們每日早起經聲朗朗，晚上睡後還在思考默念，枯燥單調的生活讓人們少了很多的情趣，但嘉倉活佛覺得才旦對藏傳佛教有特別的悟性，於是把主要的精力放在了他的身上。朗布寺院主要學習五種知識。一為聲明，即聲韻學和語言學；二為工巧明，即工藝技術、曆算學等；三為醫方明，即醫藥學；四是因明，即邏輯學；五是內明，即佛學。才旦主要跟著嘉倉活佛學習佛學，但也在這裡學習醫藥學。由於他天性聰慧，悟性又高，講經辯經讓他在朗布寺聲名鵲起，所以他二十歲剛出頭在整個朗布寺已是數一數二的大德高僧了。

才旦閉著眼睛想，嘉倉活佛曾經說過朗布寺五百年有一個劫難，措欽寶殿今天是不是正在經歷這場劫難呢？大慈大悲是佛教精神的象徵。可悲的是世界干擾紛爭、生靈塗炭，而且罪惡互為因緣，惡性循環，輪回不息。嘉倉活佛說過：「人世間的以惡治惡，無法起到根除邪惡的效果。當一個人能用他的慈悲心去感化敵人的時候，那種能量是比刀劍更強有力的武器。一個人的心量有多大，他獲得的能量就有多大；一個人如果慈悲心常在，那他的心量也能像宇宙一樣博大，他就會擁有無堅不摧的巨大能量；一個人修煉到真正放下生死的時候，心中懷著的是永恆的慈悲。」

當解放軍爬上措欽寶殿高牆的時候，才旦不讓去傷害這些軍人的，可是那些陀陀喇嘛們根本不聽他的，他們的職責就是護衛措欽寶殿。他們說：「這些黃皮子要毀寺院殺人放火呢，你不殺他，他可要殺你呢，你不要再對這些人大慈大悲了。」

才旦此時沒有時間與這些陀陀喇嘛進行辯解，他知道這些軍人要大開殺戒了，難道朗布寺就這樣要被毀了嗎？

剛開始解放軍因為有一個排的軍人沒有出來還在措欽寶殿裡面，他們沒有用重武器去轟炸，而是大聲用擴音喇叭向裡面喊話。

才旦對那些陀陀喇嘛說：「不要傷害那些被綁縛的軍人，放了他們吧。我們只是為了保護寺院，只要解放軍再不要對寺院進行攻擊就可以了。」

可那些陀陀喇嘛說他太幼稚了，「刀子已經架到脖子上了，外面那些人就是來索命的夜叉。放了這些人，我們誰也活不過明天。」

才旦無言以對，果然沒有過多長時間，在夜幕的掩護下手榴彈像雨點一樣落到了措欽寶殿，強巴佛像在一枚手榴彈的爆炸下轟然倒坍了下來。

才旦的身上落滿了浮土，他像一尊披著塵土的佛像仍然緊緊閉著雙眼，這裡的一切似乎對他沒有任何影響。

才旦不知他的前世是什麼，可他知道善良會像一架山擋住罪惡的爆炸和子彈。自從反封建反迷信以後，工作組對寺院的政策步步緊逼，剛開始只是讓他們喇嘛和尼姑進行學習，緊接著就在他們的跟前宣傳活佛是壓在他們頭上精神的和肉體的大山。當讓喇嘛和尼姑還俗喇嘛和尼姑配對時，才旦選擇了對抗。於是，工作組將他趕出了寺院，這樣他就將氈房搭在了朗布寺不遠的草地上。他每天早晚對著強巴佛像的方向磕頭膜拜，他沒有一天停止過自己的修煉。他記得嘉倉活佛曾經說過，一個人修煉時越是在逆境中越要能經受住考驗。

父親在他小的時候說過：才旦啊，你長大了娶世上最好的女人，要給舟塔家生上一大堆孩子。可是，他自打那個時候就愛去寺院，在寺院裡他聽喇嘛們誦念動聽的經文，在寺院裡他呼吸香燭的氣味，喇嘛們也非常喜歡他這個孩子。他無憂無慮奔跑在寺院裡的每一個角落，撫摸著寺院裡的每一尊佛像，他歡呼著，跳躍著，他好似在這寺院裡能感受到一種奇異的力量。他知道他喜歡上了這裡的一切，他離不開了這裡佛所給與他的一切。

在黑夜的掩護下腥風從天際刮進了寺院，迫擊炮的炸彈落在了措欽寶殿。轟！轟！轟！火光映得天空一片光亮，巨大的衝擊波將才旦掀翻在地，他被訇然倒地的院牆整個兒給砸中了。

炸彈還在轟鳴，那一個個從高牆上扔出來的人頭整個兒將解放軍激怒了。才旦被一根大樑壓著腿動彈不得，但他可以聽到迫擊炮的轟鳴一聲高過一聲，那塵土卷著的巨浪好似要將他完全吞沒。才旦躺在地上仍然念著六字真言。他想，措欽寶殿和整個朗布寺都要毀在這炮彈裡了，可他相信佛是滅不了的，釋迦牟尼佛祖已經活在了整個藏家人的心間。

才旦看見空中出現了四五顆像閃過的流星一樣的東西，但它比流星要亮，將天上地下整個兒照亮了。他看見經過這猛烈的轟擊，措欽寶殿已經完全成了一片廢墟。到處是破瓦頹垣，滿地是滾滾的濃煙。他此時反倒顯得平靜了，看著自己腿部汩汩流淌的獻血，他覺得一個人的力量在這裡竟是那樣的渺小。他知道佛是永存的。釋迦牟尼在菩提樹下悟道成佛，他所創教法的主旨在於闡發人生的痛苦、痛苦的原因、痛苦的消滅，以及消滅痛苦的方法，他判定人的一生，只是一個苦難的過程而已。多少年來宗喀巴大師在雪域藏土中，從根本上建立了佛薄伽梵之寶教一切清淨教之大規範，並且越來越弘揚光大，由此恩德中之清淨教規、清淨修持之規，沒有一個能比得上格魯派。格魯派的這一業績，像春風一樣吹遍了整個雪域大地。今日的劫難不過是百年輪回的一次大劫，而格魯派在見、修、行三個方面殊勝於其他藏傳佛教宗派。這一點他是永遠堅信的。

解放軍經過迫擊炮的轟炸，措欽寶殿成了一片廢墟，對於頑固抵抗的喇嘛解放軍是不惜一切代價的。這些日子解放軍這樣的事情經過的多了，他們知道這個民族太堅韌了，就像一個嚼不爛打不碎的牛筋疙瘩。於是，他們嘴裡面喊的是「繳槍不殺！繳槍不殺！」，可他們見了這些黑頭藏人就毫不留情地將其消滅。因為，他們知道這些藏族人就像烈性的馬一樣，渾身充滿了野性，而且桀驁不馴，藏族人為了保護自己的生活習俗，為了維護心中神聖的佛教不惜去犧牲自己的生命。

光輝燦爛的佛教，盛極而衰，衰極而盛，這種盛衰無常的歷史古劇，在雪域高原已經顯得無足輕重。多少年來，只有那在不斷的黃沙流動中露出地面的屍首白骨和依稀可辨的殘亙斷壁，仍在為昔日的輝煌與殘酷做著注解。

卡加部落最為輝煌的措欽寶殿就是這樣在迫擊炮的轟鳴聲中化為灰燼的。才旦和一百多個喇嘛見證了措欽寶殿最後的時光。他們來不及呼喊，來不及鳴唱佛的恩典，塵土飛揚中一張張黑黝黝的面孔顯出了坦然的微笑。

飛機的轟鳴又開始在岡紮拉山上盤旋，大約過了五分鐘，炸彈打著呼嘯往山頂石窟周圍投了下來。這一次的轟炸比卡加部落人們剛上山時的轟炸更為猛烈，山石崩裂，硝煙彌漫，發出驚天動地的聲響，驚慌的馬牛羊像炸了鍋一樣紛紛從石洞裡跑了出來，瘋了般地在山坡上奔跑。

嘉倉活佛和喇嘛們坐在石窟大廳裡大聲誦念著經文，他們保佑著男人、女人、大人、小孩和這裡的一切生靈。當紮西東珠像一條漢子立起來挺身而出時嘉倉活佛是支持紮西東珠的，他知道藏家人已經無路可走了，他們沒有了炒麵，沒有了酥油，失去了馬牛羊和所有的財產，他們一夜之間什麼也沒有了，像乞丐一樣吃著一點維持不了自己生命的一口糊糊飯。他的胸脯不斷地起伏著，這口氣他吞下吐出，吐出吞下，多次想過藏家人一旦反抗將會招來滅頂之災，可有什麼辦法可以苟活在這個世界上？他也想過能不能不走打響槍造反的這一條道路？然而沒有。共產黨要改變這裡的一切，唯物論要改變唯心論，公有制要改變私有制，合作社、人民公社要改變自由放牧的生產。他非常清楚，一切都是徒勞無益，胳膊扭不過大腿，可藏家人已經被逼到了忍無可忍的地步。工作組將藏家人的牛羊趕進了合作社，變成了人民公社的財產，工作組把喇嘛尼姑趕出了寺院，工作組把人們趕出了家門鋪渠修路，這一切都是打著人們自覺自願的幌子牽著人們的鼻子往套子裡鑽的。既然今日裡已經到了這一步，無事不可膽大有事不可膽小，或者屈辱而死，或者挺身而出。藏家人有他們堅定的信仰，藏家人的生命裡已經融入了無拘無束自由奔放的生活，唱歌跳舞是他們的習性，騎馬打槍是他們的本能，跳神捉鬼是他們的信仰，上山打獵是他們的追求，堅貞不屈則是他們對佛祖的崇拜。

轟隆！轟隆！轟隆！轟隆！震耳欲聾的爆炸聲此起彼伏不斷地在外面響起，可喇嘛們沒有一個人是驚慌的，他們好像這裡什麼也沒有發生。出家之人自剃度那天起，就斷了人間煩惱，信奉三寶，離苦止樂，止惡行善，以求解脫。佛門要剷除的煩惱中最根本的是貪欲、嗔恨、癡迷，還有驕傲自大、猶豫懷疑、偏見邪念這六根本煩惱，它們全來源於眾生不明白一切法緣生緣滅、無常無我的道理，在無常的法上貪愛追求，在無我的法上執著為我。他們已將生死置之度外，他們知道此時最重要的是讓整個卡加部落不能慌亂。人，終歸有一死，生生死死，死死生生，世界萬物不斷輪回，陰陽交錯陸續更替，這是誰也無法改變的大自然規律。紮西東珠此時已派了十個身強力壯的年輕人去了山下。這些天來他越來越意識到，在山上不是長久之計，共產黨不會讓他們在這裡長期待下去的，要想辦法把這盤棋下活，只有打開山下的通道，融入進浩瀚無垠的大草原。

這十個小夥子到了山下沒有發現一個解放軍。山下靜悄悄的，偶爾有一兩只烏鴉從草原上飛過。這裡的牧民們都跟著紮西東珠上了山，而工作組解放軍則進入山裡剿匪去了。

孔雀河邊顯得格外的寧靜，綠色的草原一馬平川形成一片綠色的海洋，上面點綴著千萬朵各種各樣的花，花花綠綠的蝴蝶上下飛舞著，跳躍著，蜜蜂則鑽進花蕊裡采著香氣四溢的花粉。柔和的微風從孔雀河上吹過，讓這些在山上憋悶了的年輕人感到心裡似含了蜂蜜般的甜蜜。

飛機還是每天到了下午就往山頂石窟扔下炸彈。紮西東珠想，這短暫的平靜後，或許還有更大的一次戰鬥，但最殘酷的戰鬥不知在什麼時候打起。他覺得他在唱著一首曠古絕世的悲歌，悲歌從心底而起，升騰在天空、荒原和那經久不散的基調裡。洞裡躺著一些受傷的牧民，可是他們緊緊咬著牙，不願再給頭人增加半點負擔。紮西東珠此時已無所畏懼了，但他最擔心的是整個卡加部落人的安危。於是，他站在洞門外綠色的草地上，草色染綠了他的身影，他成了一棵巍然挺立的大樹。他走了過去站在一塊巨石上，霞光撲灑下來將他染成了一團不滅的火焰。

轟隆隆隆，轟隆隆隆，山下的大炮好似萬炮齊鳴，岡紮拉山萬年的寂寞被陣陣石頭的滾動聲攪擾的動盪不安。鳥獸驚恐地四散而去，發怵的山嶺不斷地打著哆嗦。硝煙彌漫，藍天霎時昏暗了。而在半山腰，在那些樹林的背後時不時發出解放軍幾聲瘋狂的吼叫，回音在兩側的高山上傳來，似鬼哭像狼嚎。

絕不能讓卡加部落在這裡等死，必須打開山下的通道，要在山下山上同時與解放軍周旋。

這天紮西東珠騎著他的白馬宮保占都出了岡紮拉山。宮保占都是一匹九歲的蒙古公馬。它個子中等，周身骨骼強健，肌肉發達。它跑起來四個蹄子好似浮在草地上，像一面白色的旗幟呼啦啦展翅飛翔。尤其他的爆發力特別強，不論高山平地人騎在上面，就像坐在板凳上那樣平穩。紮西東珠讓他的宮保占都在孔雀河邊來回馳騁，他突然看見岡紮拉山下的一處山凹裡有一些解放軍。這些解放軍隱蔽在灌木叢中，旁邊是一門門大炮，炮口就對著岡紮拉山。

他記得他小的時候，由於父親與馬步芳的父親馬麒發生了矛盾，馬麒當時也領著軍隊向岡紮拉山進行開炮。可是，那一次馬麒沒有沾了便宜，父親將馬麒的部隊誘到岡紮拉山上幾乎全部殲滅。可他知道解放軍不是馬麒的隊伍，而且現在的武器大炮也不是當年馬麒的部隊所能比的。這些日子飛機的轟鳴，地上大炮的濫炸，他已經習慣了，血雨腥風留給他的是一種說不出來的仇恨。

紮西東珠獨身一人到了山下，就是為了縮小目標探聽一下解放軍的虛實，更是為了測一下當前形勢的深淺。

他伏在草地上數了一下大炮的門數，看了一下這些解放軍具體的活動範圍。然後騎著馬悄悄又進了岡紮拉山。可當他皺著眉頭剛剛坐下準備休息時，嘉倉活佛走了進來。嘉倉活佛一臉嚴肅地說道：「頭人，你是卡加部落的金枝玉葉，你的安危對卡加部落有多麼的重要你知道嗎？你不應該親自到山下去冒這個險。」

紮西東珠笑了笑，說道：「你想，我不親自去到山下看一下，我心裡不踏實。」

「那你可以派別人去探個虛實嘛，還得你自己親自去，萬一有個閃失怎麼辦？你以為你膽子大有本事，那只是個匹夫之勇。不要說你一個就是有你這麼十個八個撞到槍口上能起什麼作用？卡加部落這麼多人的命運就掌握在你的手裡，你保護好自己就是在保護卡加部落。」

「我知道。可是我的心裡總是不踏實。」

「心裡再不踏實也絕對不能去冒這個險。這一去你踏實了吧，可讓我們這麼多人心都提到了嗓子眼上，大家眼巴巴地望著山下。你知道嘛你在山下半天我們好似過了一年，卡加部落人對你的安危擔了多少心。」嘉倉活佛朝紮西東珠笑了笑。紮西東珠很難看到嘉倉活佛的笑臉，嘉倉活佛平時從來就沒有個笑臉。他知道今日裡嘉倉活佛話的分量。嘉倉活佛說得是對的，卡加部落這麼多人的命運就掌握在自己的手裡。可他也看到了嘉倉活佛的微笑，這個笑很不平常，這個笑既是為了減輕他胸中的壓力，更是讓他臨危不亂扛好卡加部落這杆大旗。

「把腰杆子挺起來，大不了就一個死嘛，我們藏家人寧可站著死，也不跪著生。」

紮西東珠聽到嘉倉活佛洪鐘一樣的聲音，他的眼睛裡流下了眼淚。他知道這是整個卡加部落的聲音，也是所有藏家人共同的心願。

「我們藏家人寧可站著死，也不跪著生。」紮西東珠重複著嘉倉活佛的話，他從這話裡感受到了一種從來沒有過的力量。

夜幕很快將岡紮拉山包了個實實嚴嚴，可從天幕上幾處亮光斑點人們知道這裡並不是完全封閉的，還有星星，還有流雲和旁邊的月亮。

這晚，紮西東珠帶著部落裡五十多個年輕力壯的小夥子從石窟後洞到了山下。他們悄悄地向解放軍的大炮方向移了過去。他們首先摸到哨兵跟前，不待哨兵放出聲來，他們用藏刀的利刃割斷了哨兵喉嚨。接著他們同時進了山下的十個帳篷，因為天氣寒冷帳篷裡的解放軍全都鑽在被子和皮襖裡，這樣他們不費一槍一彈全部用麻繩將這些解放軍捆紮了起來。

可是他們到了大炮的跟前，卻沒有了辦法，他們不知道怎樣將這些鐵疙瘩損壞，讓它無法再去轟炸岡紮拉山上的生靈。就在他們圍著大炮轉著圈子的時候，突然他們的背後響起了密集的槍聲。原來就在他們進入解放軍帳篷的時候，一個解放軍因為肚子疼正在跟前的一個土堆後面蹲下進行大便。這個解放軍等他們從帳篷裡出來，就悄悄溜進了自己的帳篷，他發現自己的衝鋒槍還沒有被這些藏家人拿走，於是他端著槍直接朝大炮周圍的人們開了火。

紮西東珠用手拉著跟前一個人趕快爬了下來，他爬在草地上用他的杈子槍準確無誤地一槍將那個解放軍打倒在了帳篷邊上。接著紮西東珠和小夥子們將帳篷裡的手榴彈拿了出來，扯了線後扔進了大炮的炮口裡。

轟隆，轟隆，轟隆。紮西東珠和這些藏家人將手榴彈扔進大炮炮口和大炮的炮架上。發著悶聲的爆炸在大炮口裡面響著，讓整個大地都微微顫動。

紮西東珠回來向嘉倉活佛說了在山下的戰鬥後，嘉倉活佛說：「你們把大炮搞壞就可以了，為什麼還要打死那麼多人呀，這樣環環相報何時是個了呀。」

紮西東珠說：「這些軍人每天在各個部落和草原上殺戮著我們的同胞兄弟，我們殺他幾個人有什麼不可以？」

「你想一想，你領著卡加部落就是為了殺人嘛，而我們跟著你就是為了殺更多的人嘛。我們都是讓那些人逼著我們沒法活了才到了岡紮拉山，我們不能因為他們殺了我們的人，我們也去殺人呀。那些解放軍都是父母的兒子，他們有血有肉都是些年輕輕的兒子娃。」

嘉倉活佛的一番話說得紮西東珠心裡有些不快，都到了魚死網破這個份上嘉倉活佛還是這樣，可他還是說：「知道了活佛，我們以後再不這樣做了。」

嘉倉活佛聽了這話走了出去，他知道共產黨已經把卡加部落逼到了絕路上。紮西東珠說不再殺人，可是解放軍還會再來殺這裡的人們。

紮西東珠望著山下，卡加部落的人們從小就喝著山下流淌的孔雀河水，人傑地靈，一方水土養一方人，是孔雀河水源源不斷哺育著人們在這裡生活。孔雀河冬季潺緩地流過平平展展的草地，夏季則河水滔滔從牧草豐美的草原、深潭流過，奔騰不息。孔雀河兩岸峽谷對峙，紅岩綠樹倒映在水間。走在河邊小徑上，一路清涼沁人心脾，布穀鳥的叫聲在山谷間回蕩。這裡滿山遍野處處入眼的還是茂密的山林，即使是一座孤兀的石峰上也挺立著幾棵蒼松。大片大片的原始次生林遮天蔽日。被稱為活化石的水杉、銀杏、珙桐、龍蝦花等古稀植物也比比皆是。雉雞、穿山甲、猴面鷹、紅嘴相思鳥、獼猴、大鯢等珍禽異獸常常出沒在林中澗邊。紮西東珠將頭低了下去，他想是誰將卡加部落逼到了這個地步。多少年來卡加部落的人們不去招惹任何是是非非，他們只想著自由自在的生活在這塊土地上，他們愛這裡的每一個生靈，熱愛自己胸懷寬廣的草原。

然而就是這麼美麗的地方，世世代代生活在這裡的人們卻沒有了立足之地。紮西東珠已對任何人不報以希望了，卡加部落人們的命運就掌握在他們自己的手裡。

央金娜姆走了過來，她握著紮西東珠的大手，偎依在紮西東珠的懷裡，她知道紮西東珠頭上的壓力有多大。

「你躺下好好睡一覺，這樣下去你會挺不住的。」

「沒關係。我想我們能不能另外再開闢一條通道，聯繫其他部落都起來反抗。」

「我想聯繫山後面的紮起部落。」

央金娜姆知道山後面由紮起部落而發展起來的紮起人民公社原來就是舟塔家族的一部分，是信奉苯教的。當年舟塔的爺爺被紮西東珠的父親打死後，一部分人就去了山后，後來陸陸續續的從四面八方來了人後逐漸發展起來的。可這是紮西家族的宿敵，他能在這個時候聽你紮西東珠的話而拿自己的腦袋來冒險嗎？可到了這個時候了再有什麼辦法。

「我想讓你爸啦去。」

「爸啦不會說話，還是我去吧。」央金娜姆對紮西東珠說道。

「那你和你爸啦一起去。」

「什麼時候去？」

「現在就出發。」

「你去叫你爸啦，我給他交代一下。」

央金娜姆轉過身就去叫爸啦舟塔。

舟塔問央金娜姆有什麼事嗎？央金娜姆就給他說了紮西東珠的想法。舟塔一聽要讓紮起部落和卡加部落一起造反，他說：「這……這……這……不行。卡……卡……加部……落被……被……逼上……上了岡紮……紮……拉山，那……那是實……實在沒……沒了辦……辦……法。

可……可……紮起……部……部……落再……再不能走……走這……這條……道了，這是死……死……死……路一……一……一條，你和……和我……一……一個也……也活……不了，再……再不……不能讓……紮……起……部……部落……搭……搭……進……進……去……了。」

央金娜姆將舟塔的話告訴紮西東珠後，紮西東珠低下了頭，半天沒有吭聲，他知道舟塔的話是對的。共產黨不是國民黨，他們會將起事的藏民趕盡殺絕的。

央金娜姆說：「我爸啦不去我去。」

紮西東珠沉吟了片刻說道：「過幾天再說吧。」

紮西東珠想舟塔說得是實話，可到了如此險境，只有這個辦法。只有我們藏民族整個兒擰成一股繩，用我們的生命和意志保衛我們的家園，才能讓共產黨回心轉意。

想到這裡紮西東珠打了個激靈，舟塔這人別看個子不大，人也不起眼，可這個人有時看問題就是比自己深刻，自己始終對共產黨抱有一種不切實際的幻想，而這種幻想也把自己推向了萬劫不復的深淵。

此時的央金娜姆拉著紮西東珠躺在了金光四射的草地上，她知道越是在危機的時刻，越要讓紮西東珠放鬆，不然他那根弦遲早會被繃斷的。遠方，森林的嘯叫蕩起了一輪輪的綠波，幾個羔羊正在草地上拱著母羊垂落的鼓鼓脹脹的乳頭。風兒吹來，吹得央金娜姆髮辮散亂衣袍下兩個乳頭被風兒輕輕揉搓著。她愜意地半張著嘴，如同眼前焦渴的羔羊在接近亮晶晶粉紅的乳頭。

紮西東珠讀懂了央金娜姆的朦朧，他將她抱在懷裡將她整個舌頭含在了嘴裡，他吮吸著，他吞吐著，多少天來他將央金娜姆扔在孤寂中。她眯著眼睛，盡情地享受這美妙幸福的時刻。她已經迷醉了，臉上發出一絲潮紅，她多麼想就這麼肆意妄為，讓紮西東珠的大手撩起她的皮袍。

可是，紮西東珠突然停了下來，他將解開的褲帶重新紮在了腰上，因為他聽到了洞中一個傷病員痛苦的呻吟。此起彼伏的呻吟讓紮西東珠心緒煩亂，他不知道如何去幫助這些人解除苦難。紮西東珠站起身來，在這裡每一個人的痛苦都是自己的痛苦。他笑著對央金娜姆說道：「先留下，等過了這段難熬的日子了再說。」

央金娜姆渴望的眼神瞬息間又失望地看了一眼紮西東珠，男人的雄性的血氣和精氣失落了，轟然圮塌了。她知道紮西東珠此時更應該得到她精神和肉體的撫慰。

蒼茫的霧靄覆蓋了岡紮拉山，箍緊了滿山的樹木和突兀的岩石。迷離的山影左沖右突怎麼也不能把沉沉雲霧甩在身後。央金娜姆的心被禁錮了，只有吐出的氣還能說明她還有活氣。這活氣因害怕擔憂而變得格外敏感。她知道這裡一有風吹草動，鳥鳴獸叫，活氣就騷動起來。她想看到紮西東珠雄性得天獨厚的剛直氣血，但她能夠理解此時的紮西東珠心裡的焦躁與不安。

她記得整個卡加部落挨餓受饑時，工作組領著縣裡的查糧隊在家家戶戶的氈房裡挨個來搜查糧食。搜查者和被搜者都沒有想到，二十多個民兵折騰了一天，竟然沒有折騰出一粒糧食來。工作組長劉俊當時不相信，他認為這是紮西東珠搞了鬼，糧食肯定被轉移到了岡紮拉山。但懷疑畢竟是懷疑，他沒有真憑實據只是望著紮西東珠的臉。可當卡加部落人到了岡紮拉山后，她知道紮西東珠最為發愁的還是糧食。雖然，紮西東珠早在這裡有一定的糧食儲備，那天卡加部落人打開牧業大隊的倉庫，搶了供應糧站的糧食，犛牛和馬的脊背上馱得都是青稞和小麥，可在這裡待一天人們就要吃喝拉撒，沒有了糧食和奶子，卡加部落在這裡一天也待不下去。

第十八章

藏曆十二月二十九日，是卡加部落傳統的驅鬼節。年年的驅鬼節是在位於卡加部落中央凸顯出來的院堡門前舉行的，可是這一次驅鬼節人們只能在岡紮拉山頂孟查湖邊來進行了。雖然這是卡加部落最危險的時候，可是部落裡的人們是非要過這個節日的，因為它可以驅走邪氣，給部落裡的人們帶來福運和吉祥。

兩個送鬼人身穿藍色長袍，外套翻毛白山羊皮，腰掛大門、小門和秤桿，頭戴尖頂白布高帽，帽筒插黑布三角旗，半邊臉抹黑灰，半邊臉塗白粉。一隻手拿著黑犛牛尾巴，另一隻手提著一個袋子，袋裡裝著一顆拳頭大的骰子。送鬼人搖著黑犛牛尾巴過來吃著人們準備好的糌粑塔朵瑪。接著四個白色的骷髏又蹦又跳，又喊又叫，一邊奔跑一邊向圍觀的人們撒糌粑面，同時抬出一個叫靈噶的東西，擺在圍觀人們的中心。靈噶是惡魔的化身非常醜陋。接著一個白髮蒼蒼走路搖搖晃晃的老人走了出來，他用滑稽可笑的動作打死了一個老虎模樣的東西。據說，以前在布達拉宮驅邪，並沒有老人打虎的片段。十三世達賴喇嘛在五臺山出行時看到了老人打虎的場面，回藏後讓布達拉宮的僧人加進裡面的。這時，二十四個黑帽咒師上場，他們拿起鐵鍊，直向幾個惡鬼撲去。就在這時，皮匠舟塔上場了，他也穿著一身黑色的衣裳，戴著黑色的帽子，他手裡拿著鋼錐在自己臉上左右戳了起來。可人們沒有看見有一滴血出來。接著他從後背抽出一把寶劍，寶劍在他的手裡舞得風聲四起，他是在殺那些妖魔鬼怪。突然，他雙手將寶劍舉過頭頂。人們倒抽一口冷氣，只見舟塔的寶劍從自己的喉嚨中穿了進去，繞場一周後寶劍從他的喉嚨中騰空而起，人們還沒回過神來，寶劍又回到了他的手中。藉著舟塔的威力，二十四個咒師用鐵鍊把魔鬼的化身靈噶鎖住，又用刀子、斧頭和金剛杵砍殺靈噶，使他粉身碎骨。隨之驅邪最為驚心動魄的時刻來臨了。一群喇嘛抬上一口大鐵鍋，裡邊裝滿菜籽油，在油鍋下面燒起大火，油鍋沸騰翻滾，熱浪沖向四方。舟塔一手拿著頭蓋骨顱器，裡邊裝滿白酒，另一隻手拿一張符咒，符咒上畫著魔鬼的圖像。突然，舟塔把白酒潑進油鍋，油鍋發出震耳欲聾的巨響，騰起沖天的火焰，同時把符咒拋進火中，惡魔頓時在火焰中化為灰燼。咒師們沖了上去，把鐵鍋倒扣，不停地念咒作法，打出各種鎮壓敵魔的手印。

扣鍋過後，喇嘛們敲擊法鼓，吹奏法號。嗚槍吹號放炮時，人們在孟查湖邊上跳起了鍋莊舞。

這時的舟塔也加進了跳鍋莊舞的隊伍。自從舟塔在牧業大隊的羊圈裡殺了丹增以後，他一直就在山上，直到紮西東珠領著卡加部落到了這裡。人們原來不相信一個身高一米六幾的舟塔還能殺了一米八高個子的丹增？後來人們又想舟塔家族信仰巫教都能捉鬼做法，他能鎮邪降鬼，什麼妖魔鬼怪都不在他的話下，殺個丹增這樣的壞人也就在情理之中了。

黛黑的岡紮拉山，蔥綠的原始森林，還有山頂處這碧波蕩漾的孟查湖。舟塔每日裡站在山頂望著山下的孔雀河。那日他看到卡加部落燃起了沖天的大火，他當時大吃一驚。他像一隻受驚的小鹿瘋狂地向山下沖去，這時他聽到了藏家人杈子槍的槍聲和馬兒嘶鳴的聲音。他的心狂跳了起來，興奮地舉著雙手往山下奔去，他意識到卡加部落反抗的槍聲終於打響了。

他激動的流下了淚水，藏家人早該有這一天了。他放開沙啞的嗓子唱起了美妙動聽的拉伊：

海騮馬飛身躍過山脊，
四方的群馬不能和它比擬；
它像敏捷的蒼鷹掠過峭壁，
驍勇的騎士有了它多神氣。

海騮馬是草原上飛的騏驥，
行程萬里也不喘口粗氣；
我銀鬃絲尾的海騮馬，

走路左右顧盼神采奕奕。

舟塔說話時結巴，可是唱起歌來是那樣的婉轉流暢。這次捉鬼是他給紮西東珠建議做的。他告訴紮西東珠，這些日子以來卡加部落經歷了大大小小這麼多的磨難，這肯定是魔鬼在這裡興風作浪，必須要將這個魔鬼捉掉殺死，卡加部落才能渡過這個難關。紮西東珠採納了他的建議，紮西東珠知道人們現在有太多的顧慮，他們在這短短的時間裡，讓共產黨哄怕了，也讓共產黨給整怕了，必須打消他們心中的疑慮，到了這一步只有豁出去了，射出去的箭讓回頭是不可能了。

舟塔一家祖祖輩輩都是巫教的法師，他們用巫教統領著舟塔家族，也讓巫教滲透進每一個人的心靈。

舟塔這時看到他的草驢拉姆草尥著四蹄跑了過來，他也看到他的黃眼圈就在孟查湖邊不遠的地方吃著草。那天卡加部落人上了山，他看到央金娜姆牽著拉姆草，趕著他的五十只羊的時候，他興奮地跳了起來。今日裡他和那天一樣，抱住拉姆草的頭在它長長的驢臉上舔了起來。拉姆草則將頭塞到他的懷裡，於是他順手將它的頭抱得緊緊的。

「拉……姆，姆，草……。」

拉姆草也站起用它寬厚的舌頭在他的臉上上下舔著。

他仔細地撫摸著拉姆草已經變得毛色光亮有了點肉的腹部。他看見拉姆草那長著一雙突出的、閃耀的、有了生氣的眼睛發出溫柔光芒。

舟塔學著拉姆草叫了起來。舟塔一叫拉姆草也跟著叫了起來。

「啊嘔——，啊嘔——，啊嘔——。」山谷裡到處是驢的叫聲，它像一首美妙動聽的歌曲在整個岡紮拉山回蕩。

舟塔聽到這叫聲，興奮地逗著拉姆草追趕著，就像一個孩童追趕著山羊打鬧戲耍玩得那麼盡興。

在明澄的天空中，微微地飄著大朵大朵像白棉花一樣的雲朵，它蓬鬆而輕柔不斷地改變著形狀。在遠處孔雀河的遠處跟天相接的地方有一朵粉紅色的雲彩，它靜靜地在草原上空浮動著。

舟塔朝孟查湖邊的黃眼圈走去，孟查湖的水裡晃動著和天上一樣的雲彩，水邊上就是他的羊群，黃眼圈見了他已沒有了往日鑽進他懷裡的激動，而是羞澀地向遠處草地走去。他走了過去，黃眼圈則將頭偏向了一邊。他蹲了下去，撫摸著黃眼圈的耳朵，他看見黃眼圈的眼裡流下了兩道渾濁的淚水。他給黃眼圈擦了眼淚，他說：「我的……的……黃眼……圈……圈……。」

黃眼圈哭了，他也哭了。他想起那晚丹增對黃眼圈的糟蹋，他渾身打著哆嗦，這些日子由於殺了丹增後平衡了的心裡此時又波瀾起伏。

「畜……畜……生……。」

他想再將那個畜生用藏刀狠狠地捅去。

「畜……畜……生……。」

舟塔咬著牙罵道。

他記得黃眼圈的阿媽是一隻純白色的母羊，黃眼圈的眼睛特別像它的阿媽，只是它的阿媽沒有黃眼圈眼睛周邊淡淡的一圈黃毛。黃眼圈比它阿媽長得漂亮，而且黃眼圈的性格更加溫順。

正在這時，黑鼻樑甩著向兩邊盤著的大角跑了過來。它原來是高高地站在對面的山梁上為羊群站崗放哨的。舟塔剛過來時它不敢放鬆警惕，因為這裡草叢中樹林後到處都隱藏著狼的眼睛。可它此時再也忍受不住這樣的孤寂，它像一隻鷹一樣直接落到了舟塔的身邊。

舟塔張開雙臂擁抱了朝他跑過來的黑鼻樑，黑鼻樑高傲的雙角低了下去，胯下那沉甸甸的睾丸被脬子托著，顯出了它與眾不同的霸氣。

黑鼻樑已經是一個兩歲的公羊，正是一個不知疲倦的年齡。由於岡紮拉山牧草豐美，加上它心情愉悅，它身上的皮毛閃著光亮。

舟塔已經完全陶醉了，他再也沒有這麼高興過了，他望著飄著白雲的藍天又唱了起來：

你想背好石頭嗎？

如果想背好石頭的話，

好石頭在大力加埡豁裡。

要輕要重看著背，
會背的話就背神聖的白石頭，
不會背的話就背水裡的青石頭。

你想找好姑娘嗎？
如果想找好姑娘的話，
好姑娘在道幃川裡。
忠貞不忠貞你自己看，
會找的話是終身情人，
不會找的話是陌生的外人。

岡紮拉山恢復了平靜，而且一連三天悄無聲息沒有一點動靜。太陽出來了，陽光灑在樹梢上、草坡上、冰淩上，讓森林裡的鳥兒開起了音樂會。起初是一隻畫眉，它的歌聲清越而爽朗，在汩汩的山泉流水中飄過。過了一會兒，樹林裡的鳥兒應和著唱了起來，四下的沉寂頓時化作一片嘈雜的鳥語。一隻松鼠從樹巢裡跳了出來，沿著樹幹從樹上下到散發著泥土芬芳的冰雪草地，抱著一個松塔在地上打起了滾兒。

人們抵不住太陽的誘惑從山洞裡爬了出來。紮西東珠告訴人們千萬不敢走遠，就在山洞口上歇息。

男人們躺在洞口前面的山坡上，女人們互相在頭上抓著蝨子。央金娜姆此時依偎在紮西東珠的懷裡，她不知道明天這裡將會發生什麼，但她必須享受每一分鐘與紮西東珠呆在一起的美好時光。在這裡他們成了患難與共的夫妻，這是央金娜姆過去從來不敢奢望的。自從紮西東珠進了她的氈房以後，她日日思夜夜想，想的就是與紮西東珠在一起，哪怕是待上一個時辰她也心滿意足了。可是，紮西東珠自從那天與她在氈房裡瘋狂之後，再沒有進過她的氈房。於是，她想這個紮西東珠是不是見一個愛一個沒心沒肺的人啊，後來她去找了紮西東珠，可不知為什麼總是見不到他，她在那時確實有一種委屈，也有一種抱怨，甚至心裡還莫名的生出了一種怨恨。

岡紮拉山壁立千仞，山峰像劍一樣直插到了雲中，從山腳到山頂全是蒼黑的岩石。有些地方岩石突出，好像就要崩塌下來；有些地方又凹了進去，如同有很深的岩洞留給了人們無限的遐想。岩石上的縫隙裡，到處長著枝椏彎曲的野生雜木，讓整個石山變得鬱鬱蔥蔥。

自從將解放軍趕下山，紮西東珠領著人又成功地偷襲了解放軍山下的大炮。事情似乎畫上了句號。已經有十多天這裡沒有一點動靜了，然而這死一般的沉寂反倒讓人們心裡惴惴不安。央金娜姆望著紮西東珠緊繃的嘴唇和凹陷下去的眼睛，望著他那如刀砍斧削棱角分明的臉龐，她知道紮西東珠心裡此時有多麼的焦慮。紮西東珠不知有多少個夜晚已經沒有合眼了，她看到那瘦削的國字臉多麼想替他分擔一些憂愁，可她能做什麼呢？

央金娜姆望著山頂上清澈透明的孟查湖，孟查湖旁邊到處都是悠閒吃草的羊群和牛群，一塊白雲從天上緩緩地滑過，這裡好似從來沒有任何事情發生。

孟查湖是岡紮拉山頂上方一個堰塞湖，湖水清澈碧藍，它會隨著太陽光的變化而不斷地變換著五顏六色的水色。因為藏家人不食魚，孟查湖裡面有各種大小不等的魚。這些魚不怕人，有集中成了一群的，有單個兒上下飛躍在水面上歡跳的，它們自由自在地在湖中嬉戲，引來各種鳥兒在天空展翅飛翔。

這是卡加部落人們最為崇拜的一個聖湖。

每到藏曆七月初的雪頓節，從方圓幾千公里地面上的男女老少都到了湖邊，他們點著酥油燈碗，繞著湖邊轉著經輪，一個接著一個沿著湖邊磕著等身長頭。

雪頓，意為奉獻酸奶。從非常古老的歲月起，這裡的僧人就有「夏日安居」的例規。從藏曆六月十五到七月三十日，朗布寺的僧人進入寺院或岡紮拉山洞窟閉關靜修，以免外出踏死幼蟲雛鳥。卡加部落的人們此時就向喇嘛們奉獻酸奶，表示熱忱。

紮西東珠想，這種死一樣的寂靜不是一個好的兆頭，平靜過後或許有更大的暴風雨就要來臨。

果然隔了半個月的平靜，到了第十五天早晨，一道亮光剛剛刺破被夜幕籠罩的天宇，一個信號彈從孔雀河邊升起，接著解放軍的進攻就開始了。這時風從山下往山上吹，解放軍從山下用火焰噴射器點燃了岡紮拉山。火借風勢迅速往山頂撲去。火苗兒舔吐著山上的草木，跳躍著，奔跑著，劈劈啪啪打著呼哨往山上滾去。濃煙彌漫了半個天空，發出的響聲震撼了整個山澗。

紮西東珠早就料想到解放軍會用火攻，而且早就用土封住了一半石窟洞口，並且在洞口備好土隨時準備防禦火的到來。但此時火真的燒了起來而且直往山頂竄，竄得那麼迅速讓山上的人們確實始料不及。紮西東珠感到有些吃驚，一些人到山坡處去挖蕨麻還沒有回到山洞裡。火像一條游龍一樣往上呼嘯而來，所經之處嗶嗶剝剝的響，讓人們毛骨悚然。他趕快讓人們完全封閉了山洞口，他知道那些出去的人根本跑不過火的敏捷。但他還是留下了一個觀察口，等待還沒有進入洞中的人們。

大火的溫度蒸烤得陰濕的洞裡人們都能夠感覺到了熱量和迷霧，但洞裡常年泉水潺潺，加之洞口厚厚的土擋住後，人們還是能夠忍受。

紮西東珠此時有一種感覺，如果再呆在山上就似靜靜地在這裡等待死亡。必須要將人們拉出去，到了草原深處到處都有我們藏家人的天地。可是，這裡老的老，小的小，怎麼能夠出去呢？於是他準備先帶一部分人拉到外面去，山上只留下老弱病殘孕和那些牛羊。難道共產黨還要斬盡殺絕不成，他們難道連這些老人和娃娃都放不過去。

紮西東珠對央金娜姆說：「你也留下來吧。」

央金娜姆的眼裡含著淚水說道：「你不要我了，害怕我成了你的負擔？」

紮西東珠說：「跟上我太危險了。」

「你以為我怕死嗎？你放心我不會成為你的累贅的。」

「你留在這裡，人們的心裡就會踏實，看到你人們就像看到了我一樣。這裡必須有一個人來擔當。」紮西東珠知道央金娜姆的性格。此時必須有一個人代替自己在這裡，而這個人就是央金娜姆。

大火還在外面燃燒著，跳躍著，石洞門口雖然封堵了幾道屏障，然而猛撲過來的大火將熱氣滲進岩縫裡，此時讓洞裡依然可以感受到火燒的熱浪。

紮西東珠對央金娜姆說，卡加部落大部分人還要留在山上，這裡的人們雖然不似外面人冒得風險大，解放軍也不容易攻上山來。只有你們在山上堅持，我們裡外配合才能度過這個難關。我想，只有你留在這裡我才放心，到了外面一旦有轉機，我馬上就會接你們一同出去。

央金娜姆點了一下頭，她相信紮西東珠，這個時候整個兒出去，目標暴露太大，只會讓卡加部落受到更大的損失。

紮西東珠是在天黑後帶著三百個漢子騎著馬從山後面瀑布處悄悄出去的，他們沿著孔雀河朝西面方向走去。紮西東珠知道在西面有一個解放軍的彈藥庫，每次騎兵在孔雀河邊進行訓練都是在這個彈藥庫裡提取武器的。

紮西東珠騎著白馬宮保占都走在最前邊，為了防止馬叫，所有馬的嘴裡都銜著馬嚼子，夜幕中只能聽到噠噠的馬蹄聲音。

這些日子來，當遇到執行重大任務時紮西東珠都是走在最前面，這一方面起著一種表率作用，更重要的是只要紮西東珠立在那裡，人們似乎就無形中添了無窮的勇氣和膽量。

他們走到離彈藥庫二百米的地方，突然看到彈藥庫周圍好像有什麼動靜，於是他們趕快下馬趴倒在了地上。原來是兩個哨兵正在換哨，他們對答著口令。紮西東珠趁機往前移動了過去，舊的哨兵剛剛離開，紮西東珠一個箭步邁了過去，將新換哨兵的嘴堵上，搜出鑰匙，然後新換哨兵則被另外一個人控制，頭上套了個麻袋捆在了路邊。他們先進了倉庫跟前的一個房間，將裡面睡覺的人統統綁了起來。

進了彈藥庫的前排房間，一面擺著衝鋒槍，一面放著戰刀，裡面摞著一箱一箱的子彈。後面的房間裡則是炮彈和手榴彈。

紮西東珠看到這些武器那個興奮呀，早知這麼容易得手，再多來一些人該多好啊。父親在世時，父親用卡加部落的馬匹和犛牛在內地換了「七九」步槍和「葛拉」快槍，一家一支分發給這裡的牧民，牧民們高興得將它作為最珍貴的寶物保存在家裡。這裡的衝鋒槍輕便靈活，一發子可打出那麼多子彈。他們每個人挎了兩把衝鋒槍和一把大刀，每個馬匹馱了一箱子彈和一箱手榴彈。

紮西東珠這次沒有殺一個人，嘉倉活佛的話是對的，不到萬不得已他以後再不殺人了。他將那些解放軍捆成疙瘩鎖在了彈藥庫裡。

他們將一些槍支彈藥運上了岡紮拉山，又返回去拿了槍支彈藥。可當他們第二次走出彈藥庫的時候，只見一支騎兵隊正在匆匆往彈藥庫方向趕了過來。紮西東珠知道必須趕快離開這裡，解放軍可能已經知道了他們偷襲彈藥倉庫的消息。

有了這麼多的槍支彈藥，央金娜姆那個高興啊。她知道解放軍還會到岡紮拉山來的，可有了這麼多的子彈手榴彈，憑藉山勢的陡峻，解放軍還能把我們怎麼樣。

央金娜姆給這裡所有的人都發了槍支和子彈，還將大刀和手榴彈分發給了人們。

可就在她為有了這麼多槍支彈藥而興奮不已的時候，突然一聲劇烈的爆炸，讓人們都愣在了那裡。原來一個老人拿上手榴彈在底下翻過來翻過去的把玩，不小心觸發了手榴彈的引子讓後面冒起了煙，他趕快從手中將這顆手榴彈扔了出去，幸好他扔的地方沒有人，才沒有發生人員傷亡的悲劇。

央金娜姆從小就會打杈子槍，上了山又跟著紮西東珠學了其他槍支的打法。於是她趁著這短暫平靜的機會給每個人教了使用槍支和手榴彈的技巧。藏族人平時就喜歡打獵使刀，對槍是不陌生的，稍一點撥馬上就學會了。

央金娜姆知道事情已經越鬧越大了，她走出洞門，外面雖然再沒有了大的明火，可是個別地方還冒著白煙。山上此時一片焦黑，裸露的岩石因為沒有了森林的庇護完全凸顯了出來。她忽然聞見了一股奇異的香味，這是一種肉的清香，隨風飄來的肉香味讓她情不自禁地舔了一下自己的嘴唇。她順著香味走了過去，原來不遠處有一隻被燒焦了的黃羊。

她走到燒焦的黃羊跟前，掏出藏刀割了一塊酥脆焦黃的肉放進嘴裡。沒想到這肉竟是那般的酥軟甜香。她提起燒熟的黃羊，足有三四十斤。她將這只羊趕快拿進洞去，分給那些搖著嘛呢經輪的老人和玩耍的小孩。

央金娜姆領著幾個人又往前走去，這裡是一道石坎，石坎下面竟然碼著十多個被燒死的各種動物。她想，這可能是大火焚燒時動物們逃到了這裡，上不去又退不回來才將這些燒焦的死屍摞在了這裡。

央金娜姆跪了下去，她的眼裡充滿了淚水，她想這是多麼活潑可愛的一些生靈呀也被我們連累了。她說：「為什麼要讓這麼多的無辜慘死在這裡。」

一個老人對央金娜姆說道：「不要責備自己了，生死輪回這是大自然的規律。它們的靈魂早已轉世，這不過是一些皮囊，是上天賜予我們的美食，讓人們好好吃個飽肚子吧。」

「不。都是因為我們。我們是有罪的。拿回去先給它們念一念了再吃，讓這些無辜生靈平安順暢地轉世到另外一個世界。」

在央金娜姆的意識裡，動物要比人善良。她記得那年父親帶著她到山上打獵，在無意中發現了一個豹子窩。父親舉起槍就要射擊。她對父親舟塔說：「爸啦，那些只是小豹子，多可愛呀。」然而父親說只要打死小豹子，大豹子就會回來，打死大豹子我們就能換來好多好多吃的。話音的結束，便是槍聲的響起，一隻毛絨絨的小豹子就這麼無辜地倒在了自己的鮮血中。它的夥伴驚恐地向四周跑去，回頭看著自己死去的兄弟，發出哀沉淒慘的叫聲。回家的路上，父親一邊拎著小豹子的屍體，一邊盤算著這張豹皮如何換來炒麵和酥油，一想到自己就要有吃的了，便情不自禁地吼上幾聲。父親回到氈房，把小豹子和獵槍擱好，就急忙到外面解手。等他回來後，往氈房瞅了一眼，就一眼，一顆豆粒大的汗水便流了下來，因為他看到一隻體型巨大的豹子張著血盆大口，一步一步地向躲在牆角裡的女兒央金娜姆走去。央金娜姆當時並不知道危險已經來臨，她還笑嘻嘻地瞅著這個龐然大物。父親身上沒有帶槍，要救女兒央金娜姆已經是不可能的，他後悔極了。這時，豹子鼻孔冒出的熱氣已經噴到了央金娜姆的臉上，鋒利的牙齒已經伸向她小小的臉龐。央金娜姆張開雙臂，像是要擁抱眼前這個豹子。忽然，豹子緩緩地走了開來，似乎受了央金娜姆的感動，它走向地上的那只小豹子的屍體，輕輕地用頭蹭了蹭小豹子，然後「嗚嗚」了幾聲，像是在哭泣，最後便叼上小豹子的屍體，走向岡紮拉山的深處……。自從這件事後，父親舟塔便將央金娜姆送進了朗布寺，因為他感受到了自己的自私和豹子的寬容。雖然這件事過去了這麼多年，央金娜姆已經長大成人，可她忘不了那只體型龐大的豹子叼上小豹子屍體後的嘯叫。

人們趕快叫來了嘉倉活佛，嘉倉活佛說：「央金娜姆的話是對的。」於是，嘉倉活佛和喇嘛們都為死去的動物念起了經文，保佑它們快快轉世投胎，走向一個新的世界。

解放軍本來是要將卡加部落這些叛匪用大火統統燒掉的，沒想到大火燒光了山，卻對卡加部落的人們沒有多少損傷，反倒讓山更加險陡了。過去攀登岡紮拉山，還可以抓住樹梢，蹬著樹根。可是燒了樹木整個山成了光禿禿的石壁，不似有樹木還可遮住山上人們的視線，人們只要站在山頂下面的一切都會看得清清楚楚。另外，燒盡了樹木的山，光禿禿陡峭的石壁，沒有任何抓的地方，往上攀爬的人往下一看，就似站在虛空讓人膽戰心驚。

央金娜姆心想，這樣也好，無遮無掩，只要有人從山下上來，不論白天晚上都可以一目了然，反倒給了卡加部落一絲生機。

這樣想著，央金娜姆的心裡清爽了許多。日頭多了就會下雨，雨水多了日頭又會露出來，日頭不會永遠掛在天上。只要在山上堅持住，才能等待紮西東珠的消息。可她又想，山上的糧食頂多夠卡加部落留下來的人們吃一個來月的，這些糧食呆一天就會少一點，共產黨假若知道是這樣，他們就是不打，讓你在山上耗著，不信你到時候不乖乖地走下山來。想到這裡央金娜姆想必須給全部落的人們講清楚，一是不能浪費糧食，二是不許浪費子彈，三是見了飛機就讓人們往洞裡鑽，關鍵要保護好自己。

央金娜姆走到孟查湖旁邊，掬了一捧水將自己的臉放了進去。多麼清涼的水啊，讓她感到頭腦一下清醒了很多。自從紮西東珠帶著人離開這裡後，她突然感到自己失去了堅實的臂膀，肩頭的擔子明顯地重了起來。過去在岡紮拉山，什麼事情都有紮西東珠，她不過是盡到一個女人的職責就行了，可是現在不論這裡人們的生老病死，還是牲畜們的一日三餐，她都要安排得妥妥當當。另外，紮西東珠走時反復交代讓她必須堅守在山上，這裡的老老少少只有堅守住才能等來轉機。她想，絕不能讓人們懈怠，不能麻痹，稍不留心可能就會給卡加部落帶來無可挽回的損失。央金娜姆在這明鏡似的水邊情不自禁地從頭上取下發梳，慢慢地梳了起來。自從心裡有了紮西東珠之後，她就經常一個人在水邊洗梳自己的髮辮。她首先將所有的髮辮打開，然後用清涼的水將其洗淨，然後再一根一根的辮起來。她覺得自從和紮西東珠有了那個第一次之後，每一次的瘋狂都像是有雨露滋潤，自己的皮膚明顯變得細膩了，身上也豐滿了許多，而且她越來越注意自己的髮辮的漂亮了。

過去的日子裡她沒有好好注意過自己，今日裡在碧藍的孟查湖裡她看到了自己被青春蘊藏著的美麗。這是像花苞兒半放的花瓣，掩不住可愛的姿態和色澤。她臉上的眉毛眼睛和高高隆起的鼻樑，還有小小的嘴巴。柔和的目光和兩頰上的小酒窩兒。她挺著胸兩個乳頭蓬勃欲出，豐滿細條的身段總是掩不住藏族女人粗獷高傲的姿態。

自從紮西東珠走後，隨之而來的是殘忍的枯寂，尤其到了晚上當她的手觸及了那兩個乳頭，她就有一種抑制不住的顫慄。她撫摸著自己光滑的肌膚，她多麼渴望紮西東珠就在自己的身邊。岡紮拉山的神氣已讓她脫胎換骨，孟查湖裡的碧水更澆灌了她年輕的生命。她知道山下的大炮就對準著他們，在此時可能就有解放軍的槍口瞄準著自己。可她不怕，她不論天空雷雨怎麼瘋狂，每日裡都要在孟查湖裡洗滌自己的肌膚和靈魂。

黑夜是那麼的漫長，尤其岡紮拉山上到了後半夜整個大山沒有了一點聲音。她每夜都在煎熬中盼著天明，祈求神明保佑卡加部落護守這裡的每一個生命。

第十九章

紮西東珠和三百多名卡加部落的漢子騎著馬朝紮起部落方向走去，他們背著槍挎著刀還馱著子彈和手榴彈。沿途的牧民們點著用草皮砌起的煨桑台，高聲頌唱著贊美佛法、贊美自己保護神的獻詞，將大把大把的風馬符紙和五種混合糧食揚入空中，不時尖嗓吶喊一聲「戰無不勝」的祈願。供桌旁煨桑祭天，煙火嫋嫋升起，彌漫了整個天空。他們將自己最好的奶茶端了出來歡迎這支自己的隊伍，並且給他們馬，給他們羊，還央求紮西東珠收留下他們的兒子和丈夫。紮西東珠看到這種情景流下了眼淚。這些年來藏家人事事處處聽共產黨的話，把自己的牛羊和未來都奉獻了出來，可是他們的無私並沒有得到應有的回報，他們不僅失去了牛羊和馬匹，他們還失去了寺院和對未來的嚮往。牧民們整日裡勞動開會，沒有了自己支配的一點時間。過去的酥油糌粑沒有了，酸奶、奶渣沒有了，就是想喝一碗奶子也要等待牧業大隊的施捨。他們挨餓受饑生活一天不如一天，沒有了歡笑，更沒有了歌舞和念經拜佛。

紮西東珠從小到大沒有見到過這樣的情景，一路上的人們拿出家裡的一點糧食支援他們，將自己的兒子丈夫交給了他。幾乎每個帳篷前都有一座煨桑台，每座煨桑臺上都劈裡啪啦地燃燒著香柏堆、香柏枝。他們雖然沒有糌粑、牛奶、乳酪、冰糖和青稞酒，但他們都以自己最虔誠的熱情迎接著紮西東珠和這支淩亂不堪的隊伍。紮西東珠知道自己走的路是艱險的，藏家人世世代代從來沒有受過如此大的磨難和糟踐。解放軍確實太強大了，這些世世代代以放牧為生的藏家人雖然被迫反抗了，可好比雞蛋碰石頭，藏族地區此起彼伏的反抗都被血腥地鎮壓了下去，已使好多部落成了沒有一個男人的寡婦部落。藏家人明知道這是一條不歸之路，可他們仍然將家裡人交給他紮西東珠。他把槍支彈藥分發給新來的這些皮膚黝黑的黑頭藏人，並且告訴他們自己走得道路的艱險，如果哪個後悔了隨時可以離開這裡回家。可是誰也不走，磕頭下跪拉著他的手讓收留了他們。

紮西東珠知道多一個人，就多了一張口，但是就是這樣嚴格限制，隊伍仍在不斷壯大，不上兩天光景這支隊伍已經發展成了有一千多人的一支武裝力量。

紮西東珠想自己為什麼受這麼多藏家人的擁戴，難道藏家人不怕死嗎？他想，哪個人不是血肉之軀，哪個人沒有父母兄弟，他們義無反顧地跟著自己，就是因為共產黨的反封建反迷信和合作化、人民公社運動是與藏家人的理念和生活背道而馳的，違反人性的強迫做法已將藏家人逼到了暗無天日的境地。

隊伍行進到紮起部落時，這裡的工作組聽到風聲剛剛撤離。這裡的人們告訴紮西東珠，頭人和活佛早都被抓走了，另外對合作社和剛成立的人民公社有意見的人都已被關進了監獄。

紮西東珠領著人們路過黑鷹溝煤礦，這裡關押著從各處抓來的叛亂分子和各種各樣的反革命分子。這裡有漢人、回人、東鄉、撒拉人，但大多數是從青海、甘肅、四川抓來的藏族兄弟。紮西東珠看到這是些什麼犯人呀？男的女的老的少的什麼人都有，他們的臉被煤灰整個兒染成了黑色，只有兩個眼睛還發出微弱的光芒。他們一個個蜷縮在工棚裡，在這麼冷的季節裡睡在鋪了草冰冷的地鋪上，由於每天只吃著些菜糊糊，還有一口氣的這些人一個個瘦得脫了人形。

有個白髮蒼蒼的老者拉住紮西東珠的手說道：「多虧你來了，不然這裡的人一個也活不了，全都要被餓死、凍死和累死的。」

這位老者告訴紮西東珠，藏家人都是肉肚子，在家裡多少還能喝點酥油奶茶，可是到了煤礦上，每日裡只喝著三頓糊糊湯，每個人還有定額任務，完不成任務連裡面漂浮著幾片菜葉子的糊糊湯都喝不上。所以天天都有藏家人被送進來，但他們都受不住這裡的飢餓和勞累死在了這裡。紮西東珠想，這些人都是些安安穩穩過日子自由放牧的藏家人。他們日出而作，日落而息，一年四季以藍天為被以大地為床，他們不惹誰，他們也不怕誰，只是世世代代老老實實地放牧打獵，念經拜佛，是什麼逼他們走向絕境？

老者告訴紮西東珠，他是從塔爾寺過來的一個喇嘛，他所以現在還活著，因為他會說漢話，每天給這裡的人們當著翻譯沒有進到洞裡去背煤。

紮西東珠望著躺在工棚裡一雙雙祈求的眼睛，這些眼睛見了他都閃爍著明亮的光芒。紮西東珠心想這些人裡好多已經連路都走不動了，能跟上他走嗎？他將頭低了下去，突然他抬起頭來說道：「把這些人都抬上走，不能扔下一個藏家人。」

紮西東珠想不知道有多少這樣的地方，這時正關押著世世代代放牧的藏家人。他們背井離鄉到了從來沒有去過的地方。他們離開了自己的親人，離開了從小放牧生活的草原，他們再能回去嗎？

必須趕快從這裡離開，共產黨和解放軍已經提前動手了，他們已將這裡的活佛和頭人一網打盡了，已把所有能號召起藏族人的一些人物關進了大牢裡。

紮西東珠造反的大軍席捲著整個孔雀河草原，他的旗幟就像一個無聲的呼喚將四面八方的牧民吸引到了這裡。紮西東珠走到哪裡，就打開牧業大隊的圈房，將那些本屬於藏家人的牛羊重新還給了牧民，將倉庫裡的肉食和酥油分給各家各戶，將寺院打掃的乾乾淨淨。

紮西東珠想當年的格薩爾王勇敢、善良、為民除害，造福百姓，大公無私，他的內心是法界性智的法身。由於人間妖魔橫行、殘害百姓，為了剷除人間的禍患和弱肉強食的不合理現象，格薩爾王降臨凡界，鎮服了食人的妖魔，驅逐了擄掠百姓的侵略者，今日裡我能夠擔當起救助藏家兒女的重任嗎？紮西東珠想，從小父親就教育自己要做一個格薩爾王一樣的英雄，今日裡藏家人遭受了這麼大的磨難，自己能救他們出這水火嗎？他突然感到在強大的魔鬼面前，自己的力量太弱小了。

隊伍緩緩向孔雀河邊上走去，紮西東珠準備將他們帶著過了河到草原深處去。他往後看了一眼，這裡有騎著各種騾馬的，有騎著犏牛的，也有騎著毛驢和犛牛的。雖然他們不知道往前的路到底有多麼艱險，可他們個個精神抖擻，因為他們知道只要往前走就不怕趟不出一條嶄新的路來。

可是，就在他們望著孔雀河翻滾的浪花準備過河的時候，突然人群後面喊聲殺聲和密集的槍聲響了。紮西東珠停了下來，他回過頭一看，只見一些騎兵揮舞著戰刀，黑壓壓一片朝這面沖來。子彈像一陣風般刮了過來，讓後面一些人紛紛倒了下去。

紮西東珠從馬上跳了下來，後面的一些人也都從馬上跳了下來，他們爬在地上端起衝鋒槍就掃了過去。他們是專門對準那些奔馳而來的馬腿打的。

沖過來的騎兵一個個從馬上栽了下來。前面的騎兵倒下後，後面的騎兵來不及躲閃，被倒下的馬一絆栽到了地上。不待這些人爬起，紮西東珠領著人們跳上馬又向騎兵沖了過去。紮西東珠的白馬宮保占都好像知道主人的意思，朝著騎兵裡的一個揮舞著戰刀的軍官沖了過去，那個軍官還沒回過神來，宮保占都像一陣風般刮了過去，手起刀落軍官被紮西東珠從馬上砍了下來。解放軍的騎兵和紮西東珠造反的武裝完全混在了一起，由於距離近人員混雜沒有辦法使用槍，雙方只能互相用刀砍殺。

解放軍雖然受過嚴格的訓練，可他們從來沒有見過這麼一些不怕死的藏民。紮西東珠赤著一條胳膊，脖子裡挎著衝鋒槍，用刀砍用槍打，瞅准機會自由發揮，將沖過來的上百個騎兵團團圍了起來。

人們瘋狂地朝被圍的軍人沖去，嘶啞的喊殺聲讓人們整個兒瘋狂了。騎著馬的騎兵被自己人的馬衝撞著擠壓著亂成了一團。

紮西東珠已經控制不住了人們對倒地軍人的砍殺，這些眼睛發紅的牧民將平日裡的仇恨都爆發了出來，他們吼叫著，衝殺著，扭打著，不上半個時辰草地上到處都是人屍和馬屍。

風兒向人們吹來，草原上掀起層層波浪，馬耳朵被風兒挓挲著，人們紛紛坐在了草地上，紮西東珠此時才感到渾身沒了一點力氣。

紮西東珠一個人向高處走去。草原的空氣瞬時將他的呼吸調節到了一個悠長的狀態。他深深地吸了一口氣，幾個反復之後他又回到了原先的狀態。他沒有料到，自從打響第一槍之後，生命已經將他推向了萬劫不復的深淵。多少個日子裡，他的心一直在放下屠刀立地成佛之間徘徊，然而他陽氣太盛，血氣方剛，西天佛子沒有收留他，他不能忍受一個強大力量對藏家人的壓迫和蹂躪。他朝岡紮拉山望了一眼，他不知道自己這次的決定到底是正確還是一種莽撞。兒子娃大丈夫既然做了就不管他的對錯，然而自己一個人還罷了，這次是將卡加部落全部裹挾了進去。好死不如賴活著，別人能像狗一樣的爬在地下活著，為什麼你就不能再忍一忍這口氣，到頭來要讓這麼多人跟著自己走向死亡和苦難。他朝草地上東倒西歪的人們看了一眼，難道自己後悔了？到了這一步就沒有了任何退路，既然自己做了就要挺著腰杆將這些人領著走向春暖花開的那一天。

太陽已經偏西了，紮西東珠想讓人們睡一覺了再走。他讓人們在一處高坡上搭起了帳篷，然而夜幕將大地包擁之後草原變得異常的寒冷。突然他聽到了狼的嘯叫，狼的嚎聲一聲接著一聲，此起彼伏互相打著招呼，是草原上人的死屍和血腥將草原上飢餓的狼群引了過來。

狼的呼喚越來越近，嗥叫聲衝撞而來。紮西東珠走出了氈房，一隻、兩只、三隻，草原上到處閃動著一雙雙綠色的眼睛。一個年少的喇嘛手裡提著一把槍步履凝重地從對面氈房朝他走了過來，紮西東珠知道人們都想著他的安危。他看到這種情景非常感動，他過去拍了拍那個年少喇嘛的臂膀。多麼好的後生呀，為了佛的光輝發揚光大，他選擇了六根清淨，可是污濁的世界讓他一切都改變了，他也拿起了武器。可那些飢餓的狼並沒有往他們跟前過來，而是朝那些死屍包抄了過去。他記得父親臨死的時候也有很多狼向他們走了過來，當洶洶的火焰將父親送入藍天白雲中的時候，狼們都是昂著頭髮出淒厲的叫聲。

父親在世的時候告訴他，狼是最有靈性的動物，在父親的靈魂融入大地藍天的瞬間他就有這種感覺。他當時看到沖天的火光時他覺得孟查湖氾濫了，密宗院護法用殿中齜牙咧嘴、猙獰可怖的大威德布畏金剛，用粗壯黝黑的雙臂緊摟著一個柔軟嬌美的裸身女子。這個對他最初的關於男女合體、剛柔相濟的啟蒙，曾讓他對少私寡欲的佛門禪境有了更深刻的理解。

紮西東珠看到狼群果然沒有對帳篷裡的人們發出攻擊，於是他趁這短暫的時間趕快去氈房躺了下來。他覺得此時他的心寧靜了，寧靜在了草尖上滾動著的晶瑩的留戀裡。

第二天早上醒來，紮西東珠從氈房走出，只見草原盡頭的樹林後面，射出道道強烈金光的太陽不慌不忙地升了上來。人們都已將馬鞍和氈房搭在了馬背上，大家都坐在地上吃著炒麵等著他。他朝人們笑了笑跳上了馬背，紮西東珠看到草尖隨著風向在動。他覺得這是一個非常新鮮幽麗的早晨，陽光灑在一望無際的綠草上，空氣是清冷而甜蜜的。他想，央金娜姆和那些留在岡紮拉山的人們不知現在怎麼樣？他們也在看這徐徐初升的太陽嗎？他記得央金娜姆曾經告訴他，她最愛吃酥油炒蕨麻，甜甜的，香香的，可他竟然沒有時間和她一起去享受這美味藏餐。那天他們看見了一隻古鼢鼠。由於長期處在乾渴之中又缺乏食物營養，古鼢鼠早已退化了，比旱獺還要壯實的身體在經過幾個世紀的更新換代之後萎縮成了雞蛋的個頭，比身子還要長兩倍能蜷能伸能卷食物能把一隻狐狸掃倒的一專多能的尾巴也變得和線繩一樣細了；嗅覺遲鈍得不聞一尺之遙的異味，而目光卻比牙齒還要短淺。所以，當央金娜姆好奇地蹲望著它時，它還是那樣病病歪歪地朝前爬動著。他突然想到藏家人以後會不會也是這樣，大草原給與他們的粗獷、豪放、誠實、勇敢，會不會在剿殺、磨難、飢餓、監獄裡變得沒有了一點剛氣和靈性。

孔雀河靜靜地流淌著，像綢緞一樣光滑的一望無邊的河水上面這時滾動著團團的烏雲。四面全是緩緩蠕動著的黑暗，黑暗將綠色的河岸潤進了一片光亮的沼澤之中。卡加部落的人們都知道，這裡從遠處看綠色的草地上是一片一片明淨光亮的清水，可在這裡河水挾帶著泥沙流入河邊一個一個的小小湖泊，由於水面突然變寬，水流速度減緩，泥沙在湖邊淤積下來形成淺灘。那些細小的物質，隨著水流漂到湖泊開敞的地方，沉澱到湖底。這樣年深月久，就使這裡的湖泊變得越來越淺。並且隨著湖水深淺的不同，各種水生植物逐漸繁殖起來。在沿岸淺水地帶，到處是蘆葦、香蒲；在較深的地帶，往往生長著睡蓮、浮萍、水浮蓮；在湖泊的深處，生長著眼子菜等各種藻類。這些植物不斷生長、死亡，大量腐爛的植物殘體，不斷地在湖底堆積，逐漸形成泥炭。隨著湖底的逐漸淤淺，又有新的植物出現，並從四周向湖心發展，湖泊變得越來越小，越來越淺。隨著歲月的流逝，當湖泊中的沉澱物增大到一定的限度時，原來水面寬廣的湖泊逐漸變成了淺水汪汪、水草叢生的沼澤。

紮西東珠知道，這裡雖然看上去像一塊一塊明鏡，周圍是望不到邊的蘆葦，可這些沼澤化了的草甸每天不知要吞噬多少生命。

他朝後面望了一眼，人們都騎著馬跟在他的後面。小的時候父親就告訴他，孔雀河和岡紮拉山到處都有美妙的故事，一尊石頭下面就有一首歌曲，一處湖泊邊上就有一個故事。他記得在他小的時候，父親每天都要給他講一個故事，這裡就有格薩爾王。父親說，在很久很久以前，天災人禍遍及藏區，妖魔鬼怪橫行，黎民百姓遭受荼毒。大慈大悲的觀世音菩薩為了普渡眾生出苦海，向阿彌陀佛請求派天神之子下凡降魔，於是格薩爾王來到了人間。格薩爾王的故事讓紮西東珠從小就想做一個拯救黑頭藏人的英雄，可是長大後他才知道現實並不像故事那麼簡單，沒有人去同情他們，沒有人將心比心去瞭解藏家人的苦難。

這時，紮西東珠突然看見又一支騎兵隊從昨天來的騎兵隊的另一個方向沖了過來。

這是一支增援昨日騎兵隊的騎兵，他們不知道造反的漢子們已將那些為了剿滅他們的軍人全部消滅在了綠色的草地上。

這支增援的騎兵隊，像一陣風一樣朝他們刮了過來。天上此時佈滿了黑色的雲彩，黑色的雲彩扭動著，翻滾著，像黑色的犛牛放開四蹄朝人們擁了過來。紮西東珠突然聽到了烏鴉的鳴叫，「嘎，嘎，嘎」的叫聲令人心悸，一種不祥的預感籠罩了他的心頭。紮西東珠和另外兩個造反漢子騎著馬迎了上去，他們端著衝鋒槍直接朝沖上來的騎兵進行掃射。

跟著紮西東珠的造反漢子們雖然殺得兇猛，可是畢竟沒有受過嚴格的訓練，另外，解放軍源源不斷地在補充，從人員數量和個人基本素質上很快將紮西東珠的造反部隊逼到了河邊。

烏雲突然壓了下來，雞蛋大的冰雹鋪天蓋地朝人們砸去。占了上風的解放軍沒有遭遇過這麼大的打擊，有的被冰雹砸破了頭，有的被冰雹砸傷了臉。可是，紮西東珠這些藏家人卻有對付冰雹的經驗，他們紛紛下了馬躲藏在馬的肚子下面。

當冰雹掃過大地之後，東倒西歪的解放軍剛跳上馬背，只見一個白髮蒼蒼的老者突然騎著一匹棗紅馬到了紮西東珠的身邊。

搖搖晃晃的老者突然像換了一個人，他將藏家人的花邊皮襖圍在腰間，赤裸著一條胳膊將皮兜子「烏朵」甩得嗚嗚直響。沖在前面的解放軍一個個被從馬上打了下來。然後他提起杈子槍向一個指揮解放軍戰鬥的軍官打去，只見那個軍官一頭從馬上栽了下來。

本來解放軍已經占了上風，沒想到掃過草原的冰雹和這個老者的英勇讓藏家人都來了精神，他們吼叫著，砍殺著，有些則趴在地上瞄準解放軍射擊。戰場的形勢改變了，紮西東珠領著藏家人揮舞著馬刀將腰間紮著皮帶的士兵紛紛砍下馬來。

「啊嘿嘿！啊嘿嘿！」

紮西東珠和藏家人的馬隊挾著一股從心底裡湧出的雄風朝解放軍沖了過去，他們左沖右突將那一個個年輕的士兵像刀砍西瓜一樣劈成兩半。

這時的紮西東珠將藏家人的勇武發揮到了極致，因為此時他們並不是由於多麼強悍和勇敢，而是他們都配有最良好的武器。

手榴彈在逃出的解放軍的馬隊裡炸響了。轟隆！轟隆！解放軍的騎兵隊完全亂了營，嗷嗷直叫，人躲彈，馬踩人，完全喪失了戰鬥力。大地在紛亂的馬蹄下被驚醒了。紮西東珠一會兒用衝鋒槍掃射著，一會兒用戰刀左右劈殺著，他那匹馬被後面的馬匹洪流一沖，馱著他拼命地飛跑了起來。一個軍人用戰刀斜刺裡朝他劈來，他將頭一偏直接將馬刀的尖鋒向那人捅了過去。子彈颼颼地擦著他的耳朵從旁邊飛過，喊殺聲，槍炮聲，馬匹倒地的擠壓聲。紮西東珠將發燙的槍管夾在肋部，夾得發疼了，手巴掌上出了汗。亂飛的子彈逼著他將頭伏在潮濕的馬脖子上，刺鼻的馬汗臭味直往他的鼻孔裡鑽。

解放軍在造反藏人的打擊下，紛紛向東面來路上撤去。

老者對紮西東珠說道：「不要追了，乘此機會趕快躲進對面的黑鷹溝裡。」

紮西東珠當時從岡紮拉山下來後，就準備以黑鷹溝作為根據地，逐步向外擴散的，可是參加了隊伍的人們不願意進黑鷹溝，因為這裡的人們信仰與他們完全不同，曾經結下了世世代代的仇恨。

紮西東珠突然認出這個老者就是當年和曹文尉在卡加部落躲藏了的紅軍。他是從延安逃出來的，延安整風時他們這些當年的紅四方面軍裡的幹部，大部分都成了被整的對象。於是他重新到了藏區，他在紮起部落娶妻生子，成了一個地地道道的藏家人。

這位老者叫周泰，他的實際年齡並不大，只是早早白了頭。當年他從延安逃出後，先是流落在蘭州的街頭。有一天他到一家有錢漢家去討飯。當時有錢漢的孫子過生日，賀喜的人來了一群吹吹打打，甚是熱鬧。正當主客猜拳行令、開懷暢飲時，周泰和幾個叫花子走了進去。有錢漢的家丁攔住不讓他們往裡走，雙方推推搡搡在門外糾纏了起來。

吵聲驚動了裡面的有錢漢，他很惱火，走了出來破口大罵道：「給我滾！」

叫花子裡一個為首的大漢扮著笑臉說：「啊喲，老太爺，我們只是向你討口飯吃，為什麼就要破口罵人？」有錢漢喝道：「討口飯？一人賞一顆黑棗。」大漢的臉忽地沉下來，把腰一叉說道：「老太爺，今天可是你家大喜的日子，說話還是吉利點好。」有錢漢把手中的大煙袋一揮，朝大漢的頭上狠狠砸去：「共產黨，王八蛋，你敢造反不成？」這時的人們都將窮棒子鬧事說成共產黨。可是這話卻將周泰的火點了起來，他厲聲喝道：「你罵我不要緊，可共產黨不是你罵的。」說罷雙手在腰間一拍，左右噌噌亮出傢伙，叭叭兩槍，財主應聲倒地。賀喜的人們驚慌四散，家丁們也逃之夭夭。霎時間一座熱鬧非凡的庭院變得空空蕩蕩。周泰和這些叫花子來到堂上，飽餐一頓，然後揚長而去。

就是為了這件事，周泰殺了人，被四處通緝，於是他來到了孔雀河草原。在這裡他喜歡上了一個藏族女人，這是一個帶著三歲女孩的女人，可他不嫌棄，他就喜歡這個女人。他又與這個女人生了三個孩子。解放後周泰想去找原來的戰友，可他不敢去，因為當年他是從延安逃出來的，他知道共產黨最痛恨的就是逃兵，不論當時他有多少理由可他不願再受人的嫌棄。

周泰沒有想到今天的事情將他完全推到了共產黨的對立面，因為他站在藏家人的一邊朝解放軍開了火。可現在的人們都不知道他就是當年的紅軍周泰，他要把這個祕密永遠地守護在自己的心裡。

紮西東珠聽了老者的話進了黑鷹溝。他是在草原上壘起煨桑火供奉沿路各方戰神，讓戰神更加威猛有力，戰無不勝後才和造反的人們朝黑鷹溝進發的。

黑鷹溝是岡紮拉山脈的延續，這裡地理位置非常奇特，戰可以縱橫孔雀河邊草原，退可以進入山后的大漠戈壁。山裡面都是放牧的信仰苯教的藏家人。

他們跳神，他們捉鬼，他們以念頌各種咒文為主要儀式的各種原始的信仰，他們信仰的是世界上最古老的宗教之一，其歷史距今有一萬八千多年。每到春暖花開，山裡的格桑花競相開放，姹紫嫣紅，年輕的人們就會在這裡唱歌跳舞，鑽帳篷打狗，去找自己最喜歡的情人。紮西東珠緩緩往黑鷹溝走去，他不知道前面的路是坦途還是深淵，可他只有不顧一切地往前走去，因為他已經沒有任何選擇的餘地。

第二十章

紮西東珠下了山之後，藏獒才旺南傑成了山上最忠心的戰士。山上除了時時有人們巡邏以外，才旺南傑和其他的藏獒及牧羊犬成了這裡不可或缺的衛士。

才旺南傑每天晚上帶著上了山的牧羊犬和藏獒在岡紮拉山頂四處巡邏，它們奔馳在山的每一個路口和崖壁之上。孟查湖靜靜地睡在山的上面，水底顯出閃閃爍爍的星星和一輪被光暈籠罩著的皓月。灰色的雲彩在水中搖曳著，對面是影影綽綽的樹林。才旺南傑每次到了水邊都要舔舔甘甜的湖水，然後它放開四蹄和其他的狗兒一起在山上撒一會歡兒。這裡的一草一木它太熟悉了，只要有任何一個動物從周圍經過，那種強烈的氣味將會攪動得它焦躁不安。

才旺南傑尤其注意那些人能攀爬的隘口，它知道危險就在那些地方。蒼山沉寂，無邊的靜謐中時時都會發生不測。血雨腥風裡那些槍聲留給它太多刻骨銘心的記憶，讓它時時有一種不安。兩天前的晚上南山口曾經爬上來了一個軍人，這個軍人是從峽谷的對面用繩子甩過來的，可他沒有想到，不待他給對面的解放軍拴上繩索，一個血盆大口一下咬住了他的脖頸。

才旺南傑當時得意地抖動著帶血的黑毛，銅鈴般的眼睛斜視著身下的軍人。可它剛一放鬆警惕，身下的軍人忽地一下雙手卡住了它的脖子。才旺南傑用後腿猛地朝軍人胯下的卵子蹬去，軍人慘叫一聲本能地放開了手，就在此時它毫不留情地一下咬斷了軍人的脖頸。

太陽出來了，金色的陽光灑在岡嶚拉山上。才旺南傑高傲地蹲伏在山頂的最高處一個叫岡嶚拉的地方。這裡是岡嶚拉山的最高處，一面是怪石崢嶸的懸崖峭壁，一面是泛著金鱗的孟查湖，在這裡可以整個兒俯瞰岡嶚拉山頂的方方面面。

才旺南傑這種藏獒未被馴化前稱為雪獅，在草原上的獸害或畜類天敵中，它的襲擊人、畜的能力在狼狐之上，有些熊豹都對它怕三分。古老的藏家牧人像馴化其他狗一樣將雪獅訓練成了一種勇猛異常又對主人忠心耿耿的朋友。卡加部落裡合作化以前豢養藏獒都以群養為主，一個家裡三到五隻，甚至六七隻、七八隻的都有，其中最猛壯的一隻被拴養，鐵鍊綰控，其餘散養。被拴養的藏獒一般不解縛，但一旦解縛時就說明人或畜的生存安全受到了某種性質的挑釁。

才旺南傑在卡加部落裡雖然從小是散養的，可它具有非常優良的品質，它在面臨夜間騷擾時，不但會喚起其它同伴聲氣支援，而且根據來犯者的陣勢格局守衛自己的陣地，它有著良好的方位感和方向意識。

才旺南傑來到山中間的路口的陰坡上，看到牧草長在地上，看到一具具被燒得面目全非的各種動物，看到那被燒焦了的參天大樹，它發出慘烈的一聲嘯叫。它在這裡短暫的逗留使它煩惱焦慮。它挪動腳步惆惆悵悵地回望著死屍和滿目的蒼涼，遊魂一般走下山坡。

才旺南傑記得那天解放軍點燃了整個山嶺，它聽見一聲撕心裂肺的慘叫後一頭鑽進了石窟。這時它聽見外面的大火呼啦啦攜著風聲發出嗶嗶剝剝的聲響，可它不知道此時洞外所有的生靈在一瞬間已經被大火扭曲了原來的形狀。

才旺南傑從外面巡視完後它就會去找央金娜姆，它不知道它的阿爸和阿媽是什麼模樣，自從它一睜開眼睛見到的就是央金納姆和舟塔這兩個最親最親的親人。才旺南傑跑到央金娜姆的跟前，它將兩只前爪搭在央金娜姆的肩上，用它寬厚的舌頭去舔央金娜姆的臉。央金娜姆被舔得臉上有些發癢，可她是那樣的高興，這些日子以來驚心動魄的事情一件連著一件，可才旺南傑的到來會使她馬上將煩惱化為飄散的烏雲重新振作起來。

「我的才旺南傑——」她撫摸著才旺南傑毛茸茸的頭顱，從懷裡掏出一塊風乾肉塞進了它的嘴裡。

她記得才旺南傑小時候就顯出了它的聰敏。剛睜開眼睛時間不長的才旺南傑和另外一條牧羊犬是一前一後到了他們家的。那時候才旺南傑剛會爬著走，它看見牧羊犬晚上睡在央金娜姆的氈靴裡，於是它就爬起來用嘴牽著牧羊犬的耳朵，一點一點將牧羊犬拽進了央金娜姆給它們做得小狗窩。

央金娜姆和舟塔看到這有趣的一幕笑得前仰後合。到了才旺南傑兩歲的時候，它就向卡加部落頜頭的一個藏獒發起了進攻。因為這是在爭奪狗們在卡加部落的話語權和對母狗的佔有權，所以那天在紮西家族院堡前面的廣場上，兩只藏獒打得驚天動地。過去頜頭的那只藏獒渾身鮮血淋漓，而才旺南傑也被咬掉了半隻耳朵，兩只藏獒用嘴用爪向對方一次次地發起進攻，最後還是才旺南傑憑著一股堅韌不拔的毅力，將過去頜頭的那只藏獒咬得落荒而逃。不是央金娜姆最後喝住了才旺南傑，那只藏獒可能會被已經完全瘋狂了的才旺南傑活活咬死。

自此人們看到了才旺南傑的兇猛，也慢慢發現了它在卡加部落所有狗裡的領導才能。

一隻發情的母藏獒此時看見了才旺南傑，她抖動著渾身黃裡透紅的皮毛殷勤地向才旺南傑發出一種歡快的嘯叫。才旺南傑被這種聲音打動了，它飛快地跑到這只火紅色藏獒的身邊。母藏獒將屁股朝才旺南傑前腿處頂了頂，才旺南傑本想和她親熱親熱，沒想到她竟然這樣迫不及待。才旺南傑嗅了嗅母藏獒隱秘的私處，然後毫不猶豫地跨上了母藏獒的脊背。

央金娜姆看到這一幕突然想到了紮西東珠。紮西東珠去了這麼長時間怎麼沒有一點音信。

在央金娜姆和所有藏人的意識裡，各種動物和人是一樣看待的，尤其狗和馬則更是與人那麼親近，他們將狗和馬當成人來養，吃的喝的與人一樣豐盛。他們知道今日的狗和馬說不定就是過去自己的哪一個先人的轉世，他們不打不罵這些狗和馬，因為他們害怕今日裡對狗和馬的虐待，多少年後就會打個顛倒因果報應。

央金娜姆望著天，天上舞動著不斷變化的雲彩，她想這又是哪一路鬼神在走向何方？這裡的山，這裡的水，這裡的每一株草木，在央金娜姆的心裡都被賦予了無限的神靈。自從紮西東珠到山下去後，央金娜姆的心好似被掏空了。紮西東珠在山上時，央金娜姆就是遇到再大的危險，她都是不害怕的，因為在她的心裡紮西東珠是世界上最勇敢最聰敏無所不能的。可現在什麼事情都要自己來操心，她好像一下沒了依靠，她對自己有多大的本事心裡是沒有底的。

紮西東珠利用晚上的時間，悄悄進入了黑鷹溝，並利用他的人緣關係將人馬隱蔽散落在了這裡。黑鷹溝出了溝南面就是孔雀河北草原，過了河就是孔雀河南邊一望無際的大草原，黑鷹溝往裡走南面可通往康巴，東西兩面都可進入茂密險峻的山林。在這裡平日裡人們看到的只是一個一個的氈房和氈房前面滾動的羊群，紮西東珠就將人馬全部化整為零分散在這些氈房裡，他們是放羊放馬的牧民，可是誰要欺侮藏家人氈房裡就會同時跳出人來背上槍匯聚到一起。

紮西東珠也想派人與央金娜姆取得聯繫，可他又想先將這裡安頓好，央金娜姆他們只要不輕舉妄動，解放軍是不容易攻上山的。

然而共產黨已經看出了黑鷹溝這裡的異常，他們雖然早就抓走了這裡的活佛，並逮捕了這裡潛在的一些危險分子。可是，紮西東珠領著人偷襲了這裡的看守所，他們將活佛和被抓進去的三百多個在押人員全部放了出來。

偷襲看守所引得解放軍到了黑鷹溝。他們一個一個氈房的進行清洗，可引起的反彈卻讓他們始料不及。他們沒有想到這些藏家人此時竟是那樣的心齊，就連各牧業大隊的隊長和共產黨員明著是和政府站在一起，可暗地裡他們還是去找紮西東珠，將這裡的風吹草動及時地通風報信給造反起事了的人們。

那是一個陽光明媚的早晨，起伏的草原分不清是草還是隱藏著蒼狼的危機。工作組的三個人從縣城騎著馬剛到了黑鷹溝一個氈房邊上，他們是要找這裡的牧業大隊長瞭解情況，準備下一步的行動。可當他們剛走到離氈房百米之遙的時候，一個戴著狐皮帽子的藏族牧民騎著馬從草原奔了過來，他端起杈子槍將這三個人都從馬上打了下來。

狐皮帽子開了槍後沒有下馬，馬的蹄聲由近及遠直到完全消逝。人們被槍聲吸引了過來，他們看見三個被打下馬的工作組成員都是頭部中彈，一槍就被擊斃了性命。

恐怖而高漲的死亡之水讓這裡的政府憂心忡忡，因為他們知道黑鷹溝裡不論是共產黨員、共青團員或一般的群眾表面上應付著政府，可他們與政府根本不是一條心。

解放軍在一個靜寂無聲的夜晚悄悄來到了黑鷹溝，他們拉過來了一個團準備將這裡全面地進行清掃。

黑黢黢的天幕上推出一輪皎皎的月亮，周圍閃爍著明亮的星星。山影憧憧，寺廟綽綽。戰前偵察兵的精神十分亢奮，他們提前來到這裡進行偵察。突然前方兩個像明燈一樣的亮光忽明忽滅，原來這是一個豹子。豹子與偵察兵都愣在了路上互相對峙著。誰也走不了，誰也不敢進。不開槍就會貽誤了戰機。真是進也難，退也難，沒有了出路。

豹子好似通人性，站了片刻後一聲長嘯調轉屁股向山上逃遁。

偵察兵感覺到寺廟裡肯定有人，於是他們跟著豹子緊緊追了過去。可是這些偵察兵估計錯了，當他們跟著豹子往山上行進的時候，紮西東珠他們已將偵察兵團團圍了起來。子夜時分，月光中的偵察兵身影清晰可辨，寺廟大殿透出的酥油燈光映得山嶺隱隱綽綽一片朦朧。隱蔽在黑暗中的紮西東珠將手一揮，四周的人們悄悄圍了上去。月光中只見偵察兵的排長已發現了動靜，他剛要將槍舉起，說時遲，那時快，紮西東珠二拇指扣動槍機，「砰」地一聲，那個排長便晃了一下身子倒了下去。

紮西東珠奪過偵察兵的一挺機槍，「噠噠噠」子彈打得偵察兵都趴在了地上。這時紮西東珠的後面解放軍又增援了上來。紮西東珠和山上的藏家人一不做二不休先將這一排偵察兵全部打死在了寺廟大殿旁，然後他們集中力量去對付攻上山來的解放軍。

轟，轟，轟。山林萬年的寂寞被一陣炮聲攪擾得動盪不寧了。鳥獸驚恐地四散逃去，發怵的溪水不再流淌，瀑布愣然懸在半空，森林憤怒地扭動著，發出雷聲般沉悶的吼叫。在機槍的掩護下，紮西東珠趕快將藏家人帶到寺廟後面一道懸崖絕壁上，他們順著藤條爬下了山谷。

這一仗讓解放軍整整損失了一百多人。他們本想要在山上將這裡的叛匪全部殲滅的，可又讓他們落了空。黑鷹溝這地方的藏家人和紮西東珠他們完全融到了一起。他們不僅吃在一起，住在一起，紮西東珠是他們心裡的神，是他們引以為豪的英雄，他們認為紮西東珠才是藏家人真正的兒子娃。

工作組和解放軍走到哪裡都有冷槍襲擊。四個工作組員有一天住進一個氈房裡，可他們進去後再也沒有走了出來。

解放軍清剿黑鷹溝以前，上面對此行動有明確的指示：「只要是支持叛匪，那就和叛匪是一樣的，必須堅決澈底地消滅，不能留下隱患。」可是，具體執行起來就有了困難，氈房裡有老人、有婦女、有小孩，不可能將這一個個鮮活活的生命都消滅了。於是，在具體執行時只要是青壯年男人該抓就抓，該殺就殺，絕不放過一個。

鄧志勇的騎兵連重新被補充組建了起來。給鄧志勇新配了一匹白蹄純黑色的伊犁馬，叫叉耳朵。這匹馬剛分給他的時候，又踢又咬，誰也不敢到它跟前去。鄧志勇為了建立與叉耳朵的感情，他先是去摸叉耳朵的頭，去摸它的前胸，可是手還沒放到叉耳朵的身上，叉耳朵就像咬人的狗一樣，張開嘴就來咬他。鄧志勇是個不服輸的人，他就不信一匹馬還會難倒他。他將叉耳朵拉到孔雀河草原上，可當他要騎的時候，叉耳朵扯著韁繩往後拽著，他於是順勢往前跑去，藉著慣性他跳到了叉耳朵的脊背上。叉耳朵從小到大從來沒有人敢跳到它的脊背，這時見一個人跳到了它的身上，它身體一抽猛地將身體立了起來，然後它又往前跑。跑了一陣它突然又停了下來。叉耳朵的這一手若是遇上一個騎術一般的人，就會從馬上掉了下來。叉耳朵左右晃動，上下顛簸。

鄧志勇不管叉耳朵怎麼折騰，自己始終緊緊地貼在它的背上，他知道對付這樣的烈馬首先要能夠不讓它顛下來，然後才能把握時機降服它。這樣過了半個多小時，他看叉耳朵折騰的差不多了，於是他乾脆用鞭子狠狠抽了一下叉耳朵的馬屁股。

叉耳朵從來沒有遇見過還敢在它的屁股上抽鞭子騎馬技術這麼高超的人。叉耳朵在鄧志勇抽打它屁股的同時，瘋狂地在孔雀河邊跑了起來，它緊緊地抿著耳朵，風呼呼地從它的身邊吹過，直到將它累得實在跑不動的時候，它就平展展地趴在了地上，嘴裡呼呼喘著粗氣。

鄧志勇這時輕輕地撫摸著叉耳朵的頭，摸著它的胸脯，雖然它已沒有力氣折騰了，但叉耳朵始終用仇恨的眼光逼視著他。

騎兵連的戰友勸說鄧志勇，「連長你就重新換一匹馬吧，這匹馬到了戰場上鬧起脾氣來會誤大事的。」

鄧志勇笑了笑，他知道這是一匹好馬，關鍵是自己還與叉耳朵沒有什麼感情。他每天九點多給叉耳朵吃早餐，下午六點再喂晚餐，晚上還給叉耳朵吃夜食。他經常給叉耳朵吃得是黃豆、玉米加乾草。喂完食他就將叉耳朵拉到孔雀河邊上飲水。鄧志勇喂馬是很細心的，他知道馬若是只吃黃豆就會脹肚子，馬會被憋死，所以他搭配好料食保證營養。剛訓練完馬是不能立即喝水的，否則馬是會被脹死的。他還用刷子去刷叉耳朵的身體，經常與叉耳朵說話，心靈的交流終於讓他與叉耳朵慢慢有了感情。

半個月後的一天，他跳到了叉耳朵的身上，這一次叉耳朵先是四個蹄子踮著跑，跑快後雙蹄揚起蹦著跑了起來。他看到這個樣子心裡是那樣的甜蜜，他知道叉耳朵已經完全接收了他這個朋友。於是，他索性讓叉耳朵盡情地在草原上撒著蹚子跑了一圈。

就在這時，有個剛來的新兵不知騎馬時必須在馬蹬裡放入腳的三分之一，而是將自己的腳整個兒塞入了馬蹬。孔雀河邊的草原上，經常會有一些旱獺的洞穴，這位新兵因為練習騎著馬在草地上狂奔，不小心馬的一隻前蹄插進了洞穴，還好馬的蹄子沒有被折斷，可馬往前一栽這個新兵從馬上掉了下來，馬被驚嚇後拖著這個新兵一直往前狂奔。全連人看到這個情景，大驚失色，這樣下去不上幾分鐘這個人就會被馬活活地拖死。只見鄧志勇二話沒說，跳到叉耳朵的背上就往前追去，叉耳朵果然是一匹好馬，往前一躍兩匹馬頭就並列到了一起，鄧志勇瞅准機會一下抓住了那匹馬的韁繩，兩匹馬同時停了下來。

這個新兵被鄧志勇救下來時，只是受了點輕傷，可還是被嚇得半天說不出了話來。

春天說到就到，可是孔雀河這裡仍然是白茫茫一片的冰天雪地。自從孔雀河結了冰，每次執行任務馬都要從冰橋上經過。鄧志勇接到任務，讓他在早上八點趕到黑鷹溝。他到了拴馬的草場上，叉耳朵遠遠看見他來，前蹄揚起興奮地噴著鼻嗚叫著，鄧志勇看到這個情景心裡那個高興呀，他將一塊豆餅塞進了叉耳朵的嘴裡。

鄧志勇跳到了叉耳朵的背上，他背著衝鋒槍，槍管朝上和他的戰友們向黑鷹溝方向沖去。自從在岡棨拉山遭受重挫犧牲了那麼多戰友後，鄧志勇就時時告誡自己，一定要為犧牲了的戰友們報仇。可是，自那以後很長時間領導上一直再沒有給他派過任務，他知道這是因為他那一次失敗了，而且整個騎兵連幾乎全部被卡加部落打死在了岡棨拉山。所以當他這次接到任務後，不知是高興還是另有心事，總之他沒有絲毫的表情。在這個騎兵連裡，因為草原上到處都是叛匪，所以不論年紀大小的戰士都有過起碼十次的戰鬥經歷，可他還是有一種擔心，因為他曾領教了卡加部落人的厲害，他恐怕完成不了上級交給自己的任務。

騎兵連到了孔雀河邊，河上結著一層厚厚的冰，白晃晃的冰在太陽的映照下發著寒光，讓馬到了河邊就往後退。

鄧志勇喊道：「把馬的眼睛用衣裳蒙起來。」

騎兵們於是紛紛下來，脫下衣裳，將馬的眼睛包了起來。

鄧志勇先拉著自己的叉耳朵往冰上走去，接著其他的騎兵都將蒙著眼睛的馬往冰上拉去。

騎兵們過了河就是一望無際的黑鷹溝大草原。此時的黑鷹溝草原像披著黃色斗篷的武士，風從草原上吹過，黃色的草浪翻滾著向前奔去。多少個日日夜夜裡，鄧志勇和他的戰友們就想著在大草原上馳騁衝殺，可是一直沒有這樣的機會。每次說是戰鬥，實際上他們的對手就是一些手無寸鐵的藏族牧民。這些藏族人根本沒有反抗招架的力量，可是為了表明剿匪的成果，他們每次是不放過一個藏族人的。

鄧志勇看見了遠方的濛濛煙氣裡，大森林毛烘烘的肌膚上到處是陰森和鬼氣。五月早晨的森林顯得神祕莫測，晨露的玉色突然消失，五彩斑斕的晶體改變了露水的原形。一百多個戰友犧牲後，上級命令他們對叛亂分子不能有絲毫的姑息。鄧志勇和戰友們包圍了四個氈房，當他們打死了一個氈房裡的兩個男人後，從另一個大氈房裡跪著出來了一個老者。老者白髮蒼蒼，滿臉的皺紋，下巴顫抖著，他將兩個大拇指往上翹著，表示這裡有老人女人和孩子，希望留下他們的生命。可是殺紅了眼的騎兵已經瘋狂了，他們包圍住帳篷，先往裡面扔進手榴彈，然後用衝鋒槍猛烈地掃射。

鄧志勇在這場戰爭中變得越來越瘋狂了，他有時想戰爭是不是已經將自己變成了一個為所欲為的惡魔。這天和往常一樣，鄧志勇和戰友們與那些牧民整整拼殺了一天。他們進到草甸子，先是年輕漢子們往上沖，被解放軍的衝鋒槍打死了，接著女人和老人也拿著藏刀沖了上來，到了最後連老太太們都拿著剪羊毛的剪子向端著衝鋒槍的解放軍沖了過來。

他當時驚呆了，他不相信這是些人，簡直是些不要命的獅子，他對這個民族的頑強不屈的精神深深震撼了。可他在戰鬥結束後就感到一種莫名的後怕，到了晚上睡覺多少次在夢中也會突然被驚醒，他不知道在茫茫的大草原上到底潛伏著多少暗槍和危險。

第二十一章

夏天來到孔雀河草原是在一場大雪之後。隨著雪的消融，地上黑幽幽的綠草波浪在風的吹拂下翻滾著。往年這個時候是沒有雪的，可是今年的天氣格外怪異，早上還是天高雲淡，到了中午火辣辣的太陽之後一陣瓢潑大雨，大雨下著下著一會兒就變成了漫天的飛雪。往年這個季節是人們最為興奮的時候，牧草肥，牛羊壯，到處是歌聲和笑聲，可是一場剿匪將牧民們都剿進了監獄和另外一個世界，整個草原顯得格外的空曠冷寂。鄧志勇在戰鬥結束後一個人騎著馬往兵營裡趕去，他是為了追一個叛匪與大部隊脫離的。這時，他突然發現在一個草墊子上有一個黑色犛牛毛氈房，此時的他又累又餓，他用眼睛梭巡了一下周圍的情況，確定沒有危險後他走進了氈房。這是一個典型的牧民家庭，他的到來讓一家人非常高興。男主人將他讓到上席坐下後，女主人馬上給他倒了一碗酥油茶。

這一家人是把鄧志勇當做貴賓招待的，在這空曠的草地上一年半載幾乎沒有外人的到來，若有人到了自家的氈房裡，牧民們都會以最高貴的禮遇來招待來人的。可鄧志勇總感覺到有些不對勁，這一家人怎麼對他這麼一個從不相識的人這樣的熱情。鄧志勇保持高度警惕的坐著，他看見女主人悄悄對男主人說了話後就走了出去，緊接著男主人將腰間的藏刀捏了捏也走了出去。這細小的動作讓鄧志勇的神經一下繃了起來，他的眼前突然出現了戰友被殺的情景，他將衣裳裡包裹著的衝鋒槍拿了起來。他尾隨男主人走了出去，他看見男主人抽出了藏刀往氈房後面走去，他覺得這個男人就要對自己下手了，因為氈房後面那個地方正是自己坐的位置。他端起衝鋒槍毫不猶豫地朝這個男人掃了過去。這時他的眼前全是那一個個被打死戰友的面孔，他瘋狂地用衝鋒槍將這個男人的胸脯打成了一個馬蜂窩。激烈的槍聲將氈房裡一個男孩引了出來，他從後面抱住了鄧志勇的腿。鄧志勇回過頭來，他一把拉起男孩，沒想到男孩一點也不害怕，男孩竟用牙齒咬住了他的手臂。鄧志勇被激怒了，他用雙手將這個男孩的雙腿扯住，用盡全身氣力將這個男孩往兩邊進行撕扯。男孩撕心裂肺的哭聲讓孩子的母親和孩子的爺爺奶奶從地坎下面的牛圈沖了過來。孩子的母親是一個長得非常漂亮的年輕女人，她揮動著雙手朝氈房撲來，兩只袖子在高高隆起的屁股上彈跳著。她本來是讓男人為客人宰羊而她到後面草地上為這個解放軍去擠點奶來喝的，她知道男人是非常不情願的，可她沒有想到剛出了門就聽見了槍聲和孩子尖厲的哭喊聲。她進了氈房看見滿臉血污的鄧志勇手裡正提著孩子撕扯著，她愣了片刻，待她明白眼前發生的一切後突然像一隻母虎朝鄧志勇撲了過去。

鄧志勇的眼前又晃動著戰友們被掛在樹枝上的腸子，此時他覺得跑過來的不是去救孩子的母親，而是沖過來了不要命的叛匪。

鄧志勇扔下男孩從懷中掏出了手榴彈，他大喊一聲：「你們誰也不要過來。」

女人好像根本沒有聽到他的聲音，她還在前面跑著，遠處還有他們一家人都朝他撲了過來。女人抱住了他，他毫不猶豫地拉開了手榴彈的引線。他將手榴彈扔向了朝他跑過來的一家人。

鄧志勇昏迷了兩天之後，在醫院裡才蘇醒過來。人們告訴鄧志勇，他是在幾具死屍旁邊被發現後救了出來的。鄧志勇聽到此話頭疼得似要爆裂，孩子母親瘋狂的叫聲和驚怖的眼睛讓他不敢睜開雙眼。他此時還不知道這一家人是把他當成尊貴的客人迎入氈房的，他不明白當時為什麼自己那麼衝動？最後的手榴彈爆炸是因為孩子的母親捏住了他的睾丸，可他為什麼竟然要將一個孩子殘忍地去撕去扯呢？

鄧志勇覺得戰爭已將自己變成了一個惡魔，這主要是部隊的宣傳教育讓他看見藏民就認為是叛匪反革命，就有一種莫名其妙的仇恨。所以他到了戰場上就有一種抑制不住的衝動。他記得部隊一個首長在大會上說道：「把這些叛匪消滅乾淨了，至少讓他們二十年不能興風作浪。」

人們把他當成英雄送來一束束的鮮花，這裡有當地學校孩子們的花朵，可他沒有一點榮耀，反倒有了一種罪惡感，他想告訴人們他不是什麼英雄，而是一個地地道道的殺人犯。

一個女護士走了進來，給他解開紗布換了藥，臨走時朝他笑了笑。可他並沒有感激，他此時只想用身體的痛苦抵消心中的罪惡創傷，因為他的心傷得太厲害了。

他覺得這場平叛戰爭太殘酷了，解放軍與叛匪的力量也太懸殊了。他想這些藏民怎麼這樣剛烈，雞蛋能碰過石頭嗎？他不明白這些造反的藏民大多都是窮苦的牧民，多少年來受頭人、活佛、領主的剝削和壓迫，共產黨把他們從苦海中解放了出來，他們不但不感激共產黨的恩情，還跟著這些壓迫剝削他們的人與共產黨政權公然對抗。他想這些人精神上已經被宗教完全控制了，怪不得馬克思告訴人們宗教是精神的鴉片。鄧志勇多少年來受共產黨的教育，他對現實中發生的一切感覺是那樣不可思議。他知道這場戰爭改變了他的一切，讓他變得越來越瘋狂了，他變成了一個地地道道的殺人狂。當他看到戰友們一個個的犧牲，看到那些穿著皮襖的藏族人的強悍，他胸中的火就會冒了出來。他每次領著連隊的戰友們出發的時候，他都要大聲問戰士們：「敵人殺了我們的戰友怎麼辦？」戰友們就會齊聲回答：「殺！」他聽到這個聲音就會熱血沸騰，全身上下每一個細胞似乎都在怒吼，好像有了無窮無盡的力量。可當那一個個生命在他眼前倒下去的時候，他雖然覺得心中的鬱悶在化解，心中的不快在消散，可心底裡總有一種對死者的愧疚。

劉俊對縣委書記曹文尉說：「再不能抱有任何幻想了，乘勝追擊，把岡棨拉山上的頑匪全部消滅乾淨。」

劉俊這話是對曹文尉說的，也是對自己說的。這幾年來不僅藏族人反了，撒拉人、東鄉人、回族人等也在反封建反迷信的運動中造反了。他從棨西東珠帶頭造反這件事情中總結出，對於這些藏族人不能過於遷就，他甚至懷疑國家對少數民族的政策是不是太寬鬆了。劉俊想，對這些人講大道理是不起作用的，他們根本聽不進去。核桃是砸著吃的，該殺的就要殺，不該殺的也要殺，殺他幾萬人不信對這些人就起不了震懾作用。

曹文尉聽到此話沒有吭聲，他想，卡加部落已經死了那麼多人，山上的這些老人女人和娃娃就勸著讓他們回來吧。可他不敢明說出來，當前的形勢越來越左，多少人就是認為抓人殺人太多而被扣了右傾機會主義的帽子而被批判鬥爭關進監獄的。他想這世界還是好人多，可是現在的政策只要參與了造反的不是殺就是抓，整個藏區從活佛到牧民百姓基本上沒一個好人了。何況很多人都是我們利用的宗教人士，他們什麼也沒幹，什麼話也沒說，就是因為他們是活佛和頭人，有一定的號召力，就將這些人抓了起來。曹文尉說：「還是先派人到山上勸說央金娜姆他們投降吧，不投降再打，這樣張弛有度，有理有節，對我們來說損失會小一點，也符合國家的民族政策。」

「這怎麼能行。朗布寺措欽寶殿的例子你不是不知道。當時我們就是為了減少傷亡，進去了一個排讓他們投降，可沒有出來一個人，還將那些解放軍的人頭從牆上扔了出來。對這些叛匪絕不能心慈手軟，心慈手軟我們就會成了被蛇咬死的農夫，在這個問題上我們絕不能再犯右傾機會主義的錯誤，血淋淋的教訓你必須正視。」劉俊盯著曹文尉的眼睛說道。劉俊之所以敢這麼對曹文尉說話，因為在卡加部落造反的問題上，省上認為曹文尉沒有事先將紮西東珠抓起來，這是犯了嚴重的右傾機會主義錯誤，沒有將這個隱患提前消滅在萌芽之中，所以才給黨和人民造成了不可挽回的損失。

曹文尉對劉俊的話沒有直接反駁，他知道卡加部落這些老弱病殘的生命現在就掌握在他們的手裡，如果處理不當這些人將無一倖免，那麼自己將會是卡加部落的罪人。

曹文尉說：「我先找一下軍分區的領導商量一下再說，不能馬上就盲目的進攻。」

「必須抓緊行動，不能讓這些人緩過氣來。」劉俊對曹文尉說道。

「殺了這些人又能夠怎麼樣，這能夠解決整個少數民族反叛的問題嗎？再說這些人老的老小的小，都是些婦女老人和娃娃，他們大多數是被捲進去的，爭取他們共同建設社會主義不是更好嗎？」曹文尉仍然心平氣和地對劉俊說道。

「曹書記我不是說你，你在卡加部落造反的問題上態度太右傾，你知道紮西東珠那天是怎麼對我們的嗎？他將我們關到房間裡，然後直接點燃了大火，他們是要將我們活活燒死啊。那個時候紮西東珠對我們有沒有半點的憐憫？聽說你有個私生子在卡加部落，你的那個相好的還在卡加部落，我們可不能因為有這麼一點點私情，而忘了黨和國家的大義。」劉俊越說越露骨，他就是要氣氣這個曹文尉，逼著這個曹書記趕快離開這裡。

曹文尉聽到劉俊越來越咄咄逼人的挑釁，他在桌子上「啪」地猛拍了一下。

「王八蛋，老子斃了你。」說著曹文尉從腰間拔出了手槍。

劉俊也站了起來，他說「曹書記，說到你的心尖上了是不是。來，開槍朝這裡打，打呀！」劉俊一下將衣裳扣子扒了開來。

曹文尉一看劉俊這個樣子，又將手槍插進了自己腰間。

「劉縣長，我還是這句話，不要傷了那些無辜。」

「對那些與國家人民為敵的，絕不能姑息養奸，他們也絕不是什麼無辜。」

鄧志勇在醫院才住了三天就鬧著又回到了騎兵連，這樣他正趕上去打岡紮拉山。他帶著騎兵連到了岡紮拉山，過去的滿山鬱鬱蔥蔥的景象沒有了，只見山上怪石嶙峋，壁立千仞，山體一片焦黑，幾乎沒有一條地方可以登攀到山上的路了。他想，過去只想著一把火燒了卡加部落，可是沒有考慮到燒了山使得攻打岡紮拉山更加的不容易了。過去還有樹木可以當作梯子上去，可是現在往上看都要頭暈目眩。

鄧志勇知道領導調他們騎兵連過來，肯定有領導的道理，辦法總比困難多，只要在這裡堅持待下去，總有機會去消滅山上的叛匪。

鄧志勇讓騎兵連安營紮寨在了離岡紮拉山大約四百米的一處土包上，這裡離岡紮拉山不遠，但不會遭受山上石塊的襲擊，而且哨兵不論白天晚間站在高處都可以雄視四周。發現敵情可以及時調動，遇到險情可以防護處置。

鄧志勇每天和戰友們騎著馬繞著岡紮拉山進行偵察，他們白天黑夜都要走上一趟。他知道央金娜姆這個女人不是一般的叛匪，有嘉倉活佛這些老謀深算的人為她出謀劃策，加上她熟悉這裡的地形，而且會找他們巡視過程中的漏洞。於是，他將騎兵連分成相隔百米的兩隊互相照應。

這樣過去了十多天沒有一點動靜，騎兵連裡有些人就不耐煩了，他們覺得一天到晚這樣轉悠有什麼作用。

但鄧志勇心裡清楚，雖然暫時沒有打死一個叛匪，可長期下去卡加部落就會鬆懈，到時候再尋找機會將其全部消滅。

果然沒上十天，卡加部落的人們就三三兩兩的在岡紮拉山出現了，而且有些膽子大的人還攀爬到了離山底只有百米的地方。

鄧志勇看在眼裡喜在心頭，他就是盼著這個結果，只要他們大部分人到山下來，堵住退路，這些人一個也跑不掉的。

山上的人們主要是到山下來揀拾柴禾的。過去的日子裡，藏家人有用不完的牛糞，這些牛糞平時可以燒水做飯，冬日裡可以生火取暖。可是經過天寒地冷的冬天，山上的人們將幹牛糞早已用完，吃飯取暖都需要柴禾，可是山上的樹木都被燒光了，只有山底下還有零零散散的一些乾柴和小樹。

過了些日子卡加部落膽子大的人已經跑到了騎兵連駐紮的地方。有些騎兵對鄧志勇說：「連長，怎麼還不動手？」

鄧志勇笑了笑，他知道現在還不是動手的時候。現在動手將會打草驚蛇，必須要等到大魚出來的時候，那時候才能將卡加部落一網打盡。可是，又等了幾天，每次撿柴的還是那些人，央金娜姆和嘉倉活佛這些大魚根本沒有出現。

鄧志勇有些沉不住氣了，騎兵連到山下去抓那些撿柴人，這些人一看騎兵要來，趕快往山下跑去。騎兵連迅速進行包抄，可那些人從小攀登岡紮拉山，待騎兵到來他們已逃之夭夭沒了蹤影。經常這樣讓騎兵追擊而失手，騎兵們就有些惱火，他們用衝鋒槍打，也跟著撿柴人往山上攀爬，這就落入了山上人的圈套。不是被山上人用石頭砸死，就是被卡加部落人活捉到了山巔。

央金娜姆知道要與騎兵連正面交鋒，他們根本不是這些騎兵的對手，她就要激怒騎兵連，讓這些騎兵進入她的口袋裡才能把這些人打敗。可是，鄧志勇已經不是一個魯莽武夫了，吃了幾次虧他也學得聰敏乖巧了，他原讓騎兵連駐紮在那個小山包，巡邏時分成近在百米的兩隊人馬，在離岡紮拉山二百米外繞著圈子。他的目的就是以時間換回空間，這些叛匪時間長了沒了吃的，自然就會乖乖地走下山來，到時候再一網打盡。

果然沒上一個月的時間，央金娜姆就有些堅持不住了，雖然卡加部落被打死燒死了一些人，紮西東珠也領下山了一部分年輕力壯的漢子，可是在這裡的人要吃，要喝。這樣無限期的呆在山上，他們是拖不起的。

嘉倉活佛來找央金娜姆，他說：「央金娜姆再這樣下去，山上的糧食吃完了怎麼辦？」

央金娜姆看嘉倉活佛進來趕快站了起來。這一點她也早已想到，可下到山下就等於去送死，她相信天無絕人之路，只要堅持就會有轉機，紮西東珠不會忘了這裡卡加部落的老老少少。她對嘉倉活佛說：「活佛，現在下山解放軍就會撲過來，卡加部落就會有更大的損失。」

「我也知道。我想，能不能把這裡的人們慢慢轉移出去。」

對於嘉倉活佛說得這些，央金娜姆也想過了，可這麼多人怎麼轉移？只要動一個，牽一髮而動全身，其他人馬上就會受到衝擊，人心不穩才是最可怕的。可是，嘉倉活佛說得不是沒有道理，這麼大的草原，只要藏家人到了那裡，就能在草原上生存下去。

央金娜姆是在晚間帶著人們到了山後面的瀑布處，可剛出去就發現這裡有那麼多的解放軍。於是，人們趕快轉回頭往山上爬去。雖然山后的小道異常狹窄，可卡加部落的人們還是又退到了山上。然而這條小路卻被解放軍發現了，他們在一個太陽快落山的下午緊緊逼了上來。殘陽透過雲層零星地撒下永遠不可收起的碎玉。光山禿嶺，滿目瘡痍。一朵含苞未放的鮮花就這樣在西下的血色殘陽裡與光亮一同凋落了。

解放軍的追擊像一陣風刮了過來，央金娜姆帶著人們一邊打一邊往後退去，他們被逼到了山頂一處最高的地方，這裡一面是孟查湖一角，另一面則是陡峭的懸崖絕壁。

解放軍吸取了前一次的教訓，往上沖的時候穩紮穩打。他們採用的是跳躍式的打法，猛地沖到一個隱蔽處先站穩腳跟，然後再瞅機會往上跳去。卡加部落人到底不是受過訓練的，在解放軍的步步緊逼下，只有不斷地朝上退去。

「繳槍不殺！繳槍不殺！」

子彈密集的像爆竹劈裡啪啦響，人們一個個倒在了地上。此時才旺南傑忽然掉過頭來朝山下沖去，它咬住了一個解放軍，並將它鋒利的牙齒紮進了這個人的喉管。可不待它再去咬第二個解放軍，衝鋒槍的子彈將它打得胸口上的血噴了出來。

央金娜姆蹲了下去，才旺南傑在她的臉上伸出長長的舌頭舔了起來。她笑了笑，突然她將才旺南傑推到了一邊，對著天空大地喊道：「紮西東珠——」

說著她伸開雙臂像一個七彩的仙女從懸崖上跳了下去。才旺南傑愣了一下，它往深不見底的山崖下看了一眼，然後拖著一道血痕縱身一躍也跳進了山溝。

初升的太陽一如虔誠的佛子，從彤紅的霞光中噴薄而出，明亮的陽光就像一條條金色的哈達，和著一腔的熱愛和虔誠，簇擁到了嘉倉活佛的身上。嘉倉活佛褐紅色的袈裟以及從袈裟的領邊、袖口微微露出的黃色的夾襖，在陽光的撫摸下，立時有了靈性，反射出柔和慈悲佛的光芒。他彷佛看到釋迦牟尼佛祖就站在他的面前，不遠處的雲頭中朝他慈藹地微笑，在釋佛的左端雲頭，好像有文殊菩薩站立。文殊菩薩騎著綠鬃白獅子，右手高舉利劍準備隨時斬斷眾生一切煩惱，賜予智慧；而右端是白度母，左手持一朵曲頸蓮子，右手掌向外，向人們伸出隨時予以援助的姿態。嘉倉活佛緊緊閉著眼睛，嘴裡念著六字真言，在他的周圍是卡加部落的老人婦女和小孩。老人和婦女們搖著嘛呢輪，「唵嘛呢吧咪吽——」的聲音穿透宇宙，進入天宇，在茫茫的雲海上跳蕩，在顫顫巍巍的整個岡紮拉山頂轟鳴。

蒼天在悲戚，大地在呼喚，時間好似被凝固在了這一瞬間。突然，轟！轟！轟！天上落下的炮彈很快炸碎了岡紮拉山頂暫時的平靜，漫天飛舞的不僅是人的胳膊、大腿和鮮血，還有那些黑色犛牛和桀驁不馴的藏獒的生命。

第二十二章

紮西東珠原來採取的是先慢慢融入到黑鷹溝大草原，然後等待時機再作打算。讓他沒有想到的是，他們到了這裡之後解放軍淩厲的攻勢讓他們根本無法站穩腳跟。解放軍剛開始還是有所收斂的，到了後來他們在這茫茫的大草原上已經分不清哪個是叛匪哪個是牧民了。有一次一個小孩在草坡上放羊，他們沒有將這麼一個小孩子放在眼裡，沒想到這個放羊娃在他們休息時將一把匕首捅進了一匹領頭戰馬的屁股眼裡，這匹戰馬驚慌失措地又跳又蹦，帶領其餘馬匹全部進入了大草原，讓他們錯失了一次有利的戰機。這樣的事情發生幾次後，他們嘴裡喊的是「繳槍不殺」，只要戰爭打起來，他們對這裡的牧民不分男女老少就斬盡殺絕了。紮西東珠知道，藏家人骨子裡流動的是黑犛牛一樣的桀驁不馴，他們絕不會屈服於槍桿子，他們更不會趴下受人的蹂躪。

解放軍在黑鷹溝施行全面清剿，讓這裡的牧人們坐不住了。有一天，舟塔對紮西東珠說：

「頭……頭……人……人，我……我……們……們……幹……脆……脆……沖……沖……出……去……與……與……這……些……人……人……拼……拼……了，別……別……這……麼……

麼……窩……著……在……在……在……這……裡……裡……受……受……氣。」

「沖出去與這些人拼了，我們不是解放軍的對手。」

「那……那……麼就……就……這……麼……把……把……我……我……們……藏……藏……藏……家……人……人……一……個……個……個……讓……殺……殺……完……不……不……成。」

紮西東珠這些日子從種種現實看到，解放軍就是要打亂他穩紮穩打步步為營的步驟，已開始全面清剿了。於是，他不得不將這裡的所有人馬拉出來與解放軍進行周旋。

紮西東珠望著蒼天，在空曠的大草原用歌聲呼喚著他心中的央金娜姆：

我騎著白馬宮保占都在孔雀河邊流浪，
不見了姑娘我眼淚汪汪，
淌下來的淚水流進了孔雀河水，
請問藏家人何時才能夠得到安詳？

這時他聽到了遠方舟塔的回音，那沙啞的聲音帶著歲月的滄桑，讓他的心裡打了個哆嗦：

藏家人牛羊成千上萬被合作社哄搶，
今日裡騎馬馳騁在自由奔跑的馬背上，
英明的頭人你不必獨自憂傷？
只要天上有月亮世上就有你心愛的姑娘。

馬背上的紮西東珠聽到這歌聲流下了眼淚。他想，多麼好的藏家的兒女們啊，他們為了在這綠油油的草原上能夠自由的放牧，能夠自由的歌唱，不顧一切地跟了我走上了不歸之路。他們受了那麼多的苦，經歷了那麼多的磨難，今日裡還那麼堅強。他們不但不埋怨我，還時時為我的安危擔心憂傷。

草原在微風中簌簌顫抖，掀起一陣陣綠色的波浪，天上棉花似的白雲有的像雪白的綿羊，有的似奔馳的駱駝，有的像昂首的仙鶴，它們遊蕩在高高的天宇中。陽光透過雲彩將一條一條金色的光芒灑在千里的草原上。紮西東珠看到有一朵白雲多麼像他彪悍的宮保占都。天上一匹白馬，地上是他的宮保占都。紮西東珠撫摸著他的這匹白馬，他知道陽光、美酒、駿馬是藏家人缺一不可的寶藏。紮西東珠在天高雲淡的牧場上或在潔白無垠的雪原裡與同伴們並轡馳騁時，或縱馬雲天大地的時候，他就會和對方的騎手在飛速的馬上各自抓起對方的馬尾，綰起一個馬尾活結，表示對朋友的贊美，也表示願意與對方建立至死不渝的友誼。結完馬尾後，他就與跟著他造反的同伴們飛速地馳騁在大草原上，這時從遠處瞭望兩匹馬托著繡球，這就是卡加部落人稱之為的「馬尾繡球」，它是友誼、忠貞、贊美的象徵。

解放軍開始血洗黑鷹溝了，因為這裡的每一個藏家人都抱著必死的決心在進行戰鬥。

孔雀河畔的草原上刀光劍影，鄧志勇的騎兵連遇到了從來沒有過的勁敵。因為紮西東珠的造反隊伍配備有最新式的武器，他們以一當十將勇敢和智慧發揮到了極致。短兵相接解放軍根本沾不上便宜，於是他們就遠距離用迫擊炮對紮西東珠造反的隊伍進行轟炸。

天上依然是白晃晃的太陽。紮西東珠被鄧志勇的騎兵連逼到了孔雀河邊。後面是炮火和揮舞著戰刀的騎兵，前面是大浪滔天的孔雀河。

紮西東珠騎著馬往孔雀河裡走了進去，跟著他的人們或騎在馬上，或騎在昂著頭的犏牛上，步行的人們則拽著馬尾巴或牛尾巴都紛紛往河裡走了進去。蜂擁的馬群和牛群被密集的子彈趕進了孔雀河，他們爭先恐後地沖進滔滔的激流之中，浪花高高地向天上飛去，一股河水從天落下潑在了紮西東珠前胸的肌肉，清涼的浪花打在他的臉上和身上，他對著奔騰咆哮的孔雀河睜大了眼睛。

孔雀河水洶湧澎湃，一個浪一個浪不斷地打來，發出轟隆轟隆的響聲。人騎著馬一同浮在水面上向對岸遊去。

澎湃激蕩的孔雀河翻滾著，跳躍著，不時在浪花裡打出一個一個的漩渦。騎著犏牛和馬的漢子們雖然有些因為體力不支被孔雀河水沖走了，但還是大部分人過了孔雀河。可是，正當他們搖搖晃晃往岸上行進時，岸邊上又沖過來了揮著戰刀的騎兵。刀光劍影，喊聲震天，血從人們的身上噴湧而出潑灑在孔雀河裡和黑油油的草地上。

紮西東珠和騎著馬的漢子們端著衝鋒槍向解放軍掃了過去，可是這裡大多數人都沒有受過正規的訓練，雖然他們頑強地與這些騎兵拼殺，可不到半個時辰他們又被解放軍趕進了孔雀河裡。

白馬宮保占都在水裡就似平地一樣，紮西東珠此時將指頭塞進嘴裡吹著嚇人的口哨，他也像一面旗幟，從河的北面到了河的南邊，又從河的南邊遊到了河的北面。雖然解放軍的炮彈和子彈在他的身邊激起一個一個的浪花，可是造反的漢子們都緊緊跟著他。

炮聲隆隆，子彈呼嘯。孔雀河的兩岸都是揮舞著戰刀的解放軍。一會兒紮西東珠和造反的漢子們沖上了岸，一會兒解放軍又將他們趕下了孔雀河。

草地上這時到處是馬的死屍和齜牙咧嘴的傷員。這些人有些沒了胳膊，有些被刀砍掉了整個雙腿，但大多數是被衝鋒槍的子彈打死的。解放軍雖然傷亡慘重，但源源不斷地補充讓他們始終保持著旺盛的精力。

從河上過去到了河的南邊的漢子們被解放軍的子彈和戰刀趕進了孔雀河，然後漢子們從河裡與馬一起遊過來到了河的北邊，還沒上岸河北邊的子彈又將他們趕下河去。大浪滔天河面上漂浮著死去的馬匹和忽上忽下不願沒頂人的頭顱。

鄧志勇騎在馬上沿著東去的河水往下跑，他揮舞著手中的馬刀喊道：「繳槍不殺！扔掉槍支舉起雙手爬上岸來！」然而，喊聲息落後沒有一個人走上岸來。一個人被浪頭捲入水裡，又有一個人被子彈消滅在了水中。

紮西東珠騎在白馬宮保占都的身上，他順著河流一直往下漂去，他看著美麗的孔雀河草原。過去的日子裡多少次從這裡經過，自己怎麼就沒有好好領略過這麼美麗的風光。這裡綠波千里，一望無垠，微風過處羊群如流雲飛絮，點綴其間。孔雀河草原既有一望無際、空曠幽深的壯闊美，也有風吹草低見牛羊的動態美。又有藍天白雲、綠草如茵、牧人策馬的人與自然的和諧美。多少年來這些黑頭藏人是這裡的主人，他們自由地歌，盡情地唱，可轉眼間他們的屍體在這裡堆積如山，血水在河裡洶湧地流淌。

紮西東珠在白馬宮保占都身上是那樣的平穩，雖然他們已在孔雀河上經過了兩個來回，可是宮保占都仍然是那樣的精神百倍。它打著噴嚏不時地嘯叫著，讓紮西東珠也望著奔騰的孔雀河唱了起來：

我騎在白馬宮保占都的身上，
這裡沒有經堂沒有酥油光亮，
我問天上的雲朵地上的牛羊，

這兒為什麼這樣安靜這樣荒涼？

我騎在白馬宮保占都的身上，

這裡沒有氈房沒有清脆的歌唱，

我問天上的雲朵地上的皇上，

藏家人為什麼沒有鍋莊沒有了吃糧？

滾滾的孔雀河水紅了，千里的牧場紅了，就在這短暫的時間裡，藏家人的鮮血潑灑在了綠油油的牧場上。孔雀河伸開它寬厚的臂膀擁抱了世世代代在這裡生生息息的藏家兒女。然而孔雀河還是那麼流淌著，它洶湧澎湃，奔騰不息，唱著一首永遠不衰的歌謠。

揮著戰刀的騎兵朝上了岸的紮西東珠沖了過來，瘋狂的子彈朝紮西東珠潑灑了出去。紮西東珠一會兒趴在馬上，一會兒鑽到馬的肚子下面，一個揮著馬刀的指揮官沖著紮西東珠吼叫著，只見一道白光一閃，宮保占都跑到了他的身邊，不待他看清對手，指揮官的頭已被紮西東珠砍了下來。兩邊的槍聲同時響了，解放軍的衝鋒槍朝著紮西東珠掃了過來。只見白馬宮保占都身子搖了搖，跪倒在了草地上，它的身上已經有了幾十顆槍彈，由於血流得太多，它終於支持不住了。紮西東珠摟抱著宮保占都的頭顱，他看到正在往這面衝殺過來的解放軍。紮西東珠朝滾滾的孔雀河望了一眼，他準備躍入滔滔的浪濤之中。正在這時一輛拉木頭的汽車停在了孔雀河邊，司機是從玻璃窗裡看見紮西東珠的。司機突然從車上跳下扶著紮西東珠上了他的駕駛室。司機看了一眼往這面撲過來的騎兵將汽車發動了。

「站住！」

「站住！」

汽車在子彈的嘯叫聲中加大了油門。

「你是誰？」紮西東珠望著司機說道。

「頭人，你曾經救過我的命。」

紮西東珠想起來了，這就是那個打死了野犛牛的林場司機。汽車飛快地沿著孔雀河畔在草地上顛簸著，後面衝殺的聲音和衝鋒槍的嘯叫越來越遠。

紮西東珠閉上了眼睛，他感到身上沒有了一點力氣。

可就在這個時候，一顆炮彈落到了汽車邊上，汽車被炮彈的衝擊波猛地一推在原地打了個轉停了下來。司機發現汽車已經發動不起來了。

司機對紮西東珠說：「頭人你快走吧。」

紮西東珠說：「我走了你怎麼辦？」

「不要管我，你快走。」

紮西東珠朝司機望了一眼，他看到遠處從幾面撲過來的騎兵揮舞著戰刀嘯叫著。

身負重傷的紮西東珠順著孔雀河邊慢慢往草原深處走去，周圍是泛著金鱗的一個個明鏡似的湖泊。湖泊邊上開放著藍色的馬蘭花，粉紅色的喇叭花，小瓣的貓眼睛花，素淡的野菊花。天上飛著一隻金色的禿鷲，它張開寬大的翅膀向身下靜靜的沼澤濕地望去，只見一個人踉踉蹌蹌往前走著，後面有那麼多如狼似虎的騎兵打著馬緊緊追趕著他。金色的禿鷲悽愴地叫了一聲，它是那樣自信，那樣沉著，它知道將有英武的靈魂隨著它翅膀的煽動飛向遠方。禿鷲的身邊有一群唱著歡快歌曲的烏鴉，它們看到紮西東珠抬起倔強的頭顱朝天空笑了一下，然後緩緩向沼澤地深處爬去。這時後面的騎兵隊緊緊地追了上去，他們已停不下了腳步，他們已經來不及回頭退出這潛伏著殺機的沼澤濕地。大地開始下沉，天空霎時間黑暗，茫茫的沼澤濕地伸開雙臂擁抱了一個個年輕的生命。藍天拂去了悠悠的白雲，蘆葦在這裡蓬勃向上，草地裡升起了一片快活而年輕的歌唱：

我騎在白馬宮保占都的身上，
這裡沒有氈房沒有酥油奶香，
我問天上的雲朵地上的牛羊，
這兒為什麼這樣安靜這樣荒涼？

我騎在白馬宮保占都的身上，
這裡沒有氈房沒有美麗的姑娘，
我問天上的雲朵地上的皇上，
藏家人為什麼沒有了牛羊沒有了歌唱？

後記

小時候我到外祖父家去，外祖父經常熬制香甜的酥油奶茶讓我喝，而在家裡父親有時也將炒麵用酥油和白糖拌了後捏成糌粑給我們兄弟姐妹吃，所以我從小就喜歡酥油的清香，當我看見穿著藏袍的藏族人時就有一種莫名的親切感，他們身上的酥油香味撲鼻而來令我心曠神怡。在農村十年插隊時，我家鄉積石山縣毗鄰的母親家鄉十世班禪的出身地青海省循化縣居住著藏族同胞，而我所在大河家公社黃河對面黑鷹溝裡整個兒是穿著寬袍大袖的藏族農牧民。每逢趕集藏族的男男女女就會到大河家集鎮來，尤其那些背著山柴賣柴禾的藏族女人更給我留下了深刻的印象。她們略帶羞澀紅撲撲的臉，那銀鈴似的爽朗笑聲至今縈回在我的夢中。

一九七零年插隊期間我跟著當地的農民一起到青海省果洛藏族自治州瑪可河林場當伐木工搞副業，這裡林海茫茫是青川兩省交界地區。記得我們剛到那裡的時候，場裡的負責人告誡我們，千萬不能單獨到跟前的莊裡去，去後就回不來了。說完這話跟前的一個人還對著我們嘿嘿笑了起來。我當時一頭霧水，為什麼一個人就不能進到那些房屋和氈房裡去呢？後來我才知道臨近的村莊只有一個大隊書記是勞改後從監獄裡釋放出來的成年男人，他也是「叛亂分子」，其餘除了未成年的娃娃都是女人，是個典型的寡婦村。那個人笑的原因是，年輕男人到了那裡就會被這裡的女人們關起來好吃好喝不讓出來了。帶著這個疑問，後來我問場裡年紀大一點的工作人員，這個村裡男人們都到哪裡去了？他們悄悄告訴我這裡的藏族男人都在一九五八年的叛亂中被打死或抓到監獄裡去了。

後來我們熟悉了這裡的環境經常到藏族人的村莊買酥油或換些其他的東西，可是並沒有發生像那位領導說的可怕事情。但這位領導的話卻讓我回想起小時候蘭州的馬路上經常有一車車的所謂「甘南叛匪」，他們穿著臃腫的皮襖橫七豎八躺在敞篷大卡車上被荷槍實彈的軍人押著，這裡有男人也有女人，有老人也有滿臉稚氣的小青年。有一次我還看見一隊弓著腰好似背著全部家當的藏族男女，他們頂著烈日蹣蹣跚跚走在蘭州的土路上。由於突然間有這麼一些不速之客的到來，人們都站下來進行觀望。聽周圍的人悄悄議論說，這些人是甘南的叛匪正被押往勞改營地。我當時想，這些叛匪怎麼都是些普普通通的藏族同胞呢？因為我的腦海裡叛匪就是壞人，壞人應該是眼露凶光滿臉猙獰的夜叉式的人物。

十年的農村生活讓我接觸了各式各樣的人物，尤其結交了一些藏族、保安、撒拉、回族等眾多朋友，在這裡尤其讓我難以忘懷的是藏族朋友。他們樸實大方，熱情開朗，對朋友格外的講義氣。就是在這個時候我喜歡上了他們的鍋莊舞和悠揚動聽的拉伊，並對厚重奇異的藏族文化產生了極大興趣。但我在這個時候，也親眼目睹了文化大革命讓回族教主養豬，鬥活佛，毀寺院，燒經卷等一系列極左的瘋狂舉動。上個世紀八十年代，經常有「火燒木」從甘南（甘肅省甘南藏族自治州）運到蘭州的，這種木頭由於被火燒過，外面一層都碳化了，所以防腐防蟲，很受人們的喜愛。人們說這是一九五八年「叛匪」進入甘南迭部的原始森林後，解放軍為了剿匪燒了森林而遺留下來的。我聽到此話，眼前好似燃起了熊熊的烈火，心想當時的戰爭是何等的殘酷。在採訪大躍進三年災害以及夾邊溝農場和反右運動知識份子遭受的迫害時，我聽到了很多關於藏族同胞在那個極左年代被槍殺被關押後活活餓死的故事。我的朋友西北民族大學教授尕藏才旦上雪域、下草原，通過採訪當年的活佛、喇嘛、牧人，查閱了大量的資料後寫成《雪域泣血記》，其中記述原甘南州委副書記道吉才讓說道「平叛結束後緊接著大捕人，甘肅省委書記張仲良是要一鏟子解決問題。指示說，借平叛澈底消滅不穩定因素。捕人的具體數字是州上定的，給各縣下達任務。卓尼全縣六萬多人口，捕人二萬，迭部不足二萬，下達七千，全州總共抓人四到五萬人，全省達到十一萬來人。在剿匪中，各個部落男女老少，舉家帶牲畜逃跑，部隊在哪裡追上就堵截濫殺，把男女老少一鍋端，很慘的。宗教方面的改革，把上層多數抓了，把僧人趕回家還俗，還勞改了一部分，但寺院沒有留，都拆了，只留極小部分僧人守寺，但把寺院作為反封建的主要內容來搞臭，說寺院是叛亂的根據地，是封建堡壘。」人們說，藏族人都是吃慣了酥油和肉的「肉肚子」，哪裡能受得了每天的清水菜湯湯，被勞改、勞教關在監獄裡的大多數都餓死了。西北師範大學著名教授胡德海告訴我，「我弟弟胡德南也被打成了右派分子。我的弟弟胡德南在甘南藏族自治州騎兵團當獸醫，一九五七年他路過蘭州時目睹了當時西北師範學院鳴放情況，回到部隊將看到的情景對一起的戰友們談了。但主要原因是當時甘南平叛時，有些部隊幹部對藏民鎮壓太殘忍。他在鳴放會上說，有些軍隊幹部竟然將藏族孩子兩腿抓住撕裂成了兩半，是不是太過分了。於是，將我弟弟開除軍籍，打成右派分子送甘南夏河縣獸醫防治站勞動改造。我弟弟直到一九八零年才被恢復軍籍，給以平反。」當時任甘南州委書記的謝占儒曾經說道：「騷活佛要不是我們留下他當教材的話，他的狗命早不在了，活佛不過是人給他安了個活佛名字。我說你們都可以當活佛，你們生了孩子起個名字叫活佛不成嗎？我看可以。只要把它的畫皮揭開了，群眾看清了，婦女都把鞋子脫下來往佛爺頭上扔著哩。」於是，我慢慢地認識到，在那個極左的年代不僅給廣大漢族同胞和知識份子帶來了土改、人吃人的三年災害和反右、文革以及一系列的人禍，而且給東鄉、撒拉、回族、藏族同胞帶來了刻骨銘心的災難。尤其合作化、人民公社、大躍進、反封建反迷信運動，用強權剝奪世世代代人們的私有財產和宗教信仰，牧民們失去了一切，牛羊、草場、生活、工具、包括寄託現時和未來精神的寺院，讓世世代代自由放牧的藏族同胞遭遇了其後的滅頂之災。合作化、人民公社、大躍進聲言能夠建立「人間天堂」的共產主義烏托邦恰恰消滅的就是人類最美好天性對自由的嚮往，而反封建反迷信剝奪的就是人們對大自然的敬畏、信仰和人倫道德起碼的約束。

邱吉爾說：「我們現在的戰鬥是為了我們的人民的私有財產不被剝奪，如果現在為了這個目的，而去剝奪了人民的私有財產，我們的作戰還有什麼意義？」對這場種族滅絕的大劫難，發出最強烈、最憤怒譴責的是第十世班禪大師。班禪大師在青海視察時，親眼看到青海一些地方公共食堂解散之後，老百姓窮困到連吃飯的碗都沒有，更不要說民主改革後生活得到了改善和提高。他很氣憤，自己掏錢買碗，送給群眾。他嚴厲批評地方，甚至拍桌子發脾氣，叱問道：「過去只有俗人向僧人佈施，群眾向活佛奉獻，沒有聽說活佛買碗給群眾。舊社會要飯的手裡還有個破碗。蔣介石、馬步芳統治青海幾十年，藏族老百姓也沒有窮到連個碗也買不起的地步。」在充分調查的基礎上，班禪大師深思熟慮、反復斟酌，從人性、人道、人權的角度出發，從一九六一年年底到一九六二年五月醞釀草擬，洋洋灑灑寫了七萬字的書面意見書，題名為《通過敬愛的周總理向中央彙報關於西藏和其他藏族地區群眾的疾苦和對今後工作的建議》。

漫漫六十餘年的滄桑歲月讓一代代人慢慢變老，時間正在抹去充滿野蠻、殘忍、恐怖，令雪域悲傷欲絕、淒慘難睹的歷史；幾十萬為了信仰、為了自己的私有財產的藏家人的沉冤還未洗刷；記憶正在遺棄幾十萬拋棄在曠野荒灘、深谷急流中的冤魂寒骨；歲月也冷漠地留下了悲劇還可重演的氛圍和綽餘的舞臺；這是一段充滿血腥和眼淚的歷史，是被人塗去又重新粉飾的歷史。現在仍然有些人強詞奪理說三道四，找出各種理由不願意承認是極左路線的錯誤政策導致了以後對藏族同胞的血腥鎮壓；也有人談起漢族在極左路線下遭受的苦難時還可略說一二，但對於少數民族在極左路線下遭遇的屠殺卻不敢談及。可我想問一問這些當權者，你們有一千一萬個說明你們正確的理由，但有什麼能比人的生命更為珍貴，而且你們剝奪的大多數都是勤勞放牧的貧苦農牧民的生命。

《黑犛牛犄角上的潔白哈達》是多少年徘徊在我心中的一個故事，這個故事裡的每一個人物和細節都有我親身的感受和真人真事的素材，他們的音容笑貌好像就在我的眼前。「五十六個民族，五十六朵花，五十六個兄弟姐妹是一家……」每當這首歌唱響的時候，我都深深地感受到祖國民族大團結的溫暖。五十六個民族共同創造了中華民族的光輝歷史和璀璨文明，五十六個民族共同歌唱企盼自由幸福美滿的生活，可是極左年代可怕的瘋狂卻讓我們有了深深的裂痕，背上了沉重的歷史包袱。上個世紀八十年代，以胡耀邦為首的黨中央在全國上下撥亂反正，被無辜槍殺的所謂「叛匪」得到了平反，為民族團結做出傑出貢獻的一批活佛、頭人從監獄釋放出來得到了昭雪，喇嘛們又重新穿上了袈裟，眾多寺院恢復了往日的輝煌，廣大信教群眾也有了一定的自由。改革開放進步在哪裡？莫言說：「倒不是因為恩賜給了老百姓多少錢，而是因為歸還了老百姓最最基本的人身自由。」但我們不能忘記，在這片綠色的土地上曾經發生過駭人聽聞的慘痛悲劇，因為改革尚未成功，各族人民還須繼續努力。

習近平主席說：「歷史不會因時代變遷而改變，事實也不會因巧舌抵賴而消失。」歷史雖然已經過去快六十年了，但只有不忘歷史才能創造未來，只有讓人們知道歷史的真相才能讓歷史悲劇不會重演，而撫平創傷的最好良藥就是「以史為鑒，面向未來」。

寫作於2010年6月15日
修改於2015年7月16日

獵海人

黑犛牛犄角上的潔白哈達

作　　者　火日丹
出版策劃　獵海人
製作發行　獵海人
114 台北市內湖區瑞光路76巷69號2樓
電話：+886-2-2518-0207
傳真：+886-2-2518-0778
服務信箱：s.seahunter@gmail.com
展售門市　**國家書店【松江門市】**
10485 台北市中山區松江路209號1樓
電話：+886-2-2518-0207
三民書局【復北門市】
10476 台北市復興北路386號
電話：+886-2-2500-6600
三民書局【重南門市】
10045 台北市重慶南路一段61號
電話：+886-2-2361-7511
網路訂購　博客來網路書店：http://www.books.com.tw
三 民 網 路 書 店：http://www.m.sanmin.com.tw
金石堂網路書店：http://www.kingstone.com.tw
學思行網路書店：http://www.taaze.tw
法律顧問　毛國樑　律師

出版日期：2016年6月
定　　價：410元

國家圖書館出版品預行編目

黑犛牛犄角上的潔白哈達 / 火日丹著. -- 臺北
市 : 獵海人, 2016.06
面；　公分
面；　公分. -- (要推理)
ISBN 978-986-93145-1-0(平裝)

857.7　　105007346